魅力语文

"快乐
读书吧"

丛书

四年级

希腊神话
与英雄传说

［德］古斯塔夫·斯威布 著　　高中甫 译

辽宁美术出版社

图书在版编目（CIP）数据

希腊神话与英雄传说/(德)古斯塔夫·斯威布著;高中甫译.
—沈阳:辽宁美术出版社,2021.3
（快乐读书吧）
ISBN 978-7-5314-8587-2

Ⅰ.①希… Ⅱ.①古…②高… Ⅲ.①神话－作品集
－古希腊 Ⅳ.①I545.73

中国版本图书馆CIP数据核字(2020)第231403号

出　版　者：辽宁美术出版社
地　　　址：沈阳市和平区民族北街29号 邮编：110001
发　行　者：辽宁美术出版社
印　刷　者：东莞市信誉印刷有限公司
开　　　本：787mm×1092mm 1/16
印　　　张：18
字　　　数：360千字
出版时间：2021年1月第1版
印刷时间：2021年3月第2次印刷
责任编辑：王东星
装帧设计：王　芳
责任校对：郝　刚
书　　　号：ISBN 978-7-5314-8587-2
定　　　价：32.80元

邮购部电话：024-83833008
E-mail：lnmscbs@163.com
http://www.lnmscbs.cn
图书如有印装质量问题请与出版部联系调换
出版部电话：024-23835227

CONTENTS

目 录

卷一　天地变幻和诸神传说

卷一　天地变幻和诸神传说

　　在诸神出现之前，宇宙只是漆黑一片，希腊人把这叫作卡俄斯（混沌）。经过无数万年之后，在这片混沌之中产生了胸怀博大的该亚——大地。

诸神的起源

回顾整个外国文学的发展历程，希腊神话故事总是以它独特的魅力影响着人们去探索那未知的文学世界，而说到希腊神话就不得不从诸神开始说起，诸神究竟有谁呢？他们又有怎样的身份和地位呢？

在很古很古的时候，希腊人把他们生活和大自然中那些看不见的、神秘莫测的力量，解释成神的作用。他们认为，白昼和黑夜、炎热和寒冷、生长和成熟、阳光和雨露、风霜和冰雪、暴风雨以及大海永恒的运动，都是由神所掌握的；人的幸运与不幸、生老病死，都是神所赐予的。总之，他们把天地间所有无法解释的现象，都归结到神的身上。他们认为，神虽然同人的形体一样，但却具有超人的力量。

在希腊人看来，他们的神不但威力无比、美丽非凡，而且永葆青春、长生不死；他们身上放射着道德的光芒，但他们也有缺点，也会犯错误。他们认为，众神主宰着人类的命运，他们帮助诚实善良的好人，惩罚作恶多端的坏人。然而，他们并不认为天神是万能的。除了神之外，希腊人相信还有命运（摩伊赖）的存在，对命运之神的信仰同样深深地影响着他们的生活。

他们认为，神的生命也有一个开端。在诸神出现之前，宇宙只是漆黑一片，希腊人把这叫作卡俄斯（混沌）。经过无数万年之后，在这片混沌之中产生了胸怀博大的该亚——大地。大地像一个漂浮在海面上的圆形薄片。大地之上，是闪烁的星空——乌剌诺斯；大地之下，是阴暗的地府——塔耳塔洛斯。乌剌诺斯同该亚结合，生出了提坦神族。在提坦神族中，最年轻的叫克洛诺斯，他比其他所有的提坦神都强大。乌剌诺斯非常憎恨自己的儿子，因为他害怕他们超过自己。所以，他们一出世，他就把他们一个一个地打入了地狱。但是，该亚喜欢他们，她鼓动克洛诺斯起来反抗父亲。克洛诺斯用一把镰刀砍伤了父亲，使他失去了生育能力，推翻了他的统治。后来，克洛诺斯同自己的姊妹瑞亚结婚，瑞亚为他生了三个儿子——宙斯、波塞冬和哈得斯，三个女儿——赫拉、得墨忒耳和赫斯提亚。这就是年轻一代的提坦神。宙斯不满父亲的暴虐，于是同兄弟姐妹们联合起来，把父亲克洛诺斯和其他老一代提坦神赶下奥林帕斯圣山，夺取了统治权。宙斯同他的兄弟们一起分享胜利的果实：他自己得到了奥林帕斯圣山和人间，波塞冬得到了大海，哈得斯得到了地府。

在众神之中，宙斯最强大，是主神。他统治着众神、人类和整个宇

宙。太阳、月亮和星辰的升落以及天气的变化，都要听从他的命令。他安排宇宙的运行，主宰人类的命运。他按照每个人的行为行使赏罚的权力。他驾着一片变化无常的云彩在天空中巡行。他的宫殿坐落在奥林帕斯山上，四周笼罩着耀眼夺目的天光。

宙斯的妻子赫拉是天后。她同宙斯一样，享有凌驾于众神之上的荣耀和权力。她掌管婚姻和生育，是妇女的保护神。石榴和孔雀是她的圣物。

宙斯的兄弟波塞冬是海神。他的节杖是一柄三叉戟。他能呼风唤雨，引起地震。他常常手执三叉戟，驾着一辆豪华的金马车在海上巡行。一旦发怒，他就用三叉戟兴风作浪，让洪水淹没大地，并派凶猛的海兽残害人类。他是航海者的保护神。他和他的妻子安菲特里忒在大海深处拥有一座富丽堂皇的宫殿。他们的儿子特里同统领海里那些半人半鱼的精灵。

雅典娜是宙斯的女儿。在宙斯的第一个妻子墨提斯怀孕时，宙斯听说她将生一个比自己还要强大的孩子，便把妻子吞进肚里。当墨提斯要生产时，宙斯感到头部疼痛，请火神赫淮斯托斯劈开他的脑袋，雅典娜就全身披挂铠甲从里面跳了出来。作为智慧女神、技艺女神和女战神，无论在天上还是在人间，她都享有很高的声誉和威望。冷峻的美把她同男人的威严、勇气和处女的纯洁结合在一起。她的圣鸟是猫头鹰，她的圣树是棕榈。

阿波罗是太阳神。他是宙斯和女神勒托的儿子。由于他长得年轻漂亮、英姿勃勃，所以特别受青年人的崇拜。在他们看来，阿波罗是集礼貌、道德、英俊和青春活力于一身的完美形象。在得尔福神示所，他凭着自己的预言本领成为所有来访者的顾问。他的权力很大，不但是预言家的保护神，而且还主管青春、畜牧、医药、音乐和诗歌等，并代表主神颁旨宣诏。他的标志是弓箭、七弦琴和神盾。

阿耳忒弥斯是月亮和狩猎女神，阿波罗的孪生姐姐。她是动物界和整个自然界的主宰，赤牝鹿是她的圣兽。她以贞洁著称，但很残忍，对男性怀有敌意。

　　赫淮斯托斯是宙斯和赫拉的瘸腿儿子，是火神和锻冶之神。在一次父母发生争执时，他站在母亲一边反对父亲，宙斯一怒之下把他扔下天庭。他在西西里岛的埃特纳火山上建造了一个锻冶场，制造出了许多奇妙的东西。独眼巨人是他的帮工。

　　赫淮斯托斯的妻子阿佛洛狄忒是爱与美的女神。她从大海的泡沫中诞生；在所有的女神中，她长得最漂亮。小爱神厄洛斯是她的儿子。她的象征物是桃金娘和红玫瑰。

　　赫淮斯托斯的一个兄弟是穷凶极恶的战神阿瑞斯。与足智多谋的雅典娜相反，他由于嗜杀成性而遭人憎恨。

　　赫耳墨斯是宙斯和迈亚的儿子。他足蹬飞行靴，手执盘蛇杖，是众神的使者、亡灵的接引神。他行走如飞，多才多艺，掌管商业、交通、畜牧、竞技、演说，甚至还掌管欺诈和盗窃。

　　赫斯提亚是宙斯的妹妹，终身未嫁，保持贞洁。她是女灶神，保护家庭和国家，监督人们信守诺言，保证宾客的权益。每个家庭在吃饭前，都要在灶台上为她献上一点小小的祭品。

除了这些比较高级的神之外，还有一些为他们服务的比较低级的神。太阳神赫利俄斯便是其中的一位。他每天驾着由四匹喷火快马牵引的太阳车在天空中奔驰，从东到西，晨出晚没，用光明普照世界，洞察人世间的一切活动。他的姊妹、蒙着面纱的月亮女神塞勒涅，则驾着一辆光芒四射的银马车在夜空中巡游，直到黎明女神厄俄斯和赫利俄斯前来向她报到。

除阿佛洛狄忒之外，还有美惠三女神：阿格莱亚（灿烂）、欧佛洛绪涅（欢乐）和塔利亚（花朵）。人类的寿命则由命运三女神来掌管：克罗托负责纺织生命之线；拉刻西斯决定生命之线的长短；阿特洛波斯负责剪断生命之线。时序四女神代表一年四季，掌管季节的更替和自然秩序。

阿波罗手下有九个缪斯,她们是司文艺和科学的女神。赫拉的女儿赫柏是青春女神,她在奥林帕斯山侍候诸神,为他们斟酒。伽倪墨得斯原是特洛伊王子,长得俊美出众,被宙斯看中,宙斯便化作一只鹰把他掠上奥林帕斯山,让他当了侍酒童子。

大洋神俄刻阿诺斯和他的妻子忒提斯住在地球的西边。他们夫妇共生了三千个儿子(河神)和三千个女儿(大洋神女)。忒提斯是阿喀琉斯的母亲。海神涅柔斯生了五十个女儿,她们就是海中神女(涅瑞伊得斯),其中比较著名的有安菲特里忒、忒提斯和该拉忒亚。安菲特里忒是波塞冬的妻子。

在大地上,丰产和农业女神得墨忒耳应该坐第一把交椅。她的女儿珀耳塞福涅一次在草地上玩耍时,误采了死亡之花,被冥王哈得斯掠进地府,强娶为后。得墨忒耳为此悲痛万分,到处寻找女儿,以致许多田地荒芜,四处饥馑。宙斯无奈,只得命令哈得斯准许珀耳塞福涅每年春天回到她母亲的身边。得墨忒耳是人世间善良母亲的化身,深受世人的崇拜。人们在厄琉西斯城为她建了一座庙宇。

狄俄倪索斯是宙斯和塞墨勒的儿子,葡萄种植业和酿酒业的保护神。他常常带着喝得醉醺醺的萨堤洛斯们到各地游荡,纵情欢乐。头上长角、腿上长着山羊蹄的牧神——潘同他非常相像。潘爱好音乐,发明了牧笛(绪任克斯);他还喜欢用"丧心落魄"的喊声吓唬孤独的行路人。在森林、海洋、高山和溪涧中还居住着许多神女。泉水一枯竭,护泉神女就会死亡;同样,树木一旦干枯,护树神女也就失去了生命。

哈得斯是宙斯和波塞冬的兄弟。三兄弟分治宇宙后,他主宰冥国,成为冥王。冥国笼罩在永恒的黑暗之中,死去的人在这里由死神塔那托斯陪伴着。许多条冥河环绕在冥国的四周。卡戎在一条冥河上当艄公,负责用独木舟把亡魂摆渡到冥国。凶恶的三头狗刻耳柏洛斯把守着冥国的大门,使死去的亡灵再也无法返回人间。冥府有一条勒忒河,亡灵喝了这条河的水以后就会忘掉过去的一切,所以叫作忘川。哈得斯和他的妻子冥后珀耳塞福涅严厉地统治着亡灵。报复成性、满头蛇发的复仇三女神是他们的帮凶。她们专管惩罚罪犯，尤其对那些犯有杀亲之罪的人更是严惩不贷。

在哈得斯那黑暗的地府旁边是福地（极乐世界）和塔耳塔洛斯（地狱）。福地是诸神特别宠爱的英雄，也就是正直的人死后所去的地方；地狱则是犯罪的人死后的归宿，是个叫人永远诅咒的地方。

普罗米修斯

中国神话有女娲造人的传说，希腊神话亦有普罗米修斯创造人类的故事。普罗米修斯被尊称为最伟大的英雄，他为人类从天上盗取火种，被宙斯锁在岩石上让秃鹫每天来啄食他重新生长的肝脏，因此他从古至今一直被人类所颂扬。

普罗米修斯是提坦神伊阿珀托斯的儿子，乌剌诺斯的孙子。在新一代提坦神反对老一辈提坦神的星球大战中，普罗米修斯站在宙斯一边反对克洛诺斯，从而逃脱了可怕的命运。因为在这场大战中，凡是反对宙斯的人，后来都被打入了地狱塔耳塔洛斯。普罗米修斯是一位先觉者。早在克洛诺斯战胜他的父亲、在天上为王的时候，普罗米修斯就来到了位于蓝天之下、大海中央的大地上。当时，大地上长满了鲜花和野草，散布着各种各样的动物，鸟儿在树上筑巢，在空中歌唱，只是还没有统治地球的人类。普罗米修斯便想唤醒埋藏于泥土之中的人类生命的种子，让他们使大地更加充满生机。

于是，他面带微笑，若有所思地踏着轻轻的脚步，来到一条河边，从河堤上抓起一大团泥土，用手在河里捧了些水浇在上面，把它和成软硬适宜的泥巴，然后用这些泥巴根据神的形象捏出了一个人。这个小泥人儿很招他喜爱，于是他又满心欢喜地捏出了许多相同的泥人。捏完之后，他打量着这些没有生命的形体，久久地陷入了沉思。怎样才能使他们具

有生命呢？

普罗米修斯是一个善于创造发明的神。他从各种动物身上摄取了善的或恶的特性，比如狮子的勇猛、狗的忠诚和聪明、马的勤劳、鹰的远见、熊的强壮、鸽子的温顺、狐狸的狡猾、兔子的胆怯和狼的贪婪，然后把这些特性糅合在一起，往每一个人的胸膛里注入属于他的那一部分。

这样一来，他们便能像动物一样活动了。但是，他们还只是具有一半生命的人，因为他们还缺少创造他们的神的灵气。

在诸神当中，智慧女神雅典娜是普罗米修斯的朋友。她在奥林帕斯山上惊奇地注视着她的被保护人身上发生的一切。当她发现，普罗米修斯望着他的创造物束手无策的时候，她急忙从奥林帕斯山上下来，把神的具有活力的呼吸吹进他们的口中。于是，他们获得了聪明和理智，这才成为真正的人。

人就这样被造出来了。

他们从地上爬起来，像孩子似的到处乱跑，惊奇地望着树木、野草、鲜花和动物。他们也像孩子一样，不懂得思考。他们看见这些物体，却不知道识别它们。他们听见流水、刮风和树木的声音，听见野兽的嚎叫和鸟儿的啁啾，然而却无法理解这一切。他们不懂得使用自己的双手和力气。他们住在黑暗的洞穴里，因为他们不懂得制造工具，不懂得用伐倒的树木、石头建造房屋。他们不知道如何解释星辰的运行，不懂得根据自然的规律划分四季而加以利用。他们不懂得耕种和收获。

他们完全像孩子一样，一切都需要帮助。

普罗米修斯非常乐意帮助他们，便担当起了他们的老师。他们从他那里学会了计数和写字。他们在他的指导下，观察日月星辰的运行，建造房屋，使用牛马耕种田地。

通过勤劳的双手，他们造出帆船在海上航行。他向他们指明地下的宝藏，他们找到了金银和铜铁。他们根据他的指导，尝试着制造各种各样的药物，利用油和酒来治疗疾病和伤口。

最后，普罗米修斯还教人类预言未来和释梦，并根据鸟儿的飞行和动物的内脏来占卜。

总之，凡是对人类有用的，能够使人类满意和幸福的，他都教给他们。人们也用爱和忠诚来感谢他，报答他。

在宙斯推翻他父亲克洛诺斯并把他同老一代的提坦神打入塔耳塔洛斯之后，奥林帕斯山上的天神便成了宇宙间的唯一的主宰。他们很快就注意到了普罗米修斯所创造的人类。他们要求人类敬奉他们，服从他们。作为交换，他们可以保护人类以及他们的财产，赐福于他们的劳作以收获。在一次人和神的聚会中，他们共同商讨了双方的义务和权利。普罗米修斯作为人类的辩护师，也参加了这次聚会。他要保护人类，不让神祇们为他们的帮助提出过分的要求，增加人类的负担。最后，双方就各自的义务达成了协议。不过，人类得把最好的东西献祭给神祇们。为了考验天神无所不知的能力，普罗米修斯想出了一条诡计。他代表人类宰杀了一头强壮的公牛，把它剁成块，分成两堆。他把肉、内脏和脂肪堆成一堆，用牛皮盖在上面，把骨头堆成另一堆，巧妙地用板油包裹起来，而且这一堆看起来也大一些。然后，他请宙斯从两堆中挑选出他所喜欢的一堆。

无所不知的宙斯一眼就看穿了他的骗局，但装作毫无察觉的样子，伸出双手去拿那大的一堆。当他扒开雪白的板油，看见剔光的骨头时，他假装刚刚才发现被骗似的，大发雷霆："好哇，你这个真正的提坦神，居然还没有忘掉你的欺骗伎俩！你会为此受到惩罚的！"

说完，宙斯带着他的随从，驾着雷霆和闪电，怒气冲冲地返回奥林帕斯山去了。作为对普罗米修斯恶作剧的第一个惩罚，宙斯拒绝给予人类为了完成他们的文明所需要的最后一物——火。但是这个机智的伊阿珀托斯的儿子马上就想到了补救的办法。他折下一根长长的茴香枝，带着它来到天上。当太阳神赫利俄斯驾驶烈焰熊熊的太阳车从空中经过时，普罗米修斯把茴香枝伸到火焰里引着，然后举着这燃烧的火种迅速降落到大地上。在那里，他用火种点燃了第一堆木柴，大火燃烧起来，火光直冲云霄。

　　宙斯在天上看见火焰从人间升起，火光照亮了大地，人们围着火堆跳舞。他知道自己受了骗，火种已经被盗去，心中感到一种剧烈的刺痛。人类既然已经有了火，就不能再从他们那里夺走。为了抵消火给人类带来的好处，他又想出了一个更为恶毒的危害全人类的办法。他命令他的儿子、以巧妙著称的火神赫淮斯托斯创造一个美丽的少女。这位少女美艳绝伦，令所有的天神惊叹不已。雅典娜由于嫉妒普罗米修斯，渐渐对他失去好感。她亲自给这位少女穿上雪白漂亮的长裙，挂上遮面的披纱，戴上用鲜花扎成的花冠，系上金色的发带。神的使者赫耳墨斯把能够迷惑人心的语言技能馈赠给这妩媚的姑娘；爱情女神阿佛洛狄忒则赋予她无限的魅力。她被称为潘多拉，意思就是"被赐予一切的女人"。

　　宙斯递给潘多拉一个匣子，匣子里有每一位天神送给她的一件对人类有害的礼物。然后，宙斯让赫耳墨斯把她带到人和神和睦共处的大地上。人们看见这位美丽绝伦的少女，感到十分惊奇，因为人类从来还没有见过这样的女人。潘多拉捧着那个盒子去找普罗米修斯的弟弟、愚笨的后觉者厄庇墨透斯，向他转交宙斯的礼物。普罗米修斯曾经警告过他的弟弟，不让他接受奥林帕斯圣山统治者的礼物，以防他伺机报复。可是厄庇墨透斯一见到潘多拉，便被她那美丽的容貌和动听的语言迷惑

住了，把哥哥的警告也就忘得一干二净。他毫无戒备地伸出双手，准备去接那个匣子。这时，潘多拉突然打开匣盖，藏在里面的一大群灾害立刻飞了出来。它们无声无息，无踪无形，一眨眼工夫就布满了整个大地。但在匣底还留着一个唯一美好的东西，那就是希望！它还没有来得及飞出来，潘多拉就按照万神之主的命令关上了匣盖。

从此以后，各种各样的疾病和灾害，如热病、瘟疫和猝死等，不分昼夜地在大地上徘徊。它们悄然而至，因为宙斯没有赋予它们声音。普罗米修斯，这位人类的救助者和医生，看见他的造物遭受灾害的袭击，忍受疾病的折磨，突然无缘无故地死去，伤心得几乎晕厥过去。

可是，奥林帕斯山的统治者并不肯就此罢休。他还要向人类的创造者本人复仇，置他于死地。他将普罗米修斯交给赫淮斯托斯和他的两个仆人克剌托斯（强力）和比亚（暴力），他们把他带到高加索山，用一条永远也挣不断的铁链牢牢地把他缚在一个陡峭的悬崖上。其实，赫淮斯托斯并不愿意执行他父亲的命令，因为他很喜欢和尊敬普罗米修斯。他一边完成着他那残忍的刽子手的使命，一边嘟哝着同情的话语，请求普罗米修斯原谅他。然而，他那两个从地狱塔耳塔洛斯跳出来的仆人却嘲笑他心肠太软，因为他们憎恨光明之子普罗米修斯。

不幸的普罗米修斯被缚在陡峭的悬崖上，笔直地吊在那里，永远不能入睡，疲惫的双膝也不能弯曲，因为他的双手、胳膊、肩膀和两条腿都被铁链牢牢地缚住，起伏的胸脯上还钉着一颗金刚石的钉子。他忍受着饥渴、炎热、寒冷、风吹和雨淋。除此之外，宙斯还派他的神鹰每天去啄食被缚者的肝脏。但被吃掉的肝脏随即又会长出来。就这样，日复一日，年复一年，普罗米修斯为了人类的幸福，长期地忍受着难以描述的痛苦和折磨。

三十年以后，一位叫赫剌克勒斯的英雄为了寻找金苹果来到此地。这位百发百中的神箭手看见神的后代被缚在悬崖上，一只巨鹰正在啄食他的肝脏，便立即放下行囊，弯弓搭箭，射死了恶鹰。然后，他打开铁链，把普罗米修斯解救下来。宙斯知道这件事后大发雷霆。为了平息宙斯的怒气，赫剌克勒斯把马人喀戎带来作了普罗米修斯的替身。喀戎被赫剌克勒斯的毒箭误伤，伤口始终不愈，疼痛难忍，他情愿以死解除痛苦，把自己永生的权利让给普罗米修斯。不过，普罗米修斯的手腕上得永远戴着一只铁环，上面连着一块高加索山上的石片。这样，宙斯就可以夸耀他的仇人仍然被缚在山上。

丢卡利翁和皮拉

吕卡翁因为嘲笑神权被宙斯惩罚，顷刻之间电闪雷鸣、洪水泛滥，整个人类和所有生物都被毁灭了。丢卡利翁和皮拉是普罗米修斯的孩子，得到了普罗米修斯的庇佑，逃到一个小岛上，他们得到女神忒弥斯的指点，又重新创造了人类。

宙斯听说，人类的道德越来越败坏，他们的罪孽都快堆成了山，于是便化为人形，降到人间来察看。可是无论到什么地方，他看到的比他所听到的还要严重得多，糟糕得多。

一天傍晚，他到阿耳卡狄亚国王吕卡翁的宫殿前，敲开大门，请求借宿。吕卡翁是个以残忍著称的人。宙斯通过神奇的先兆告诉正在那里聚会献祭的人们，一位天神来到了他们中间。人们纷纷向他膜拜。可是吕卡翁却嘲笑他们虔诚的祈祷。他在心里说："我要看看，他究竟是一位神还是一个人！"于是，他杀了一个被他捉来做人质的男孩，让人把他的肉做成晚餐来招待客人。宙斯看见自己受到嘲弄，不禁怒火万丈。他跳起来推翻桌子，掷出一道道闪电，使整座宫殿顿时陷入熊熊大火之中。吕卡翁吓得魂不附体，连滚带爬地向宫外逃去。他一边跑一边拼命地呼喊，可是他的喊声一出口就成了野兽的嗥叫。他身上的袍服变成了兽毛，他的胳膊和双脚变成了又瘦又长的野兽的四肢，他的双手和双脚也变成了野兽的爪子。最后，他完全变成了一只残忍成性、张牙舞爪的恶狼，大声嗥叫着逃到森林里去了。

仅仅对吕卡翁这种严厉的惩罚还不能平息宙斯的愤怒。回到奥林帕斯山以后，他召集众神，用气得发颤的声音对他们说："我要用闪电灭除全部可恶的人类！"可是，众神担心大火会殃及天国，烧毁地轴，致使日月星辰从天空坠落。于是，宙斯随手掷出雷霆，大为不满地说："那我就用洪水把他们从大地上清除干净！"

　　一时间，雷声滚滚，乌云密布，黑暗笼罩着整个大地。南风把乌云堆积成山，然后再像挤海绵一样把它们挤干。大雨滂沱，日夜不停，洪水在大地上肆虐，淹没了田地、草原和房舍。宙斯的兄弟、海神波塞冬也帮助他进行破坏，用他的三叉神戟撞击大地，震动地层，为洪流开道。于是江河泛滥，整个大地变成了一片茫茫无际的汪洋。有些人爬上小船，在水面上挣扎，可是一个巨浪打来，便船翻人亡；有些人爬上丘陵或高山，可是洪水也接踵而至。人们即使不被淹死，也会被活活地饿死。就这样，整个人类和所有的动物都被毁灭了。只有一对夫妇逃脱了厄运，那就是普罗米修斯的儿子丢卡利翁和他的妻子皮拉。他们都是最善良、最虔诚的

人。在洪水到来之前，普罗米修斯向他们发出警告并给了他们一只小船。宙斯看见他们艰难地划着小船在波涛上挣扎，便动了恻隐之心，让北风刮起，赶走了乌云，吹干了大地。他俩幸运地漂到了帕耳那索斯山上。

丢卡利翁环顾四周，映入眼帘的是一片渺无人迹的荒凉景象。大地上笼罩着死一般的寂静，没有鸟儿歌唱，也没有野兽跑动。看了这一切，丢卡利翁禁不住落下泪来。他对皮拉说："哦，亲爱的妻子，我唯一的伴侣，我极目四望，连个活物也看不见，看来只有我们两个逃脱了宙斯的盛怒。可是我们两个孤独的人在这个荒凉的大地上能做什么呢？啊，要是我能像父亲普罗米修斯那样创造人类就好了！"说完，他们夫妻二人伤心地在正义女神忒弥斯那被毁掉一半的圣坛前跪下，祈求她重新创造被消灭了的人类。这时，一个声音回答说："蒙住你们的头，把你们的母亲的骨骼扔到你们的身后去！"丢卡利翁和皮拉不明白这神秘的话语是什么意思。经过长时间的思考之后，普罗米修斯的儿子说："如果我没有弄错的话，女神所说的我们的母亲便是大地，她的骨骼便是石头。皮拉，我们要扔到身后的就是石头呀！"于是，他们按照忒弥斯的神谕去做。嘿，奇迹出现了：丢卡利翁扔的石头变成了男人，而皮拉扔的石头都变成了女人！他俩感到非常高兴，因为他们不再孤独了。

这是一个勤劳刻苦的人类种族。人类并不否认他们的起源，也永远不会忘记造成他们的物质。

俄耳甫斯和欧律狄刻

在希腊神话故事里，北斗七星的由来也有着一个美丽动人的故事。俄耳甫斯是一个深受人神喜爱的歌手，他的歌声和琴声都无与伦比。他还有一个美丽的妻子，那就是神女欧律狄刻，他们过着琴瑟和鸣的生活。一天欧律狄刻不幸去世，俄耳甫斯悲痛欲绝，他的歌声也变得哀伤悲怆。

在人类的远古时代有一位歌手，名字叫俄耳甫斯。他的父亲是河神俄阿格洛斯，母亲是九个缪斯之一、专司史诗的女神卡利俄珀。她教他吟唱的技能。太阳神阿波罗送给他一把音色极好的纯金七弦琴，并教他弹琴的绝妙技巧。当时，他的演唱技艺在世界上是独一无二的，谁也无法与他相比。他的音乐能使顽石移步，高山点头，野兽俯首，河水止流。因此，无论人还是神，都非常喜欢他，为他的歌声所陶醉。每当他弹起琴唱起歌的时候，森林里的野兽和天上的飞鸟会聚集在他的周围，鱼儿也会把头伸出水面，静静地听他歌唱。甚至连花草树木也摇摇曳曳，仿佛要拔地而起，向他奔来。总之，整个大自然都屏住了呼吸，沉醉在他美妙的歌声里。

俄耳甫斯娶了年轻美丽的神女欧律狄刻为妻。他爱音乐，更爱他的妻子。可是他们结婚不久，欧律狄刻就遇到了残酷的命运。在春季的一天里，她同几个神女在开满鲜花的草地上散步时，不幸被一条毒蛇咬伤了脚。毒液很快流遍了全身，她痛苦地挣扎着倒在女伴的怀里。她那凄惨

的呻吟声在高山上、在峡谷里回荡，就连鸟儿、小鹿和泉水也为她发出令人心碎的哀鸣。

俄耳甫斯听到她死去的消息之后，失声恸哭，悲痛欲绝。他整天抚琴低唱，倾诉着自己心中的哀伤。他的歌声是那样的低沉，那样的哀婉，就连岩石听了也会裂开，河水听了也会停止流动。然而，无论他怎样哭诉，也无法唤回到了地府的欧律狄刻。于是，他决定带着七弦琴到冥国去找冥王哈得斯和冥后珀耳塞福涅，请求他们还回他的妻子。他日夜不停地走啊走啊，最后来到了泰塔洛斯山。山脚下有一个通往地府的入口。他一边弹着七弦琴，一边毫不畏惧地向地府走去。无数的亡魂在他的周围飘来飘去，它们辨认出他是一个阳间的活人，因为他那金色的琴弦反射着灿烂的光芒，照亮了阴间永恒的黑暗。看守地狱大门的长着三个头的恶狗刻耳柏洛斯向他狂吠着，挡住他的去路。可是它很快就被俄耳甫斯的琴声所感动，安静下来。俄耳甫斯冲破地府的重重阻碍，终于来到了哈得斯和珀耳塞福涅的宝座前。冥王和冥后看见一个活生生的人站在他们面前，惊得目瞪口呆，脸色苍白。俄耳甫斯满怀希望地举起他的七弦琴，拨动琴弦，奏出如泣如诉的音乐，同时唱道："冥王啊，请听我说！我翻山越岭，历尽艰险，来这里的目的只有一个。我的妻子纯洁无辜，死得冤枉，请你发发慈悲，把她还给我。不然的话，我也宁愿死去，不想再活！"他的歌声是那样哀婉缠绵，动人心弦，鬼魂们静静地围绕在他的周围谛听，就连复仇女神都流下了同情的眼泪。哈得斯和珀耳塞福涅也被深深地感动了。他们终于答应了他的请求，允许他把他亲爱的妻子带回人间。冥后亲自把欧律狄刻的鬼魂交给俄耳甫斯，并对他说："你在前面走，她在后面跟着。在离开冥国之前，你千万不要回头看她，也不要同她讲话，不然你就会永远失去她。"

谢过冥王冥后之后，这对幸运的夫妻就急匆匆地向阳间走去。当他们快看到阳光的时候，俄耳甫斯突然觉得一直跟在他后面的脚步声消失了，便怀疑他的妻子可能没有跟上。他紧张地竖起耳朵，试试能不能听见她的呼吸声，可是什么声响也没有。一急之下，他忘记了冥后的嘱咐，急忙回过头去找他的妻子。他刚一回头，还没有来得及看清他妻子的身影，她就从他的眼前消失了。俄耳甫斯听见远处有一个充满痛苦的声音说："再见，亲爱的丈夫，你再也看不见我了！"就这样，欧律狄刻又回到地府去了。俄耳甫斯发疯似的向她追去，可是冥河上的船夫卡戎说什么也不肯把他渡过河去。他一连七天七夜，不吃也不喝，哭诉着，恳求着，在冥河的河岸上徘徊。然而一切都无济于事。他的七弦琴再也无法帮他打开地狱的大门了。最后，他只好独自返回人间。

从此以后，他的七弦琴高高地挂在一棵大树上，很长时间都没有发出声响。他常常孤独地爬上高山，走进森林，同野兽为伍，与鸟儿做伴。即使他弹琴唱歌，也都是一些悲哀的曲调。一天，他忧伤地坐在一个山丘上，唱着他那催人泪下的歌曲，所有的动物都围绕在他的周围静静地听着。突然，酒神狄俄倪索斯的一群狂女向他扑来。她们恨他，因为他不愿意在她们敬拜狄俄倪索斯的狂筵上为她们弹唱。她们冲上去，打死了他，把他撕成了碎片。整个大自然和所有的神女都为他的死发出令人心碎的悲叹和呜咽。可是，俄耳甫斯终于又幸福地同欧律狄刻相聚在一起了。他俩被送进了永恒的极乐世界。俄耳甫斯的七弦琴也被天神们当作星座置放在北边的天空中，那就是我们在夜里所看到的北斗七星。

法厄同

法厄同是太阳神赫利俄斯的儿子，一次他驾着父亲的太阳车，拉车的四匹神马野性突发，为人类带来巨大的灾难，世间的生灵毁于一旦。宙斯看到了这一切，将法厄同射杀。太阳神看到儿子葬身火海，很是悲伤，整整一天没有露面，天地陷入一片黑暗之中，这就是日食的来历。

太阳神的宫殿坐落在东方天地相接的地方。巨大的圆柱上镶着绚丽多彩的宝石，熠熠生辉；墙壁用黄金和大理石砌成，金光灿灿；屋顶铺着洁白的象牙，令人目眩；银制的大门上雕刻着奇异的传说和故事，显得神秘而高雅。整座宫殿金碧辉煌，雄伟壮观。法厄同跋山涉水，不远万里，来到这神奇的地方寻找他的亲生父亲。他一直生活在人间，如此华丽的宫殿他还从来没有见过。他简直被眼前的景象惊呆了。他踟蹰着一步一步地向大厅走去。可是他刚刚走到大厅的门口就止住了脚步，因为他忍受不了父亲脸上放射着的耀眼的光芒。

太阳神赫利俄斯身披紫袍，端坐在光芒四射的金刚石宝座上。他的左右依次站立着随时准备执行他命令的侍从。法厄同看见他们中间有日神、月神、年神、世纪神和四季神，年轻美丽的春神头上戴着色彩绚丽的花冠；神采奕奕的夏神戴着用金黄色的谷穗编成的花环；健壮有力的秋神手里捧着盛满葡萄的丰饶角；面色冷峻的冬神披着一头洁白如雪的鬓发。

赫利俄斯看见了站在银制的大门旁发呆的小伙子，便和善地问道："你到我这儿来有什么事吗，我的儿子？"法厄同向前跨一步，深深地鞠了一躬，然后回答说："父亲，我对我的伙伴们说我是你的儿子，可是他们不但不相信我，反而还嘲笑我。请你给我一个标志，好让我向他们证明我确实是你的儿子。"

太阳神听罢，收敛起自己头上耀眼的光环，吩咐法厄同走上前来。然后他亲切地拥抱着他，说道："我的儿子，我当然是你的父亲啦。你的母亲是大洋神女克吕墨涅。为了永远消除你的疑虑，你可以向我索取一件礼物。我敢指着斯堤克斯河发誓（众神都凭这条冥河发誓），无论你想要什么，我都能满足你的要求。"

他的父亲刚把话说完，法厄同就迫不及待地提出想驾驶一天太阳车，因为这是他梦寐以求的愿望。可是太阳神听了他的过分要求，脸色马上变得阴郁起来。他叹息着说："孩子啊，我真不该这么轻率地向你发誓！你刚才提出的要求是我唯一不能答应你的。你还太年轻，力气也太小，根本驾驭不了那喷着熊熊烈焰的太阳神驹。赶快放弃你的好奇心吧，不然带给你的只会是不幸和灾难。不要说你，就连其他的天神也不行，能驾驶这太阳车的只有我自己。空中道路非常艰险。上午，尽管太阳神驹精力十分旺盛，要想爬上陡峭的坡路也很艰难。中午，太阳车行驶在天的绝顶，只要我低头往下看一眼那遥远的陆地和海洋，也会感到头晕目眩。下午，道路又急转直下，我必须用手牢牢地握住缰绳，太阳车才不至于跌入无底的深渊。再说，整个天空，就连大大小小的星座也高速地旋转，要是抓不紧缰绳就会被惯性抛出去。亲爱的儿子，趁现在时间还来得及，你赶快改变你的主意吧。除了太阳车，天上地下的任何东西随你挑，我保证满足你的愿望！"

可是法厄同不肯放弃他的毫不理智的请求。由于赫利俄斯已经发了神圣的誓言，他只好无可奈何地把法厄同领到太阳车前。这太阳车的车身和车轴都是用纯金制造的，车条是银的，车座上镶满了各种名贵的宝石，熠熠生辉。正当法厄同对赫淮斯托斯制造的这辆工艺精湛无比的太阳车惊叹不已时，黎明女神已经打开了东方的紫色大门。月亮开始变得惨白，群星渐渐隐去。赫利俄斯命令时光神套上马匹。与此同时，他把一种神异的油膏涂在他儿子的脸上以防烈焰的灼烤，并给他戴上日光金冠。一切准备停当之后，赫利俄斯深深叹了口气说："孩子，你要牢牢记住我的话，千万不要使用鞭子！你只要握紧缰绳，马儿自己就会飞奔向前的。你要做的就是使它们跑得慢一点。你驾着车子走在天空的中央，不要太高，也不要太低，高了会烧毁天堂，低了会烤焦大地。好啦，你现在可以走了。不过，你要是觉得力不从心，现在放弃你的不现实的想法还来得及，还是把车子还给我，让我把光和热撒向大地，你就在一旁看着吧！"

但是，法厄同只顾惊奇地观看这神奇的车马，根本没有听见父亲充满忧虑的嘱咐。他高兴地抓起缰绳，一飞身就跳上了车。他要向他的伙伴们显示显示，他不单是太阳神的儿子，而且还可以驾驶太阳车呢。宇宙的广阔空间展现在法厄同的眼前；四匹长翼的神马嘶鸣着，喷着烈焰，鼓动翅膀，飞奔着冲破晨晓的雾霭，开始了一日的征程。但是不久它们就发觉，今天的车子比以往轻得多，驭手握缰绳的双手也不像往常那样熟练有力，整个车子就像没有载够

重量的船在大海里漂荡。四匹神马的野性又复苏了。它们拉着车子离开了原来的轨迹。法厄同惊慌失措，不知道该往哪边拉缰绳，也不知道怎样吆喝那些马匹。当他从天上向下张望时，看见大地在那么遥远的地方，顿时吓得脸色苍白，两腿发颤。无论他怎样使劲地拉扯缰绳，马儿也感觉不到他的力量。他无可奈何地放弃了徒劳的努力，随马儿自由地奔跑。散布在天上的星座如同一个个面目狰狞的魔鬼，迎面向他扑来，吓得他慌忙扔掉了手里的缰绳。缰绳落在马背上，马儿受了惊，拉着车子毫无目标地狂奔起来。它们忽而向上，在群星中冲来撞去；忽而向下，几乎触到地面。法厄同绝望地死死抓住车子不放，脸上和眼睛里充满了对死亡的恐惧。马儿跑到哪里，大火就燃烧到哪里。它们穿过云层，云层开始冒烟；它们触到大地，大地被震得山崩地裂。森林化为灰烬，河水枯竭，城市被夷为平地，所有的生灵都毁于一旦。

法厄同看见整个世界都在燃烧。热浪和烟雾包围着他，使他透不过气来。他感到脚心已经被车子炙烤得难以忍受。长翼的神马仍然拉着他东奔西跑。他绝望地大声喊道："父亲啊，我真该听从你的劝告呀！"

这时，宙斯看见了他以及他所做的一切。他担心奥林帕斯山也被大火吞噬，就随手掷出一道闪电击中了这个不自量力的少年。不幸的法厄同带着浑身的火焰从车上跌落下来，像一颗流星划破长空，掉进了厄里达诺斯河。

太阳神赫利俄斯看见他儿子死去的悲惨景象，悲痛欲绝。他忧伤地抱着自己的头颅，整整一天都没有露面，使得整个大地陷入一片昏暗之中。据说，这就是日食的来历。

欧罗巴

欧罗巴本是一位凡间女子，因她的美丽令宙斯沉迷，宙斯变成一头公牛将欧罗巴掳走，带到荒无人烟的克里特岛，并让她成了自己的妻子。在爱神阿洛佛狄忒的帮助下，欧罗巴适应了小岛上的生活，小岛从此就以她的名字命名。

欧罗巴是腓尼基国王阿革诺耳的女儿。她从小生活在父亲的宫殿里，深居简出，很少与外界来往。一天夜里，她做了一个奇怪的梦。在梦中，她看见两块大陆化为两个妇人的形象，为了占有她而发生争执。其中一个妇人叫亚细亚，她举止外貌同欧罗巴所在陆地的当地人一样。另一个妇人说她生活在亚细亚对面的大陆。她的形象举止都很陌生，具有一种异国人的风度。那个当地的妇人反驳那个异国的妇人说，可爱的欧罗巴是她生养的，理所当然应该属于她。可是那个异国妇人却用有力的双臂紧紧地搂着欧罗巴，拉着她就走，也不管她心里愿意不愿意。异国妇人同时还亲切地说："只管跟我来吧。我要把你带到能使世界颤抖的宙斯那里去，因为命运女神已经指定你做他的情人。"

欧罗巴从梦中惊醒，心脏剧烈地跳动着。她坐起来，惶惑不安地问自己："是什么样的神祇给我这个奇怪而可怕的梦呢？我在梦中见到的那个陌生的妇人是谁呢？为什么我一看见她就会产生一种好像见到母亲一样的感觉呢？但愿这个梦给我带来的是个吉祥的预兆！"

这是一个阳光明媚的早晨。欧罗巴起床后刚刚走到门前，她的女伴们就围拢过来，邀她到海边开满鲜花的草地上去散步、祭神、跳舞和唱歌。姑娘们都穿着漂亮的绣花衣服。欧罗巴自己也穿了一件绮丽无比的拖裙，上面用金线绣着美丽的神话传说中的图案。她跑在女伴们的前头，带着她们来到海边的草地上。姑娘们在草地上跑来跑去，采摘她们各自最喜爱的花朵。欧罗巴在这群姑娘中长得最漂亮。她采集了一束像火焰一样的红玫瑰，高兴地欢呼着用双手举向空中。随后，姑娘们在草地上坐下来，把她们的女王围在中间，开始用她们采来的鲜花编制花环。她们要把这些花环作为谢恩的礼物献给当地的女神。

然而，昨夜梦中所兆示的命运却突然闯进了欧罗巴无忧无虑的生活。宙斯看见了这位被女伴围在中间的公主，并为她的美貌而动心。他想把她据为己有，同时又不能让他的妻子、嫉妒成性的天后赫拉知道。怎样才能骗取这位纯洁的少女的欢心呢？他开动脑筋思索起来。不一会儿，这位狡猾的天神就想出了一条诡计。他变成了一头健壮的大公牛。这头牛毛色金黄，全身油光发亮，额头上有块银白色的标记，两只长而弯的漂亮犄角下转动着一对蓝色的大眼睛，眼睛里闪现着情欲的光芒。

在变为牛形之前，宙斯就派赫耳墨斯到腓尼基去，吩咐他把阿革诺耳国王的牛群赶到海边的草地上。他瞒着赫耳墨斯混进牛群。那些牛散布在草地上吃草。宙斯化作一头公牛，一边吃草，一边慢慢地移动脚步，来到欧罗巴和她的女伴们所在的那座小山上。它表现得非常温驯，姑娘们都不怕它。欧罗巴从地上跳起来，把散发着香味的玫瑰花环举到它的嘴边。它轻轻地舔着玫瑰花和公主的手。欧罗巴也用手亲切地抚摩着这头健壮的公牛，甚至还吻了吻它那锦缎般的前额。公牛快乐得哞哞叫着，然后卧倒在美丽的公主脚边。欧罗巴拿来女伴们的花环，把它们挂在公牛的犄角上。最后，她微笑着灵巧地跨上宽阔的牛背。可是她刚一爬上去，公牛就从地上一跃而起，向海边跑去。到了海边，欧罗巴还没有反应过来究竟出了什么事，它就猛地跳进了大海，奋力向前游去。

欧罗巴吓得不知如何是好。她用右手紧紧地抓住牛角，左手扶着牛

背，同时大喊救命。可是她的
呼喊毫无用处。没过多久，海
岸就在她的身后消失了。太阳
也落山了，除了周围的海浪和天上的
星星，她什么也看不见了。公牛像一
只稳稳当当的小船不停地在海里游
着，一滴海水也没有溅到姑娘的身
上。直到第二天傍晚，他们才到达一
片远方的陆地。公牛爬上岸，来到一
棵伞样的大树下，让疲惫不堪的
姑娘慢慢地从它背上滑下
来。突然间，公牛消失
了，在原来的地方站着一
个像天神一样的美男子。他
告诉她，这座海岛叫克里特岛，
他是这岛上的统治者，只要她肯以爱
情相许，他就可以保护她。陷入困境的欧
罗巴出于无奈，只好答应了他的要求。达
到了目的的宙斯又消失不见了。欧罗巴沉
沉地进入了梦乡，直到第二天早晨很晚的
时候才醒来。

　　欧罗巴茫然四顾。她不知道自己在哪
里。后来，她渐渐地回想起了一切。她呼
喊着她的父亲，诅咒那头假装温驯赢得她
的信任、把她诱骗到这里来的公牛，恨不
能杀死它。她还自骂自责，悔不该轻
信它。她希望自己被野兽吃掉。可是
周围连个动物的影子也看不见。金色

的太阳高挂在蓝蓝的天空中，一派陌生的风光明媚而幽静地展现在她的眼前。她绝望地跳起来，大声喊道："可怜的欧罗巴，难道你没有听到父亲的声音吗？要是你不结束你可耻的生命，他会诅咒你的。你没有看见那里有一棵白蜡树吗？你可以用你的腰带在它的树杈上吊死！或者，你也可以从那陡峭的悬崖上跳进狂暴的大海呀！"

欧罗巴就这样用死的念头折磨着自己。突然她听到身后传来一种嘲弄似的低语声，便急忙转过身去。原来是爱神阿佛洛狄忒和她的儿子厄洛斯站在那里。阿佛洛狄忒微笑着对她说："息息你的怒气吧，美丽的姑娘。我就是在梦中要把你带走的那位妇人。那头把你抢来的可恶的公牛马上就会来的。你要知道，他就是宙斯！你命中注定要做这位不可征服的天神的人间妻子。你的名字将是不朽的。因为从此以后，收容你的这块陌生的土地将以你的名字命名为欧罗巴。"

卡德摩斯

> 欧罗巴身为腓尼基王国的公主却被一头公牛掳走了，这一消息使她的父亲很是悲痛。她的哥哥卡德摩斯为了寻找妹妹到处奔走，但是最终都无法找到妹妹的踪迹。后来卡德摩斯在阿波罗的引导下来到了一座城市，并拥有了自己的国家，命名为忒拜城。

　　欧罗巴失踪以后，腓尼基国王阿革诺耳非常悲伤。他立即派他的四个儿子去寻找，并对他们说，如果找不到，他们就不要回来见他。卡德摩斯在四兄弟中是老大，自然变成了他们的首领。他们四处漫游，跑遍了许多国家，但怎么也找不到他们的妹妹，因为宙斯把她隐藏得太好了。最后，卡德摩斯不得不放弃他们徒劳的寻找。可是他害怕父亲发怒，不敢返回故乡去，只好到得尔福神示所去请求阿波罗赐予神谕，告诉他应当在哪里度过他的后半生。神谕说："你将在一片草地上遇到一头从来没有负过轭的小牛。你跟着它，它在哪里躺下来休息，你就在那里建造一座城市，并把它命名为忒拜城。"

　　卡德摩斯刚从神示所出来，就在一片绿茵茵的草地上看见了一头小母牛，它就是阿波罗给他派来的向导。他踩着它的蹄印慢慢地向前走去。小牛涉过刻菲索斯浅滩，又走了很远很远的路，终于在一片草地上停下来。它回过头看看他，哞哞地叫了几声，然后躺下。卡德摩斯怀着对神灵的感激之情，匍匐在地，亲吻着这异乡的土地。为了向宙斯献祭，他派仆人到附近的树林里去寻找用来举行灌礼的泉水。可是派去的人再也没有回来。卡德摩斯不知发生了什么事，便想到树林里去察看。一进树林，他就发现了仆人们的尸体。原来他们都死了。他们的尸体上盘踞着一条巨龙。它那庞大的躯体泛着青紫色的光，头上顶着血红的龙冠，两只眼睛如同燃烧的火焰，一张血盆大口里长着三排锋利的牙齿，从嘴里伸出的一条三叉的舌头正在贪婪地舔食着死者的鲜血。

卡德摩斯发誓要为他的同伴们报仇，否则宁可自己也死去。他举起一块巨石使尽全身力气向恶龙砸去。可是它只抖了抖身子，就像被一粒豌豆打了一下似的。卡德摩斯向后退了一步，又使劲地投出他的标枪。枪头深深地扎进了毒龙的内脏。毒龙弯下头来用嘴咬断了标枪杆，但铁枪头还留在它那充满毒液的体内。卡德摩斯跳过去又刺了它一剑。这一剑不但没有置它于死地，反而更加激怒了它。它

喷着毒液向卡德摩斯爬过来。卡德摩斯举起剑狠狠地向它的脖子刺去，由于用力过猛，剑穿透龙的脖颈，深深地插进一根树干，把毒龙牢牢地钉在树身上。毒龙痛苦地扭动着身躯，摔打着尾巴，它的鲜血流遍了周围的草地，它的吼叫声在树林里回响。最后，它终于可怜巴巴地死去了。

这时，雅典娜来到卡德摩斯的身边，命令他拔出巨龙的毒牙，翻开泥土，把它们作为未来一个种族的种子播种下去。卡德摩斯遵从女神的命令，找来一把犁将泥土翻开，然后把拔下来的龙牙撒在犁沟里。卡德摩斯正想看看，这些奇特的种子到底能长出什么东西来，突然，泥土里钻出一队全副武装的武士。卡德摩斯惊愕万分，立即拔出剑来准备同新的敌人战斗。这时，一个武士向他喊道："你不要反对我们！这是我们兄弟之间的战斗！"说完他们就互相残杀起来。直到剩下最后五个人，他们才接受雅典娜的建议，缔结了和平协定，并答应向卡德摩斯提供帮助。于是，卡德摩斯就同他们一起在当地建造了一座城池，并按照阿波罗的神谕把它叫作忒拜城。

彭透斯

狄俄倪索斯是希腊的酒神，他教会人们用葡萄酿酒，深受人们的尊崇。但是忒拜国的国王彭透斯却瞧不起这个神，认为他是一个无所事事，还带着人们酗酒的胆小鬼。狄俄倪索斯为了报复彭透斯，对他施加魔法，让彭透斯变得疯狂起来，并向所有信徒展示彭透斯丑陋的一面，怂恿信徒们惩罚他。

在古希腊，狄俄倪索斯由于给人类传授了葡萄酿酒的技术，所以深受人们的欢迎和崇拜。可是，当时的忒拜国国王彭透斯却不以为然，对他大为不敬。他讽刺他是胆小鬼，头上顶着葡萄叶，整天带着一群喝得醉醺醺的乌合之众四处游荡。他还说，喝酒伤害了忒拜人的身体，使他们丧失了劳动的能力；狄俄倪索斯并不是什么神，而是同他一样的凡人；宙斯也不是他的父亲，根本用不着把它当作神来敬奉。不但如此，他还气势汹汹地派他的仆从四处去侦察，并命令他们，一旦狄俄倪索斯带着他的徒众来到他的王国，就把他抓起来带来见他。结果没费多少力气他们就抓住了他，因为他丝毫也没有反抗。他们把他捆起来，带到国王面前。彭透斯满心欢喜地打量着这个年轻英俊的俘虏，但是对他一点同情心也没有。他下令把他关进宫中最深最阴暗的土牢。不过，狄俄倪索斯并不惧怕，他一声喝令，大地震颤，墙壁倒塌，他身上的锁链"哗啦"

一声自动脱落下来。他又回到了他的崇拜者中间。他不但毫发无损，而且比以前更加光彩照人。

不久以后，彭透斯国王的使者纷纷来报，狄俄倪索斯的信徒们做出了种种不可思议的神迹。她们用手杖击石，石头上就流出了泉水和葡萄酒。她们还可以使树洞像木桶一样流出蜂蜜，把河水变成牛奶。她们的队伍越来越壮大，甚至连国王的母亲也成了她们中间的头领。

彭透斯对此大为恼火，立即派出全副武装的步兵和骑兵，去对付那些喝得醉醺醺的、疯疯癫癫的女人们。可是士兵们在好奇心的驱使下，自己也看起了那些变魔法似的神迹。

这时，狄俄倪索斯变了个模样来到彭透斯面前，建议他亲自去把那些女人带走，但他必须男扮女装，免得那些狂女们把他当作一个还未入教的男人而将他撕成碎块。

彭透斯十分勉强而且疑虑重重地接受了这个建议。他跟着酒神一走出城门就中了狄俄倪索斯的魔法。他看见的太阳是两个，忒拜城也是两个，酒神在他的眼里成了一头大公牛，一只头上长角的巨兽。他已经完全陷入疯狂之中，而且也向狄俄倪索斯要了一根神杖。他们来到了一个泉水淙淙、绿树成荫的峡谷，那里聚集了许多正在做祭拜的女信徒。

酒神把一棵松树的树梢弯下来，让疯狂的国王坐在上面，然后又让树梢慢慢地弹回去，恢复原状。这样所有的信徒都能看见他，而他却看不见她们。

狄俄倪索斯大声喊道："你们看啊，这就是嘲笑和反对我们神圣教义的人。你们快来惩罚他呀！"顿时，石块、树枝和神杖都向这个不幸的人身上飞去。但这还不能解除她们的心头之恨。她们又刨出松树的根，使树和彭透斯一起倒在地上。

最后，在彭透斯从恐怖的晕眩中恢复知觉以后，他苦苦地乞求母亲宽恕他。可是一切都没有用，一切都太晚了。母亲和那些疯狂的女人们把他撕成了碎块。

酒神狄俄倪索斯就是这样向蔑视他的人复仇的。

珀耳修斯和墨杜萨的头

珀耳修斯是达那厄和宙斯的孩子，因为阿耳戈斯国王得知珀耳修斯会夺取他的王位并将他杀害，所以就将女儿达那厄和珀耳修斯扔进大海。珀耳修斯被波吕得克忒斯救助并收为义子，珀耳修斯长大后独自一人去外冒险，他英勇地杀掉了蛇女墨杜萨，将她的头颅割下……

阿耳戈斯国王阿克里西俄斯从一个神谕中得知，女儿达那厄日后所生的孩子将会夺取他的王位并谋害他的性命。于是，他将女儿达那厄和她同宙斯所生的儿子珀耳修斯装进一只箱子，扔进大海。由于宙斯的保护，海浪把他们冲到了塞里福斯岛。渔夫狄克堤斯当时正在打鱼，他发现了箱子，便救起了他们母子二人。狄克堤斯的哥哥波吕得克忒斯是岛上的国王，他把他们带到国王面前。波吕得克忒斯看见达那厄长得非常漂亮，就娶她为妻，并收留珀耳修斯做他的义子。

珀耳修斯长大成人后，他的继父鼓励他出去探险，求取功名。国王决定让他去寻访蛇发女妖墨杜萨，割下她那可怕的魔头，把它带回来交给他。小伙子愉快地接受了他的建议，信心百倍地闯荡世界去了。他首先来到女妖格赖埃三姐妹那里。她们一生下来就长着一头白发，而且姐妹三人共有一只眼和一颗牙，轮流使用。趁她们递换眼睛和牙齿的当口儿，珀耳修斯把它们抢了过来。三姐妹哭泣着哀求他归还她们的宝贝。他向

　　她们提出了一个条件：她们必须告诉他去找神女们的路怎么走。她们无可奈何，只好答应了他的条件；他也归还了她们的眼和牙。

　　神女们有三件宝物：飞行靴、皮囊和隐身帽。珀耳修斯找到神女们，得到了那三件宝物。他挎上皮囊，穿上飞行靴，戴上隐身帽，同时还拿上赫耳墨斯送给他的那把锋利无比的镰刀。佩戴完毕之后，珀耳修斯飞到大海中另外一个三姐妹——蛇发女妖戈耳工居住的地方。在这三姐妹中，只有三妹墨杜萨是肉身，跟人一样会死去，所以珀耳修斯奉命来割取她的头颅。当时她们正在熟睡。她们浑身披着鳞甲，头上没有头发，却盘着许多毒蛇。她们的牙如同野猪的獠牙，她们的手是金属的，她们还有一双巨大的金翅膀。珀耳修斯知道，谁要是看见这些可怕的怪物的头，谁就会立刻变成石头。因此，他背向三个蛇发女妖，从银光闪闪的盾牌里辨认墨杜萨。认出墨杜萨以后，他立即用镰刀割下她的头，背着脸把它装进他的皮囊。然后，他迅速地飞走了。两个姐姐醒来后发现妹妹被杀，顿时火冒三丈，鼓动她们的金翅膀去追赶凶手。可是，珀耳修斯戴着隐身帽，她们根本看不见他。

　　珀耳修斯一直飞到阿特拉斯国王那里才停下来。阿特拉斯国王有一座园子，园子里的树上结的都是金苹果。他派了一条毒龙看守这座园子。珀耳修斯非常疲劳，便请求国王留他在这里住一夜。国王担心他的金苹果被偷，态度生硬地拒绝了他的请求，并要把他赶出王宫。珀耳修斯愤怒地从皮囊里掏出墨杜萨的头，把它举到铁石心肠的国王面前。国王立刻变成石头，或者更确切地说，他的巨大的身躯变成了一座山，他的头发和胡子变成了山上茂密的森林。

珀耳修斯又继续向前飞去。他来到埃塞俄比亚海岸，看见一个女子被锁在大海中的一座悬崖上。这女子是埃塞俄比亚国王刻甫斯的女儿安德洛墨达。据神谕说，如果刻甫斯不把他的女儿献给一个海中巨怪，他的国家就会被洪水淹没。为了保护他的国家免遭劫难，刻甫斯国王只好怀着非常悲痛的心情献出自己的女儿。正当巨怪张开血盆大口要吞噬安德洛墨达时，珀耳修斯从空中俯冲下来落在它的背上，用他的利剑杀死了它，把安德洛墨达从锁链中解救出来。珀耳修斯看见安德洛墨达长得非常漂亮，就请求她做他的妻子。美丽的公主无比感激地向她的救命恩人伸出双手，满心欢喜地答应了他的请求。刻甫斯国王和王后看见女儿被救，又找了一个如意郎君，自然是大喜过望。他们立刻吩咐仆人为他们的女儿准备一个隆重的婚礼。

正当婚宴进行到高潮的时候，国王的弟弟菲纽斯带领一帮武装士兵闯进大厅，要强娶安德洛墨达做妻子。他说，安德洛墨达应该属于他，因为她曾经答应过他。刻甫斯回答说，他说的没错，但是在安德洛墨达处于困境时他抛弃了她，因此过去的许诺已经失去了作用，珀耳修斯是她的救命恩人，理所当然应该娶她为妻。菲纽斯不但不听他哥哥的话，而且还恼羞成怒地把标枪掷向珀耳修斯。珀耳修斯机智地一闪，标枪从他身边飞过，正好刺中了菲纽斯一个随从的脑门。于是，一场残酷的厮杀在婚宴大厅里展开。珀耳修斯挥舞着手中的宝剑英勇奋战，杀死了一个又一个敌人。但是，菲纽斯人多势众，珀耳修斯渐渐处于下风。珀耳修斯知道，这时单凭勇气已经没有用，他必须依靠最后的手段。"这是你们逼我这样做的，"他大声喊道，"我过去的敌人要帮助我了！请这里的朋友们都回过头去！"说完，他便从皮囊里掏出墨杜萨那可怕的头颅，举向逼近他的敌人。那些人举起枪正要向他刺来的时候，却一个个地变成了石头。菲纽斯看到这种情景，吓得扑通一声跪倒在珀耳修斯的面前，请求饶他一命。但是珀耳修斯强迫他看了一眼墨杜萨的头颅，他也立刻变成了一尊没有生命的大理石雕像。

珀耳修斯带着安德洛墨达返回家乡，又找到他的母亲。但是他的外祖父因为害怕神谕应验，已经逃往一个陌生的国度。珀耳修斯由于思念外祖父，便去寻找。当他来到阿耳戈斯的时候，那里正在举行竞技会，他不知道他的外祖父阿克里西俄斯也在参加比赛。在投掷铁饼时，他无意中砸死了他的外祖父。当他得知，他砸死的就是他要接回去的外祖父时，他泣不成声，悲痛欲绝。可怕的神谕的预言终于变成了现实。珀耳修斯按照国王的规格厚葬了外祖父，然后返回家乡。他和他的妻子安德洛墨达幸福地生活在一起，共同治理他的王国。安德洛墨达为他生了许多漂亮的儿子。

代达罗斯和伊卡洛斯

希腊是一个有着悠久历史的国度，而在文化艺术方面，也有着自己的特点。所以说到希腊神话就不得不提及雅典的那位才艺卓绝的艺术家——代达罗斯。他是一个完美的艺人，但是他有一个致命的缺点就是强烈的嫉妒心，这个缺点使他最终走向一个十分悲惨的境地。

在古希腊，代达罗斯是雅典最伟大的艺术家。作为建筑师，他建造了许多宏伟的建筑；作为雕刻家，他创作了许多著名的雕塑。凡是看过他的雕像的人都说它们会动、会思想，仿佛有生命一样。可是这个完美的艺人却有一个致命的缺点：容不得任何人超过他。他的强烈的嫉妒心使他后来成了一个杀人凶手并陷入十分悲惨的境地。

他姐姐的儿子塔罗斯跟他学艺。这是一个浑身充满艺术细胞并具有发明天才的孩子。他发明了陶工旋盘，并根据蛇的下颚牙骨形状，用铁片制成了锋利的锯条。他还独自发明了许多非常有价值的工具。因此，当他还是一个孩子的时候，他已经很有名气了。后来他的名气越来越大，甚至超过了他的舅舅。这正是代达罗斯所不能容忍的。在嫉妒心驱使下，他决定干掉这个孩子。一天，他带着塔罗斯来到雅典的城堡。当塔罗斯站在高高的城垛上惊异地眺望辽阔的田野时，他把他推下城墙摔死了。他想悄悄地把尸体埋掉，消灭罪证，但出乎意料的是，他被人发现并以谋杀罪被法庭判处死刑。不过，在监狱里他又巧施诡计逃了出来。他带着他的小儿子伊卡洛斯从雅典城到了阿提刻，在那里四处游荡。不久，有人发现了他，要捉拿他归案。他又急忙乘一条小船逃到了克里特岛，投奔弥诺斯国王。弥诺斯久闻他的大名，很欣赏他的艺术才能，非常热情地接待了他，并给他优厚的待遇。

克里特岛上有一个山洞，洞里住着一个叫弥诺陶洛斯的牛首人身怪。它经常吞吃活人，残害百姓。弥诺斯国王命令代达罗斯为它建造一所住宅，让它住在里面再也出不来。代达罗斯挖空心思，使出浑身解数，建造了一座迷宫。迷宫里有数不清的甬道，这些甬道迂回曲折，千绕百转，让人弄不清哪里是入口，哪里是出口，就连代达罗斯自己走进去，也几乎在迷津中找不到大门而走出来。从此以后，弥诺陶洛斯住在迷宫里，每九年吞食七个童男七个童女。按照古老的规定，这些童男童女由雅典人向弥诺斯国王进贡。

这件奇妙的作品完成以后，代达罗斯以为弥诺斯会放他走，因为他已经厌倦岛上那孤寂的生活。可是专制的国王又分派给他许多新的任务。当弥诺斯听说，代达罗斯违背他的意志要离开克里特岛时，他立即传下命令：凡胆敢帮助艺术家逃跑者，格杀不赦。代达罗斯望着海岛四周一望无际的波涛，心中愤愤地想："弥诺斯从海上封锁我，使我不能像鱼儿一样游过大海，但是我还能像鸟儿一样从空中飞走呀！"于是，他带领他的儿子伊卡洛斯搜集了许多鸟的羽毛，将这些羽毛从小到大、从短到长依次排列起来，就像鸟儿的翅膀一样，然后中间用线连好，再在末端涂上蜡。伊卡洛斯在一旁帮助他。他们就这样偷偷地做了两对翅膀，一对大的，一对小的，翅膀上有缚带，可以系在胳膊上。经过一次秘密试飞之后，代达罗斯叮嘱伊卡洛斯说："亲爱的儿子，你千万要记住，在飞行时不要飞得太高，也不要飞得太低。如果飞得太低，海水就会溅湿你的翅膀，你就飞不起来了；如果飞得太高，灼热的阳光就会把蜡融化，使羽毛散开，你就会从空中掉下来。所以你必须在太阳和大海中间飞行，而且要紧紧地跟随着我，一步也不要离开！"说完，他紧紧地拥抱着自己的儿子，心中充满了爱怜和担忧。然后他也为自己缚上翅膀。一切准备停当之后，他们便像鸟儿一样展开翅膀，飞向那蓝色的晴空。不一会儿，克里特岛就在他们的视野里消失了。他们奋力地扇动着翅膀，越过一座座小岛，向大海的前方飞去。代达罗斯不时地回过头来，看看他的儿子是否按照他的嘱咐跟在他的后面飞行。

起初一切都很顺利。伊卡洛斯小心翼翼地上下扇动着翅膀，丝毫也不敢懈怠。可是当他看到，他毫不费力就能像父亲那样轻松自如地飞行时，胆子就越来越大了。他渐渐地忘记了父亲的警告，脱离父亲的航线，越飞越高。灼热的阳光融化了翅膀上的蜡，羽毛纷纷散开来。他拼命地挥动着双臂，可是空气已经托不起他了。当他大声向父亲呼救时，他的身体却像流星一样坠落在蓝色的大海上，被汹涌的波涛吞没了。

这一切发生得太突然了。当代达罗斯想回头看看他的儿子飞得怎样时，伊卡洛斯已经不见了踪影。他大声地喊道："伊卡洛斯，伊卡洛斯，你在哪儿？"可是没有回声。他望望上面，看看下面，只见海面上漂浮着许多散乱的羽毛，却连伊卡洛斯的影子也没有。现在他明白发生了什么事情。他怀着万分悲痛的心情飞到附近的一座海岛上，解下翅膀，伤心地在海滩上走来走去，直到海浪把儿子的尸体冲上海岸。他含着眼泪埋葬了儿子，并按伊卡洛斯的名字将这座海岛取名为伊卡里亚。

后来，代达罗斯平安地到达了西西里岛。他在那里效力于科卡罗斯国王，为他创造了许多艺术品。弥诺斯国王知道代达罗斯逃到了西西里岛以后，就带领军队来追捕他。科卡罗斯假装友好地接待了弥诺斯，然后使计把他溺死在滚烫的洗澡水里。从此以后，代达罗斯长期生活在西西里岛上，享受着崇高的威望和礼遇。但是自从他的儿子死了以后，他再也没有感到快活过。

弥达斯国王

希腊神话故事中有这样一个人物，他的贪婪为他带来的不只是金钱，更多的是悔恨。弥达斯热情招待了酒神的朋友老西勒诺斯，酒神为了感谢弥达斯，愿意满足他的一个愿望。贪婪的弥达斯希望凡是被自己摸到的东西都变成金子，然而这一愿望的实现却让弥达斯十分后悔，他又乞求酒神能把自己从这诅咒中解救出来。

一次，酒神狄俄倪索斯和他的朋友老西勒诺斯带着众多随从和信徒周游列国，向人类传授种植葡萄和酿酒的技术。一路上，他们肆意饮酒，尽情歌唱，吹吹打打，吵吵嚷嚷，好不热闹。可是，西勒诺斯由于年老体衰，又加上喝得酩酊大醉，渐渐感到力不从心，赶不上年轻人的步伐。他不得不走一会儿就坐下来歇一歇，喘口气，恢复一下体力。后来，他们路过一个葡萄园时，西勒诺斯实在走不动了，就躺在浓密的葡萄树荫下睡着了。别的人没有发现西勒诺斯掉队，继续往前走。过了不久，弥达斯国王的农民发现了鼾声如雷、呼呼大睡的西勒诺斯并认出了他。他们拿他那像草莓一样的酒糟鼻子和像猪肝一样的脸打趣，用葡萄藤编了一只花冠戴在他那光秃秃的脑袋上，又往他的脖子和胳膊上扎了许多鲜花。然后，他们把他高高地举起来，拍着手，唱着歌，兴高采烈地向弥达斯国王走去。弥达斯非常热情地接待了这位酒神的朋友。为了表示敬

意，弥达斯为他举办了一个非常隆重的宴会。宴会一连持续了九天九夜。然后，弥达斯国王亲自驾着他那豪华的马车，由他的随从陪同，把老西勒诺斯送到酒神狄俄倪索斯的面前。狄俄倪索斯一看见他失而复得的老朋友，别提多高兴了。他一边热烈地拥抱着西勒诺斯，一边回过头对弥达斯说："你说出一个愿望吧，我一定满足你，因为你对我亲爱的西勒诺斯非常热情，非常友善。"

弥达斯用不着考虑，因为他的心中早就有一个愿望了。他立即回答说："我希望凡是我摸到的东西都变成金子。"狄俄倪索斯听了心中不禁想道："好一个贪婪的人！"不过他既然已经答应了，就不再改口，于是说："好吧，我满足你的愿望！凡是你摸到的东西都变成金子。"弥达斯激动得一遍又一遍地感谢狄俄倪索斯，然后高高兴兴地走了。刚走了没多远，他就迫不及待地想试一试他双手的魔力。他从树上折下一根树枝，一看，树枝已经变成了闪闪发光的金树枝。他让人递给他一块石头，他的手刚一触到石头，石头就变成了一块金子。他贪婪地把它装进自己的兜里。他摘的苹果，他掐的麦穗……凡是他的手触摸过的东西，都变成了金子。国王满意地笑了，因为他的愿望终于变成了现实。

回到王宫，弥达斯的手一碰到门把手，把手就变成了金的。他洗手时，脸盆里的水变成了金水。他饿了，坐下来吃午饭。可是，当他拿起面包、肉和水果往嘴里送的时候，这些东西全变成了金子，甚至连他喝的葡萄酒也变成了金汁，无法下咽。到了这时，弥达斯国王才意识到，他的愿望是多么的愚蠢。照这样下去，他不会饿死，也会渴死。他绝望地用手拍自己的额头，抓自己的头发，结果他的额头和头发也变成了金子。他终于对自己的贪婪感到后悔了。于是，他跪下来谦恭地请求酒神狄俄倪索斯收回他的礼物，把他从这该诅咒的魔法中解救出来。

酒神看他可怜巴巴的样子，不禁起了怜悯之心，对他说："你到帕克托罗斯泉去吧。在那里，你将你的头浸入泉水中三次，这样你就可以把你的罪孽冲洗干净。"弥达斯按照酒神的吩咐，立即来到帕克托罗斯泉边。他把自己的头在圣水中浸泡了三次，他头上的金子被冲洗掉了，自己也从魔法中解脱出来，恢复了原来的容貌。从此，帕克托罗斯泉水附近的沙子中就留下了无数小小的金粒。

经过这次教训之后，弥达斯国王再也不看重金钱和荣华富贵了。他离开王宫，走进森林，爬上高山，来到那些牧人中间。他常常同丛林和畜牧之神潘的信徒们待在一起，沉醉在潘那优美动听的芦笛声中。他对潘的吹奏艺术倍加赞赏，而且在潘和阿波罗的一次比赛中，毫不掩饰地表明了他对潘的偏爱。

潘提出同阿波罗比赛音乐。山神特摩罗斯为他们做裁判，众神女和人当听众。潘首先用他的芦笛吹奏了一首牧人华尔兹舞曲，笛声尖利刺耳。结果只有弥达斯一个人赞扬他的吹奏艺术，其他人都沉默不语。接下来由阿波罗弹奏他的七弦琴。七弦琴发出的是一种仙乐，所有的听众都被这美妙的音乐征服了。山神特摩罗斯判阿波罗获胜，把桂冠戴在他的头上。众人都鼓掌庆贺，只有弥达斯不同意。他大声嚷嚷裁判不公，说潘应该获胜。阿波罗听到他的喊声，悄悄地走到这个傻瓜的背后，揪住他的耳朵，把它们扯得又长又尖，像驴耳朵一样，上面还长满了一缕缕灰白色的毛。当弥达斯发现他身上发生了什么变化的时候，他苦苦地哀求阿波罗饶恕他，可是阿波罗听也不听，理也不理。弥达斯羞得无地自容，急忙跑进树林，用一顶高帽子遮住那长长的驴耳朵。可是这个秘密不久就被他的理发师发现了。理发师苦于不能把这个秘密告诉任何人，藏在肚里又憋得难受，于是就跑到河边，在沙地上挖了一个洞，对着洞口说："弥达斯长着一对驴耳朵！"然后又把洞填平。过了不久，那里长出一丛芦苇，芦苇在风中哗哗作响，好像是说："弥达斯长着一对驴耳朵！"很快，所有的人都知道了这个秘密。他们嘲笑这位愚蠢的国王由于缺乏理智而受到了惩罚。

菲勒蒙和包喀斯

宙斯和他的儿子化作人的模样来到凡间，考察人类的友好程度。他们敲了千家万户的门，请求借宿一夜，但所有的居民都拒绝了他们。这两位天神连个落脚的地方也找不到。村头有一所小茅屋，又矮又小，但在这所贫寒的小屋里面住着一对幸福的老人，正直的菲勒蒙和他的女人包喀斯。他们毫不隐瞒自己的贫穷，却能忍受悲苦的命运。

在很古的时候，宙斯常常变成人形，从天上来到凡间，试探人心。一天傍晚，他和他的儿子赫耳墨斯来到佛律癸亚的一个小村庄，打算在那里找个地方过夜。可是他们几乎敲遍了所有人家的大门，都遭到了粗暴的拒绝。他们怀着满腔的怒气正要离开这个可恶的村子时，忽然看见前面不远的山丘上有一所破旧的茅屋。屋顶铺着芦苇和稻草，墙由几根破木头支撑着。宙斯说："我们宁可在这穷人的茅屋里过夜，也不愿再到那富人的豪宅去借宿。"他们爬上山丘，来到茅屋前，透过窗户往里瞧。只见一对老夫妻默默地坐在一起，正在观看窗外的晚霞。他们一个叫菲勒蒙，一个叫包喀斯。这对老夫妇发现来了客人，急忙起来朝门口走去。宙斯还没来得及敲门，门已经打开了；他们还没有请求借宿，老两口就把他们两位远方的客人热情地迎进屋里。菲勒蒙说："我们是穷苦人，家里没有什么好东西，我们有什么你们就随便吃点什么吧。"

宙斯和赫耳墨斯听了满心欢喜。菲勒蒙立即搬过来两把沙发椅让他们坐在上面休息；包喀斯赶忙把炉火扇旺，加上劈柴，然后再把一只添了水的铁锅吊在火上。菲勒蒙又到园子里取来一棵新鲜的卷心菜，包喀斯把它洗干净，削到锅里，再放上盐。老头儿在老太太耳边小声说了点什么，老太太微笑着点了点头。老头儿便拿起一把长长的两股叉，叉起吊在炉子上方一根横木上的火腿，用刀切下一大块来，刮去炭黑，扔进滚开的锅里。宙斯坐在那里，静静地观看着这对白发夫妻的一举一动，他们是那样的勤快、和谐、相亲相爱。他为在这个国度里还能找到这样的好人而感到欣慰。

接着，菲勒蒙又拖来一只大脚盆，请他们洗脚，解解乏。他还找来几块垫子用毯子包好，让他们垫脚。这毯子虽然是便宜货，而且又褪了色，但却是他们拥有的最好的东西。清洗完毕，两位天神

兴致勃勃地来到桌旁。包喀斯用陶盘端来饭菜。这虽然只是人世间的家常便饭，但两位天神却把它们当作天上的美味佳肴来享用，因为他们早就饿极了。随后，老两口又抬来了一大坛酒，取来几只木制的杯子。宙斯和他的儿子吃了个酒足饭饱。然而最使他们感到舒心的，还是这两位慷慨的老人一再劝他们吃喝时所说的热情的话语和愉快的表情。

菲勒蒙惊奇地发现，那坛酒不但没有被喝干，而且比原来还要多，都溢到了坛子边上。他马上把他的发现告诉他的老伴。他们断定，眼前这两位朴实的客人是天神。他们惊诧不已，急忙跪下去，请求两位客人原谅他们拿不出更好的食物招待他们；不过，他们还有一只鹅在外面的棚子里，他们情愿把它杀了烧给客人吃。宙斯还没来得及安慰他们，他们就跑到棚子里去抓鹅了。那只鹅拍打着翅膀，尖叫着跑进厨房，求救似的躲在两位天神的身后，惊恐地喘着粗气。宙斯对随后冲进来的两位老人说："好心的老人家，饶它一条命吧。你们用来招待我们的东西已经足够了。这些粗茶淡饭加上你们的爱心，比起那些富人的山珍海味来要可口得多。我们在他们那里碰到的只是铁石心肠和紧闭的大门。这些人现在就要受到惩罚了。跟我们一起来，不要让这种惩罚殃及你们！"

他们离开茅屋，向一座山头上爬去。两位老人拄着拐杖，一步一喘地爬啊爬啊，爬上山头以后，他们已经累得筋疲力尽了。当他们回过头向山谷张望时，两人都大吃一惊：山下已经变成了一片汪洋，原来的田野、城市和村庄都消失得无影无踪，只有他们的破茅屋依然孤零零地坐落在那个山丘上，仿佛在洪水中漂荡。这时，菲勒蒙和包喀斯也禁不住为那些铁石心肠的人们的悲惨命运而伤心落泪。当他们再一次向山下望去时，他们又惊奇地发现，他们那破旧的茅屋已经变成一座金碧辉煌的庙宇。宙斯对他们说："你们不要哭了，那些毁灭的人不配享有财富和幸福。他们的心早就死了，现在死的只是他们的躯体，他们的鬼魂会在地狱里受到惩罚的。当然，你们两个都是心地善良的人，把你们的愿望告诉我吧！"菲勒蒙同包喀斯商量了一会儿，然后回答说："我们只有一个愿望，那就是在由我们的茅屋变成的庙宇里做祭司侍奉你；然后让我们同时死去，因为我们俩谁离了谁都活不下去。"

他们的愿望得到了满足。此后许多年，他们一直在庙宇里虔诚而恭顺地侍奉着神灵。他们亲眼看到山谷里的洪水渐渐退去，原来的地方又搬来一些较为善良的人。

一天，当他们站在神庙前面时，菲勒蒙突然惊奇地发现，他的妻子在慢慢地变成一棵枝叶繁茂的菩提树，而他自己也正在变成一棵橡树。在他们的嘴巴失去声音之前，他们还能亲热地窃窃私语呢。在变成树木之后，他们的树枝相互交错着，树叶在风中沙沙作响，仿佛他们还在继续交谈。两位天神为了报答他们的热情和善良，就用这样的方式使他们厮守在一起，永不分离。

坦塔罗斯

坦塔罗斯是宙斯的儿子，由于他高贵的出身，众神都很宠溺他。坦塔罗斯不但不知感恩反而恃宠而骄，他胆大妄为地揣摩神意，将自己的儿子杀死做成肉食宴请天神，想玩弄众神于股掌之间。他的残暴最终惹恼宙斯，宙斯对他做出了严厉的惩罚。

坦塔罗斯是众神之父宙斯的儿子。作为国王，他统治着佛律癸亚的西皮罗斯。由于出身高贵，他成为众神的宠儿，获得了凡人难以得到的极大荣誉。众神把他视为他们中的一员，像朋友一样同他交往，常常是他宫殿里的座上客。宙斯也不止一次地邀请他参加奥林帕斯山上的圣宴。在那里，他可以坐在天神中间，加入他们的交谈，同他们一起喝蜜一样香甜可口的琼浆玉液，吃只有神仙才能吃到的长生不老食物。但是，这种宠爱使坦塔罗斯变成了一个傲慢无理和夸夸其谈的人。他向人们炫耀自己，并把众神的秘密泄露给凡人。他还无所顾忌地窃取圣宴上的仙酒和神食，把它们分送给他人世间的朋友。他的仆从潘达瑞俄斯从克瑞忒岛的宙斯神庙里偷走一只金狗，交给他让他保管。后来宙斯要追回这只金狗时，他却发誓说他从来没有看见过。

为了试探众神是否真的无所不知，坦塔罗斯制订了一个可怕的计划。他让人杀死自己的亲生儿子珀罗普斯，用他的肉做成酒席，然后请众神来赴宴。结果只有得墨忒耳吃了一块肩胛骨，因为她失去了女儿珀耳塞

福涅，当时正陷在深深的悲痛之中，神志不是很清醒。其他诸神都知道摆在他们面前的是什么，他们怀着对这个惨无人道的父亲的憎恶，把孩子被割裂的肢体放到一只金盆里，并唤来第一个生命女神克罗托。克罗托把这些破碎的肢体重新组合在一起，小男孩不但恢复了生命，而且美丽如初，只有一只肩膀是用象牙做的。宙斯为他儿子的这种残忍行径感到无比痛苦和愤怒，他羞愧地用双手遮住他那光华四射的额头。

坦塔罗斯作恶多端，罪不容赦。现在，惩罚已经降临到他的头上来了。他的宫殿剧烈地摇晃着，哗啦啦地倒塌下来，天神们抓住这个亵渎神灵的家伙，把他打入地狱，让他在那里遭受着三种永恒的痛苦。他站在一个池塘的中央忍受着灼热的煎烤，像水晶一样清澈的池水没过他的脖颈，他想弯下腰来用干裂的嘴唇喝一口水，润一润他那冒烟的喉咙，可是池水立刻退入地下，脚下只剩下一片龟裂的黑色泥土，难耐的焦渴使他像动物一样大声地叫喊着，挣扎着。

同时，他也不得不忍受着难以言状的饥饿的煎熬。在他身后的池塘边上长着许多果树，挂满果实的树枝垂在他的头顶上。他抬头望着金灿灿的蜜梨、红彤彤的苹果、熟透了的无花果和绿油油的橄榄，刚要伸手去摘，一阵大风就会把它们刮到云端。他似乎觉得，众神都在嘲笑他贪婪地去抓却又抓空了的丑态以及他那因痛苦而变形的面孔。

他的第三种痛苦就是面对死神的恐惧。一块巨大的风化岩石悬挂在他的头顶上晃来晃去，随时都可能掉下来把他砸成肉饼。坦塔罗斯就这样在地狱里忍受着三重的痛苦，谁也无法解救他，因为他亵渎了众神的恩宠，怀疑和讽刺天神们的无所不知，竟然杀害自己的儿子来宴请天神。

珀罗普斯

珀罗普斯是雅典神话人物坦塔罗斯的儿子。坦塔罗斯亵渎神祇，父亲被罚入地狱后，他被邻近的特洛伊国王赶出了国土，流亡到希腊。珀罗普斯在流亡的途中爱上了厄利斯国王的女儿希波达弥亚，为了能让希波达弥亚成为自己的妻子，珀罗普斯决定与国王俄诺玛俄斯进行马车比赛。他最终赢得了比赛，并且统治了厄利斯国，成为国王。

自从坦塔罗斯被打入地狱之后，他的儿子珀罗普斯就登上了西皮罗斯国王的宝座。可是珀罗普斯没有做君王的福分。在同特洛伊国王进行的一场战争中，他不幸战败，被迫离开自己的国土，从小亚细亚逃往希腊。一路上，他不止一次地听到人们赞扬厄利斯国王俄诺玛俄斯的女儿希波达弥亚的美貌。于是他在心中渐渐爱上了这位貌若天仙的美人。然而要娶这位公主为妻却是不可能的，因为俄诺玛俄斯不允许他的女儿结婚。原来，得尔福神示所的神谕曾经预言：如果俄诺玛俄斯的女儿找到一个如意郎君并同他结婚，俄诺玛俄斯就会死在新郎的手里。所以，为了保护自己的生命，俄诺玛俄斯把所有的求婚者都视为他的死敌。

他派使者通令全国，凡是想同他女儿结婚的人，必须先同他进行一场马车比赛，比赛的起点是比萨，终点是科任托斯附近的波塞冬神庙，胜利者可娶他的女儿为妻，失败者将丧失自己的生命。俄诺玛俄斯之所以这样做，是因为他相信，他有两匹跑得比风还快的骏马，而且还有世界上最熟练的驭手密耳提罗斯。那些求婚的小伙子们不明底细，以为国王老昏了头，嘲笑他不自量力，心想战胜这样一个糟老头子应该不在话下，于是纷纷从四面八方来到王宫。他们不但受到热情的招待，而且还允许驾驶四驾马车参加比赛。

每次比赛，稳操胜券的俄诺玛俄斯都让求婚者先出发，然后自己不慌不忙地向宙斯祭献一只羔羊。等求婚者驶出好长一段路之后，他才跳上他那辆轻快的马车向对手追去。他很快就追上了对手，并用矛枪刺穿他的后背。就这样，一连十三个高贵而勇敢的小伙子都在他的狞笑声中倒在他的矛枪下。

珀罗普斯听到所发生的这一切，并没有被吓退。他来到王宫，首先设法见到公主并同她谈话，而且很快就赢得了她的爱情。现在，无论发生任何事情，也改变不了珀罗普斯要娶希波达弥亚做妻子的念头。在见国王之前，他先来到海边呼唤他的保护神波塞冬，希望得到他的帮助。在海神分开海浪，从大海深处涌出来之后，珀罗普斯对他说："威力无比的海神啊，请你帮助我在比赛中战胜俄诺玛俄斯，让我赢得他的女儿做妻子。不要让他的矛枪刺伤我！把你最快的马车借给我吧！"波塞冬听了他的被保护人的请求，立刻答应帮助他。他举起他的三叉神戟分开海水，把一辆闪闪发光的金车和四匹跑得像箭一样的飞马送给珀罗普斯。珀罗普斯谢过他之后，飞身跳上马车，扯起缰绳，一阵风似的驶向厄利斯参加比赛去了。

俄诺玛俄斯看见波塞冬的神驹，心中不免大吃一惊，但他仍然坚守诺言，因为他相信自己的追风马跑得最快，谁也追不上。珀罗普斯让四匹神驹稍微休息一会儿，然后开始比赛。俄诺玛俄斯还像往常一样，不慌不忙地向宙斯献祭羔羊。当先出发的珀罗普斯接近终点的时候，他才听见国王的骏马在他身后打响鼻的声音。这时，俄诺玛俄斯正准备投出标枪，刺死珀罗普斯。可是，波塞冬并没有忘记珀罗普斯。俄诺玛俄斯的标枪还没有出手，波塞冬就让他那正在飞驰中的马车的轮子掉了下来。

只听轰隆一声，马车摔得粉碎，国王也坠地而死。与此同时，珀罗普斯已经到达了终点。他回头一望，正好看见国王的宫殿被一道闪电击中，燃起了熊熊大火。他担心希波达弥亚的生命安危，急忙驾着他的神马金车向宫殿飞驰而去。珀罗普斯穿过浓烟烈火，冲进公主的房间。他刚刚把希波达弥亚背出来，屋墙就在他的身后倒塌了。全国的百姓都承认珀罗普斯是胜利者，并拥戴他为厄利斯的国王。不久，珀罗普斯便同美丽绝伦的公主举行了婚礼。为了向他表示敬意，人们将形同半岛的希腊南部以他的名字命名为珀罗珀涅斯。

骄傲的尼俄柏

美丽的尼俄柏凭借自己的聪明、权力、地位变得目中无人，她嫉妒女神勒托的双生子，嫉妒妇女们对女神的祭拜，于是破坏了女神勒托的祭拜典礼。阿波罗对尼俄柏这种无礼狂妄的行为做出惩罚，使她尝尽了恶果。

忒拜王后尼俄柏有许多值得骄傲的东西，虽然这些值得骄傲的东西并不是她通过自己的努力得来的，而是上天送给她的礼物。她为自己的聪明和美丽感到骄傲；她为她的父亲坦塔罗斯感到骄傲，因为他作为众神的朋友可以参加天界的圣宴；她为她的丈夫感到骄傲，因为他从缪斯九女神那里得到一架神奇的竖琴，奇妙的琴声使许多石头自动堆砌起来建成了忒拜城的城墙。然而，最值得她骄傲的是她的十四个孩子，因为七个健壮的儿子和七个可爱的女儿能给她带来真正的欢乐。她甚至向人们夸耀自己是世界上最幸福的妻子和母亲。但正是这种高傲招致了她的毁灭。

一天，忒拜城的妇女们公开祭拜女神勒托和她的双生子女阿波罗和阿耳忒弥斯。她们头戴桂冠，一边祈祷一边穿过街道，准备去给几位天神敬献香火。这时，尼俄柏带着宫廷侍从突然出现在她们面前。她身上穿着华丽的衣服，胳膊和脖子上戴着贵重的首饰，美丽的容颜露出威严的表情。当她看见和听说妇女们要去祭拜女神和她的双生子女的时候，禁不住大发雷霆，因为她嫉妒勒托和她的孩子受到人们的尊敬。她命令行进的队伍停下来，怒气冲冲地对她们说："你们为什么敬奉那些你们根本没有见过而且对他们一无所知的神祇呢？而我就在你们中间，你们却为什么不敬奉我呢？我的父亲坦塔罗斯是众神的朋友；我的母亲是伟大的狄俄涅；我的祖先是力大无穷的阿特拉斯，他能把天宇扛在肩上。我父亲的父亲就是宙斯。我的丈夫安菲翁是你们的国王，就连石头都得听从他的命令。我有无数的金银财宝，无论谁也比不上我的容貌。没有一个母亲能像我一样生育这么多健壮的儿子和美丽的女儿。我一共有十四个孩子，勒托只生了两个孩子，你们却敢敬奉她而不敬奉我，我无法容忍你们这样做。摘下你们头上的花环，丢下你们的祭品，马上给我散开回家去吧！我再也不想看见你们干这样的蠢事！"妇女们听了这些粗暴的话语吓得不敢吭声，她们不情愿地摘下花环，放下祭品，默默地祈祷着回家去了。

女神勒托看见和听见了尼俄柏对她的嘲讽和污蔑，禁不住怒火中烧，她对她的双生子女说："我的孩子，你们难道能容忍一个如此傲慢的凡人辱骂我并剥夺我的荣耀吗？起来，替我和你们自己去报仇吧！"阿波罗和阿耳忒弥斯立即裹着一片云彩，穿空而过，来到忒拜。忒拜城外有一片空地，尼俄柏的儿子们正在那里进行骑马和角力比赛。阿波罗用一支箭射穿了老大的心脏，他一声未吭就从马上掉了下来。老二听见箭翎在空中的响声，急忙催马逃走，可是为时已晚，阿波罗的箭射穿了他的脖颈，他一个前扑栽倒在沙地上。老三和老四正在胸贴胸地进行角力比赛，阿波罗一箭射穿了他们的胸膛，他俩同时倒地而亡。老五跑过来想帮他们，可他也倒在地上死去了。老六被阿波罗的箭射中了膝盖，他想把它拔出来，可另一支箭又射中了他由于疼痛而大张着的嘴巴，他呻吟着倒了下去。老七跪在地上，祈求得到天神们的宽恕。他的祈求虽然感动了残忍的射手阿波罗，但是神箭已经射出，再也无法收回。小男孩也同他的哥哥们一样被神箭夺去了生命。

这个可怕的消息很快就传遍了全城，大街小巷里都回荡着百姓们的悲

叹声。噩耗传进宫殿以后，安菲翁悲痛不已，拔出宝剑刺进了自己的胸膛。尼俄柏的骄傲顿时消失得无影无踪。她披散着头发，像一个疯子似的跑到儿子们倒毙的那片空地上，就连她的敌人们看见她的样子都产生了同情和怜悯。

她大声悲号着扑到儿子们的尸体上，一个一个地亲吻着他们，可一切都无济于事，她无论如何也唤不回他们的生命了。

她怀着满腔的仇恨把双手举向空中，声嘶力竭地喊道："幸灾乐祸地看着我的不幸吧！让你愤怒的心得到满足吧！勒托啊，你这残酷的女神，你征服了我，是的，你胜利了！"

然而，当她的女儿们穿着丧服来到空地，站在她和她们的兄弟们的周围时，失去的傲气又在她的身上死灰复燃。她用嘲讽的口气对天空喊道："你虽然夺去了我的七个儿子，可我还有七个女儿，你的两个孩子能同她们相比吗？即使在不幸中，我所拥有的也比在胜利中的你要多得多！"

尼俄柏刚刚说完这些放肆的话，只听见嗖的一声箭响，大女儿便倒在了她的兄弟们的尸体上，随后五个女儿也这样一个接一个地受到了阿耳忒弥斯的报复。只剩下最小的女儿了。她扑到母亲的怀里，希望得到母亲的保护。

尼俄柏求勒托至少给她留下这唯一的孩子，可是暴怒的勒托已经失去了怜悯之心。最后一个小姑娘也成了她复仇的牺牲品。

从前傲慢的尼俄柏现在孤零零地一个人瘫坐在她孩子们中间。由于悲痛过度，她的身体渐渐变得僵硬起来。她的秀发不再在微风中飘拂，她那美丽非凡的容貌失去了昔日的光彩，两只漂亮的眼睛木然地凝视着，血液在血管里停止了流动，心脏也停止了跳动，她的脖子，她的四肢，她的整个身体都变成了一块石头。只有僵化了的眼睛还在不停地流着眼泪。突然，一阵狂风把她卷到空中，越过大海，将她安放在她的家乡吕狄亚的一座高山上。

如今，人们还可以看见一座尼俄柏的大理石像矗立在那里的一座悬崖上。她的眼睛里不停地流着眼泪，谁也止不住它们。

西绪福斯

西绪福斯绑架了死神，让世间没有了死亡，他因此触犯了众神。诸神为了惩罚他，便让他把一块巨石推上山顶，但每当他快推上山顶时巨石就又滚下山去，前功尽弃，于是他就不断重复、永无止境地做这件事——诸神认为再也没有比进行这种无效无望的劳动更为严厉的惩罚了。西绪福斯的生命就在这样一件无效又无望的劳作当中慢慢消耗殆尽。

宙斯拐走了河神阿索波斯最漂亮的女儿——神女埃癸娜。他变成一只雄鹰，把埃癸娜带到一个海岛上，从此这个岛就叫埃癸娜岛。女儿被拐走以后，河神整天忧心如焚，坐立不宁，于是决定去寻找女儿。一天，阿索波斯来到了科林斯城。埃俄罗斯的儿子西绪福斯在那里当国王，他是一个奸诈狡猾、诡计多端的人。阿索波斯爬上他的城堡，向他打听女儿的下落。西绪福斯明明知道埃癸娜的去向，但他却要求阿索波斯先在他的城堡的院子里给他打一口井，然后才告诉他，因为他的城堡坐落在山顶上，根本没有泉水，吃水要到很远的地方去挑。阿索波斯来到院子里，用他的旅行杖在石板地上轻轻点了一下，一股泉水马上喷涌而出。按照事先的约定，西绪福斯把那个海岛的位置告诉了阿索波斯。阿索波斯立即动身，到那里找他的女儿去了。

宙斯对西绪福斯的行为很愤怒，因为他把暗藏埃癸娜的地方泄露给阿索波斯完全是为了自己的利益，而不是出于仁爱之心，所以他要惩罚他。他派死神塔那托斯去抓他，但他在角斗中把死神摔倒在地，给他带上镣铐，使他成了俘虏。因此，有好几年世间都没有人死去。后来还是战神阿瑞斯用他的神剑砍断铁链，救出了塔那托斯。死神抓住西绪福斯，扇动着他那黑色的翅膀，腾空而去。塔那托斯虽然把西绪福斯投进了地狱，但是没有想到这位国王是那样的奸诈狡猾。原来，他在世的时候就已经吩咐他的妻子，在他死后不要举行葬礼和祭奠。来到地狱以后，他请求冥王哈得斯和冥后珀耳塞福涅，准许他回到人间去惩罚破坏神圣风俗的妻子。这两位地府的统治者没有识破他的诡计，就答应了他的请求。可是西绪福斯一返回阳间，就把他向哈得斯的许诺忘到九霄云外，再也不肯回地府去了。他整天大摆酒宴，狂吃豪饮，尽情地享受他重新获得的人生。

但是好景不长。一天，当他又在丰盛的宴席上吹嘘自己怎样欺骗了冥王时，大厅的门轻轻地打开了，黑色的死神悄悄地溜进来抓住了他。西绪福斯大惊失色，吓得把酒杯也掉在了地上。他拳打脚踢，拼命挣扎。可是这一次一切都无济于事，愤怒的死神终于把他拖进了地狱。在那里，他的欺诈行为受到了严厉的惩罚——他必须把一块巨石推到山顶上。但是，当他费尽九牛二虎之力快把巨石推到山顶时，巨石又滚落下来，他不得不再重新往上推。就这样推上去掉下来，掉下来又推上去，周而复始，永无休止。谁也不知道，什么时候西绪福斯才能得到解脱。

人们听了这个故事以后，就把一种费力而没有结果的工作称为"西绪福斯的工作"，意思就是功亏一篑或者劳而无功。

柏勒洛丰

丰富多彩的希腊神话中，不仅有关于天神的故事，也有一些凡人故事。柏勒洛丰是一个勇敢正直的小伙子，他的这些特点赢得了天神的庇佑，完成了很多凡人不能完成的任务。但是柏勒洛丰因此变得高傲起来，失去了本心，后来被众神唾弃，流浪四方，悲惨地死去。

柏勒洛丰是狡猾的西绪福斯的孙子、科林斯国王格劳科斯的儿子。由于一次过失杀人，他受到了控告。为了避免不公正的惩罚，他逃到一个叫作提任斯的地方。提任斯国王普洛托斯不但热情地接待了他，而且还为他洗清了罪名。

众神曾赋予柏勒洛丰美丽非凡的仪表和所有男人的美德。因此，普洛托斯国王的妻子安忒亚对他一见钟情，企图引诱他。但这个高贵的青年对她很冷淡，断然拒绝了她的无理纠缠。安忒亚恼羞成怒，便想加害于他。她跑到丈夫面前，气急败坏地对他说："请你杀死柏勒洛丰吧！你诚心诚意地对待他，可他却企图引诱我，想让我做出对你不忠的事情。"

普洛托斯听了这话，顿时火冒三丈。但因为他非常喜欢这个高贵的小伙子，不愿亲手杀死他，于是就想出别的办法来除掉他。他派这个无辜的青年送信给他的岳父——吕喀亚国王伊俄巴忒斯，信上要求对方杀掉送信人。

柏勒洛丰毫不怀疑地上了路。由于有万能的神的保护，他在大海上航行一帆风顺，并且很快就到达克珊托斯河畔，来到了伊俄巴忒斯国王面前。

伊俄巴忒斯是一位心地善良、热情好客的国王。他按照古老的礼节接待了这位年轻的外乡人，不问他是谁，也不问他从哪里来。从他的仪表和举止上，国王就看出他不是一个一般的客人。他给他最高的礼遇，每天举行宴会招待他，并为他宰杀牲畜献祭神祇。

这样一连过了九天，到了第十天早晨，国王才问起客人尊姓大名和来此地的目的。柏勒洛丰告诉他，他是从他的女婿普洛托斯那里来的，并把那封信交给了伊俄巴忒斯。

伊俄巴忒斯看了信后，不禁从内心对他的女婿的要求大吃一惊，因为他也喜欢这位气质高贵的青年。他相信这小伙子确实犯了罪，应该偿命，不过，他也像他的女婿一样，不想亲手杀害他。于是，他派他去打仗，希望他死在战斗中。

国王首先派他去杀掉蹂躏吕喀亚人的怪物喀迈拉。喀迈拉长着狮头、龙尾和山羊的躯体，嘴里喷着熊熊的火焰。要想干掉这样一头可怕的怪物，困难是可想而知的。可是众神同情这个无辜的青年，他们在他去追杀可恶的堤丰巨人和巨蛇厄喀德那的途中，送给他一匹会飞的神马珀伽索斯。神马从来没有被凡人骑过，桀骜不驯，根本不让人靠近。柏勒洛丰拼命地追它，可是怎么也追不上。最后，他筋疲力尽地躺在发现神马的庇瑞涅泉水旁睡着了。

当他睡得正香的时候，他的保护神雅典娜出现在他的梦中。她站在他的面前，右手拿着一副金光灿灿的笼头，对他说："你干吗在这儿睡觉呢？快拿上这副奥林帕斯圣山的笼头，再去给波塞冬献上一头公牛，你就可以制服珀伽索斯了。"雅典娜说完，晃了晃她那黑色的盾牌就消失了。

柏勒洛丰从睡梦中惊醒，跳起来一看，手中果然拿着一副笼头。他急忙去找先知波吕伊多斯，向他讲述他的梦和梦中所发生的奇迹。先知建议他马上去实现雅典娜的愿望，给波塞冬宰杀一头公牛，并为他的保护女神建一座祭坛。

柏勒洛丰按照先知的话做完这一切后，不费吹灰之力就抓住神马并制服了它。他给它戴上笼头，披上马鞍，然后一翻身上了马背。珀伽索斯扇动着翅膀，腾空而起。柏勒洛丰在空中向喀迈拉射箭，很快就杀死了它。

伊俄巴忒斯看见柏勒洛丰平安回来，不禁大吃一惊。他立即又派他去对付那些好战的索吕摩人，因为他们长期骚扰吕喀亚的边境。柏勒洛丰很快又取得了胜利。然后国王又派他去同凶悍的阿玛宗人作战，他也安然无恙地得胜而归。

为了彻底满足他女婿的要求，伊俄巴忒斯国王派吕喀亚国内最勇敢的男子在柏勒洛丰回来的路上设下埋伏。但是，这位英勇无比的小伙子把袭击他的人杀得落花流水，一个不剩。

现在，伊俄巴忒斯国王终于意识到，他所收留的这个客人不是罪犯，

而是众神的宠儿。他不但不再迫害他，而且还以国王的礼节对待他，同他平分王权，并把女儿菲罗诺厄嫁给他做妻子。吕喀亚人送给他肥沃的耕地和最美丽的花园。他的妻子为他生了两个儿子和一个女儿。

可是，柏勒洛丰的幸福也有尽头。他的大儿子，一位伟大的英雄，在与索吕摩人作战中死去。他的女儿拉俄达弥亚虽然给宙斯生了英雄萨耳珀冬，但却死在阿耳忒弥斯的箭下。只有他的小儿子活到了老年，享受了荣华富贵，并派他自己的儿子格劳科斯带着吕喀亚的军队去帮助特洛伊人。

柏勒洛丰由于拥有不死的神马而变得高傲起来。他想骑着这匹神马飞上奥林帕斯圣山，强行参加众神的聚会。但是，神马不满他的放肆和傲慢，在空中突然竖起前蹄，把这个凡人骑手从背上掀了下来。柏勒洛丰虽然养好了伤，但是从此受到众神的厌弃，而且在凡人面前他也羞愧难当，抬不起头来。他孤寂地四处流浪，过着一种默默无闻、充满忧愁的生活，最后悲惨地死去。

卷二　特洛亚的传说

　　从特洛亚升起的火柱直冲云天，它宣告了这座不幸城市的毁灭。

特洛亚城的建造

所谓城邦，其实是以一个城市或一个岛屿为中心建立起来的城市国家，它们的特点便是国小民稀。它们几乎都是独立的，这些城邦之间经常发生战争，有时结成同盟。它们在制度、语言、信仰上都基本一致，自认为是同一民族，称自己是希腊人。而不属于希腊诸城邦的则被其称为"异邦人""异乡人"，如特洛亚人在他们眼中就是异乡人或蛮族。

远古的时候，在爱琴海上一个名叫萨摩特拉刻的岛上住着两兄弟：伊阿西翁和达耳达诺斯，他们是宙斯和曾勒阿得斯七姊妹之一厄勒克特拉所生的儿子。伊阿西翁自恃是神之子，竟敢觊觎奥林帕斯山上的一个少女——得墨忒耳女神，狂热地追求她为妻。为了惩治他的这种胆大妄为，他的亲生的父亲用闪电将他击毙。另一个儿子达耳达诺斯因为兄弟之死而极为悲伤，于是他离开故国家园，越过亚细亚大陆，来到了密西亚海岸。

这儿的统治者是国王透克洛斯，达耳达诺斯受到他友好的接待。他得到了一块土地，娶国王的女儿为妻，并在山间建立了一片居民地，这个地带根据他的名字就叫达耳达尼亚，而透克里亚人从此就被称为达耳达尼亚人。后来这个地方就依他的孙子特洛斯的名字取名为特洛亚斯，它的主要集居地就叫特洛亚。现在人们也将透克里亚人或达耳达尼亚人称为特洛亚人或特洛尔人。

特洛斯国王的继位人是他的大儿子伊罗斯。有一次伊罗斯去邻国弗里吉亚访问，被弗里吉亚国王邀请去参加安排好的一场竞赛，他在角斗中赢得了胜利。他得到五十个少男和五十个少女作为奖赏，此外还有一头色彩斑斓的牛。国王把牛连同一个古老神谕一并交给了他，这神谕是：他要在牛躺下的地方建造起一个城堡。

伊罗斯跟在牛的后面，牛在国家主要集居地特洛亚那儿躺了下来，于是他就在这儿的一座山丘上建造了城堡——伊利昂。在建造之前他请求他的祖先宙斯赐以征兆，看宙斯是否喜欢建造这样一座城堡。翌日他在他的帐篷前面找到了从天上落下来的一尊雅典娜女神的圣像，它有三肘[①]高，两脚靠拢，右手执一根长矛，另一只手执纺线杆和纺锤。

这尊圣像的来龙去脉是这样的：根据传说，女神雅典娜一生下来就由海神特里同养育。特里同有一个名叫帕拉斯的女儿，和雅典娜同年，是她亲密的伴侣。有一天，这两个少女玩起了战争的游戏，进行了一场面对面的争斗。正当特里同的女儿帕拉斯把矛尖刺向她的伙伴时，为他女儿的性命感到担忧的宙斯急忙用山羊皮制成的神盾将矛挡住。帕拉斯为之一惊，她畏惧地仰望上天，而就在这一瞬间她受到雅典娜致命的一击。雅典娜感到极度的悲哀，为了永远的怀念，她为她亲密的伙伴造了一尊逼真的肖像，给她穿戴上一副用同样的羊皮制成的胸甲，像盾牌一样，它就叫作神盾。雅典娜把这尊像放在宙斯神柱旁边，以表示崇高的敬意。她本人此后称自己为帕拉斯·雅典娜。现在宙斯征得他女儿的同意，把这尊圣像从天上掷落到伊利昂城堡境内，表明这座城堡和这座城市会得到他和他女儿的庇护。

拉俄墨冬是国王伊罗斯和欧律狄刻的儿子，他生性乖僻暴戾，蒙蔽众神，欺骗国人。他准备把开阔但还不坚固的特洛亚像城堡一样用墙围起来，使它成为一座真正的城池。那个时候阿波罗和海神波塞冬因反抗宙斯而被逐出天庭，他们在下界四处游荡，无家可归。宙斯想让他们来帮

---

① 肘：长度单位，一肘约等于半米。

助拉俄墨冬国王建造特洛亚城墙。这样，就在城墙刚开始修建时，他们的命运就把他俩带到了伊利昂附近。他们从国王那里受到了委托，报酬上达成了协议，于是开始了工作。

波塞冬直接投入建造，在他的领导之下，围墙矗立起来，一道坚不可摧的保卫工事壮丽地拔地而起。与此同时，福玻斯·阿波罗在树木繁茂的伊得山蜿蜒的峡谷和盆地中为国王放牧牛群。他俩答应用这种方式为国王服务一年。当期限已到，威严的城墙已经建成时，狡诈的拉俄墨冬拒不给他们全部的报酬。阿波罗对他进行严厉的斥责，可国王却把他们赶走，威胁说要捆上福玻斯的手脚，还要割下两位神的耳朵。阿波罗和波塞冬极为愤怒地离开，成了特洛亚国王和民众的死敌；而一直是这座城市保护者的雅典娜也弃它而去。现在刚建好高大城墙的这座都城连同它的国王和人民都被抛弃，被交付诸神加以蹂躏。

帕里斯的人生抉择

国王普里阿摩斯和妻子赫卡柏生了一个孩子，预言家说这个孩子将会给特洛亚城带来毁灭，普里阿摩斯就命奴隶将他遗弃。孩子在森林里变得健壮活泼，奴隶动了恻隐之心便将孩子带回家抚养取名为帕里斯。帕里斯长大后成了牧人的保护者，在三位女神中他选择了爱情女神阿佛洛狄忒，开始了自己的人生旅途。

国王拉俄墨冬的继位人是他的儿子普里阿摩斯。普里阿摩斯第二次结婚的妻子是弗里吉亚国王底玛斯的女儿赫卡柏。他俩生的第一个儿子叫赫克托耳。当赫卡柏的第二个儿子出生在即时，她在一个漆黑的夜里梦见了一张可怕的脸。她觉得自己好像在生出一支烈焰熊熊的火炬，它把整个特洛亚城变成了一片火海，烧成灰烬。她惊恐不安，把这个梦告诉给她的丈夫普里阿摩斯。普里阿摩斯召来他前妻的儿子埃萨科斯。埃萨科斯是一个预言家，他从他的外祖父墨洛普斯那里学会了占梦的技艺。埃萨科斯解释说，他的继母将生下一个儿子，这个婴儿会给都城带来毁灭。因此他劝告说，要把她怀的这个儿子遗弃。

王后果真生了一个儿子。对国家的爱胜过母子之情，赫卡柏叫自己的丈夫把刚生下来的婴儿送给了一个奴隶，让他抱到伊得山，扔到那里去。这个奴隶叫阿第拉俄斯，他按照命令这样做了。但一只母熊却哺乳了这个婴儿，五天之后，那个奴隶发现孩子躺在森林里，健壮活泼。他把他抱了起来，带回家去，在自己的住处养育他，像对待自己的孩子一样，并给这个孩子取名叫帕里斯。

这个国王的儿子在牧人中间长成为一个身强力壮、漂亮英俊的小伙子，他成了伊得山所有牧人的保护者，强盗见了他无不逃跑。

一天，他来到伊得山中迤逦蜿蜒的峡谷，这里崎岖难行，草木葱茏。他透过群山之间的空隙向下俯视，看到了特洛亚的宫殿和远方的大海。突然间他听到神祇的脚步声，使他周围的大地震颤起来。

在他还没来得及思考之前，众神的使者赫耳墨斯便手中拿着黄金神杖，半是借助他的翅膀，半是凭借他的双脚，已站在他的面前。可他也仅仅是女神们的先行使者。

奥林帕斯的三位女神迈着轻盈的脚步踏过柔软的、从未被践踏过也从未被啮食过的草地而来。

这个青年人为之一惊，那个带翅膀的使者向他喊道："不要害怕，女神到你这儿来是让你作她们的评判。她们选中了你，由你来裁定她们中谁是最美丽的。宙斯命令你来接受这项仲裁任务，他会保护你并给你帮助！"

赫耳墨斯说完就振起双翼，飞出峡谷，消逝了。

赫耳墨斯的这番话鼓起了这个牧人的勇气。他敢于抬起那垂下的胆怯目光，去欣赏站在他身旁的三位女神：她们超尘脱俗，美丽绝伦。第一眼就使他想说出，她们每一个都值得被称为是最美。

他的目光停留在她们身上越久，他就越时而觉得这一个最美，时而觉得另一个更美。

可他逐渐发现其中一个比另外两个更年轻，更温柔，更妩媚，更可爱；他仿佛觉得，从她的眼中放射出的是一面由爱情光华织成的网，把他的目光和额头紧紧地缠了起来。

这时她们中最傲慢的一个——她的身材和威严都胜过其他两个——开始说话了："我是赫拉，宙斯的妻子。这是那只纷争女神厄里斯在一次婚宴上抛在宾客之中的金苹果，它上面刻着'给最美的人'。如果你答应把它给我，那你，尽管你只是个从王宫中被驱逐出的牧人，也能成为尘

世间最富有的王国的统治者。"

"我是帕拉斯·雅典娜，智慧女神，"另一个女神说，她有着纯洁隆起的额头、湛蓝的眸子，美丽的面庞显示出处女的尊严，"如果你承认我是胜利者，你将赢得人类中智慧和刚毅的最高荣誉！"

这时，一直只是用眼睛说话的第三位女神，朝牧人望去，她面带一丝甜蜜的微笑，目光是那样诱人。她说道："帕里斯，你不要为许诺的礼物所迷惑，它们都充满了危险，而且不会助你取得成功！从我这儿你将得到一件礼物，它给你带来的绝不会不是快乐：我要把世上最美丽的女人带到你的怀中，成为你的妻子！我是阿佛洛狄忒——爱情女神！"

当阿佛洛狄忒对牧人做出许诺时，她站到了他的面前，束着一条赋予她的妩媚以一种极大魅力的腰带。这时另外两位女神在他的眼中就失去了希望的光泽，她们的美丽变得黯然失色。他昏昏然地将从赫拉手中接过来的金色宝物递给了爱情之神。

赫拉和雅典娜愤恨地转过身去，并发誓要为这种侮辱向他、向他的父亲普里阿摩斯、向特洛亚人民和国家进行报复，并毁灭一切。尤其是赫拉，她从这一刻起就成了与特洛亚人势不两立的敌人。但阿佛洛狄忒却用神的誓言庄严地重申对他做出的许诺，随后她离去了。

帕里斯以不为人知的牧人身份又在伊得山高处生活了一段时间。国王普里阿摩斯为一个死去的亲属举办一次竞技比赛，这吸引了帕里斯前去参加，他终于来到了自己此前从未踏入过的城市。

国王从这个伊得山牧人那里牵来一头公牛作为对胜利者的奖赏，恰好这头牛是帕里斯最喜欢的。他不能拒绝他的主人和国王的要求，于是他决定，至少在竞赛中把它夺回来。帕里斯在竞赛中取得了胜利，他战胜了他所有的兄弟——甚至是他们中最勇敢、最强壮、魁梧高大的赫克托耳。国王普里阿摩斯的另一个儿子得伊福玻斯对自己的失败感到极为愤怒和羞辱，他要把这个年轻的牧人击毙。可帕里斯逃到宙斯的神坛边，遇到普里阿摩斯的女儿卡珊德拉。她从神那儿学会了预言的才能，立刻就认出了他是被遗弃的兄弟。

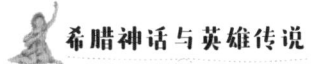

于是双亲拥抱起他，重逢的喜悦使他们忘记了那个"他的诞生会带来灾难"的预言，他们接受了他作为他们的儿子。

可帕里斯还是先返回了他的牧群，作为国王的儿子，他在伊得山上得到了一处堂皇富丽的住所。但不久机会到了，国王给了他一项委托；他踏上了旅途，却不知道迎接他的将是爱情女神阿佛洛狄忒许诺给他的奖赏。

海伦的被劫

因为普里阿摩斯思念自己被掠夺的姐姐，希望儿子帕里斯能用武力将自己的姐姐抢回来。为了不让父亲遗憾，帕里斯前往希腊帮助父亲完成他的心愿。到达斯巴达国时，帕里斯便对国王墨涅拉俄斯的妻子海伦一见钟情，随后他将海伦劫持到了特洛亚。

国王普里阿摩斯还是一个稚嫩的孩子时，赫剌克勒斯杀死了拉俄墨冬，占领了特洛亚，把普里阿摩斯的姐姐赫西俄涅作为胜利品抢走，并将她转赠给他的朋友忒拉蒙。虽然这位英雄把她升格为自己的妻子并使她成为萨拉弥斯的王后，但普里阿摩斯和他的家族仍对这次掠夺耿耿于怀。有一次，在王宫中重又提起这次劫掠的话题，普里阿摩斯陷入对他远方姐姐的深深思念中。这时帕里斯声称，若是给他一支舰队前往希腊，他认为借助神的帮助，自己定能用武力从敌人那里把父亲的姐姐抢回来，并光荣地凯旋。他将希望寄托于女神阿佛洛狄忒的帮助，因此他向父亲和兄弟们讲述了他在放牧时遇到的事情。普里阿摩斯本人现在不再怀疑他的儿子帕里斯得到了上天的特别庇护，就连得伊福玻斯也完全相信，若是他的兄弟全副武装出现在希腊人面前，他们一定会赔罪谢过，并把赫西俄涅交还给他。

但在普里阿摩斯众多儿子中间也有一个名叫赫勒诺斯的预言家。他突然说出预言，并肯定：若是他的兄弟帕里斯从希腊带回一个女人，那么希腊人就会前来特洛亚，把这座城市毁灭，把普里阿摩斯的所有儿子全部杀死。这个预言在会议上引起了争论。普里阿摩斯和赫卡柏的最小的儿子特洛伊罗斯对他哥哥的预言根本不予理睬，并痛斥他的胆怯，他提出不要被战争的威胁所吓倒。其他人显得犹豫不决。但普里阿摩斯却支持他的儿子帕里斯，因为他深切思念他的姐姐。

于是国王召开了一次国民大会，在会上普里阿摩斯声称，他从前派遣过一个使者团在安忒诺耳的率领下前往希腊，要求他们为掠夺他的姐姐一事谢罪并将她交还。可那时安忒诺耳屈辱地被赶了回来。现在他想，若是全体人民同意，他就派他自己的儿子帕里斯带领一支雄壮的队伍前往希腊，用武力去取得用善意得不到的东西。为了支持这项提议，安忒诺耳站了起来，愤怒地诉说了他本人作为和平使者在希腊所忍受的侮辱，并描述了希腊在和平时期的傲慢和在战争中的无能。

他的这番言辞激起了人民的狂热，他们高喊着想要发动战争。但聪明的国王普里阿摩斯却懂得不能草率行事，他要求每一个人说出心中对这件事的一个忧虑。这时特洛亚最年长的一位老人潘托俄斯在集会上站了起来，他讲述了他那受过神谕教导的父亲还是一个年轻人时所听到的事情：若是拉俄墨冬家族中一个国王的儿子从希腊带回一个妻子到家，那特洛亚人就面临完全毁灭的危险。"因此，"他结束了他的讲话，"不要让我们为虚幻的战争荣耀所迷惑，朋友们，我们宁愿在和平与安宁中生活，也不要进行战争冒险，并最终因此而丧失自由。"但人民对这个提议不满，他们向他们的国王高喊，叫他不要听取一个老人的胆怯的言辞，要他去做他心中已经决定要做的事情。

于是普里阿摩斯下令装备战船，并派他的儿子赫克托耳到弗里吉亚，派帕里斯和得伊福玻斯到邻国派俄尼亚，召集结盟的士兵；也把特洛亚能拿起武器的男人组织起来准备参加战争，这样不久就聚结起一支强大的军队。国王命令他的儿子帕里斯作统帅，要他的兄弟得伊福玻斯、潘托俄斯的儿子波吕达玛斯以及他的亲戚英雄埃涅阿斯辅佐他。这支强大的舰队向大海进发，朝希腊岛屿库忒拉驶去——他们想先在那儿登陆。途中，舰队遇到了斯巴达国王墨涅拉俄斯的船队，他正向皮罗斯进发，去拜访贤明的涅斯托耳。墨涅拉俄斯见到这支壮观的舰队感到非常惊讶，而特洛亚人瞥见这支华美的船队也十分好奇：这支船队装饰得格外堂皇富丽，乘坐它的显然是希腊的有名王公。但双方互不相识，各自都在思索对方要驶向何处，就这样他们错身而过，分道扬镳。

特洛亚舰队顺利地抵达库忒拉岛。帕里斯要从这里向斯巴达进发，并同宙斯的儿子卡斯托耳和波吕丢刻斯进行交涉，以接回赫西俄涅。如果希腊英雄们拒绝交还，那他就遵照父亲的命令，把舰队开向萨拉弥斯，并用武力把王后抢回来。

但帕里斯在前往斯巴达之前，先要在一座供奉阿佛洛狄忒和阿耳忒弥斯的神庙里献上祭品。

这期间，岛上的居民将这支强大舰队的出现向斯巴达做了通报，而此时在斯巴达，因国王墨涅拉俄斯出门，由王后海伦主政。海伦是宙斯和勒达所生的女儿，是卡斯托耳和波吕丢刻斯的妹妹，是她那个时代最美的女人。当她还是一个温柔的女孩时，就被忒修斯抢走，但又被她的哥哥夺了回来。当她在她的继父——斯巴达国王廷达瑞俄罗身边长成个如花似玉的少女时，她的美貌吸引来一大批求婚者。可国王害怕，如果他挑选其中一个做女婿的话，那所有其他人就会成为敌人。于是希腊众英雄中最最聪明的伊塔刻国王俄底修斯给他出了个主意：所有求婚者都盟誓为证，用手中的武器保护被选中的新郎，来反对任何一个因这次婚姻而对国王心怀敌意的人。廷达瑞俄罗接受了这个建议，他让所有求婚者都立下誓言，于是他本人选中阿特柔斯的儿子墨涅拉俄斯作他女儿的丈夫，并把斯巴达这片国土交给他统治。海伦给她的丈夫生了一个女儿赫耳弥俄涅，当帕里斯向希腊进发时，赫耳弥俄涅还躺在摇篮里。

美丽的王后海伦在她丈夫外出期间独自一人在宫殿里百无聊赖地消磨时光。现在，当她得到通报，说一个异国王子率领一支舰队到达库忒拉岛时，为好奇心所驱使，她要去看看这个陌生人和他的武装随从。此前她也曾在库忒拉岛上的阿耳忒弥斯神庙里举行过一次庄重的祭祀。她在踏入庙堂时，正赶上帕里斯献完了他的祭品。帕里斯一看到王后进来，立刻就垂下了祈祷的双手，由于惊愕而茫然无助，因为他认为他又看到了阿佛洛狄忒本人。他早就听到了海伦貌美的传闻，帕里斯一直渴求在斯巴达目睹她的风采。可他认为爱神所许诺给他的女人一定比所描述的海伦要美丽得多；而且他想到爱神许诺给他的美女是一个处女，而不是另一个人的妻子。但现在，他亲眼看到了斯巴达王后，并把她的美貌与爱神的美貌加以比较。这时他突然明白了，阿佛洛狄忒为他的裁决许诺给他的报酬就只能是这个女人。他父亲的委托，他这次征途的目的，在这一瞬从他的脑海里消逝得无影无踪。他觉得他同他的士兵就是为了劫掠海伦而来。在他因她的美貌而失神伫立的同时，王后海伦也在观察这个英俊的亚细亚国王的儿子：他长着一头长发，身穿金黄色和紫色的东方式的华丽服装。她毫不掩饰她的好感。在她的思想中丈夫的容貌黯然失色了，取而代之的是这个年青外国人英气逼人的形象。

随后海伦返回斯巴达她自己的王宫，她试图从心中抹去这个英俊的青年人的容貌，并希望她那个还一直逗留在皮罗斯的丈夫墨涅拉俄斯回到她的身边。可代替她丈夫出现的却是帕里斯本人，他带着挑选出的随从到了斯巴达，同他的使者向国王宫殿走来。虽说国王不在，但墨涅拉俄斯的妻子殷勤地接待了这位客人，给予他一个国王儿子应得的礼遇。他的琴艺、他的动听的言谈和他的爱情之火搅乱了女王那颗不设防的芳心。当帕里斯看到她心旌飘摇时，立即就忘记了父亲和人民的委托，灵魂里有的只是爱情女神给予他的极富诱惑力的许诺。他把那些武装起来与他一道来斯巴达的随从集合起来，蛊惑他们劫掠财富，想借他们的帮助来实现自己的罪恶勾当。随后他冲入王宫，把墨涅拉俄斯的财富掠夺一空，并把半是抗拒半是顺从的美丽海伦劫往库忒拉岛。

当他携带他的诱人的战利品航行在爱琴海上时，突然风停息下来，舰队前面的海浪裂成两半。古老的海洋之神涅柔斯从水中露出身来，他头戴芦苇花冠，鬈曲的长发和胡须上水滴淋漓。他向舰船喊出他诅咒的预

言："不祥之鸟伴着你们的航程，该死的强盗！希腊人会带着大军追来，他们发誓要消灭你们这群匪徒和普里阿摩斯的古老王国！痛苦啊，我看到多少马匹，看到多少人啊！帕拉斯·雅典娜已经武装起来，戴起了盔甲，拿起了盾牌，还有她的愤怒！血腥的战争要持续多年，只有一个英雄的愤怒才能阻止你们城市的毁灭。但时日一到，希腊人的大火将吞噬掉特洛亚的全部房屋！"

老人说完了他的预言，重又沉入水中。帕里斯听到后极为恐惧。但当海风重又欢快地吹起来时，他躺在劫来的王后的怀抱之中，不久就忘掉了诅咒，整个舰队在克剌奈岛抛锚登陆。在这儿，墨涅拉俄斯那水性杨花、轻薄无行的妻子自愿与帕里斯结为夫妇。两个人都把故乡和祖国抛到脑后，用带来的财宝日日骄奢淫逸，耽于享乐。多年之后，他们才返回特洛亚。

战斗的爆发

帕里斯是被派往斯巴达的使者，犯下反对人民权利和违反客人礼仪的罪恶行为，他激怒了一个最强大的王室家族。墨涅拉俄斯和阿伽门农走遍了希腊，要求君主们参加征讨特洛亚的战争，希腊人和特洛亚人的战争即将爆发。

希腊人正在备战时，特洛亚的城门突然打开，特洛亚全副武装的士兵在赫克托耳的率领下冲向斯卡曼德洛斯平原，攻击毫无准备的希腊人的船队。船营最外一列的希腊人首先拿起武器，分散开来向逼近的敌人还击，但是寡不敌众，败退下来。可这次战斗却赢得了时间，使军营中的希腊人集结起来，能列成阵势向敌人进攻。随之开始的战斗极不平衡：凡是赫克托耳本人所到之处，特洛亚人就占了上风；可在离他较远处的战斗中，希腊人则取得了优势。

终于，阿喀琉斯同他的士兵出现在战场上了。他那勇猛的攻击所向披靡，连赫克托耳本人也阻挡不住。他杀死了普里阿摩斯的两个儿子，国王从城墙上看到自己孩子死了，悲痛得叫了起来。与阿喀琉斯并肩作战的是埃阿斯，他的高大身躯在希腊人中显得十分突出。在这两位英雄面前，特洛亚人避之唯恐不及，他们就像鹿群遇到猎犬一样望风而逃。到最后，所有的敌人都被击退了。特洛亚人又紧紧关上了城门。希腊人重又安心地回到他们的舰船旁，从容地继续去建筑他们的营房。阿喀琉斯和埃阿斯被阿伽门农指定去看护舰船，而他们又布置另外一些英雄去守护舰队个别部分的船只。

特洛亚附近的科罗奈是国王库克诺斯统治的地方。库克诺斯是一个仙女和海神波塞冬所生的儿子，在忒涅多斯岛上由一只天鹅抚养成人，因此他得到库克诺斯这个名字，意思是天鹅。他与特洛亚人结盟，普里阿摩斯还没有向他提出什么要求，他就把援助朋友看作自己应尽的义务。于是他在自己的国家里集聚起一支人数可观的队伍，埋伏在希腊船营的附近；当希腊人从第一场与特洛亚人的战斗中凯旋，并为他们第一位战死的英雄普洛忒西拉俄斯举行葬礼时，他们刚隐蔽好。就在希腊人毫无准备，手无寸铁地集结在焚烧场周围时，他们突然发现自己被战车和士兵包围了起来。他们还没来得及思索，库克诺斯同他的军队就已经开始了对希腊人的血腥屠杀。

好在只有一部分希腊人参加了这场葬礼。其余在船旁和在营房的希腊人拿起手边的武器，跑来救助他们的伙伴。阿喀琉斯率领他们冲在前面，很快他们就全副武装、队伍整齐地迎向敌人。阿喀琉斯本人坐在战车上，令人恐惧地环顾四周，他那能置人于死地的长矛时而刺死这一个、时而刺死那一个科罗奈人。这时他从远处的厮杀中看到了库克诺斯——他也站在一辆高大的战车上，他也在凶狠有力地刺杀着，所到之处，左右两边的希腊人纷纷败退。阿喀琉斯调转他的白马，当他与他面对面时，阿喀琉斯喊道："不管你是谁，年轻人！你是死得其所，因为你遇到的是女神忒提斯的儿子！"说罢就将长矛掷向他，准确地击中了他，可长矛却从敌人的胸上滑落下来，没有造成任何伤害。

"女神的儿子，你不感到奇怪吗？"库克诺斯微笑着朝他喊道，"令你惊讶的不是我的头盔，也不是我左手执的盾牌保护我的身体不受攻击。我佩带的这些保护装备只是装饰品，就像战神阿瑞斯有时为了开心取乐而拿起武器一样，他肯定不需要用这些装备来保护他那神的躯体。就算我把全部甲胄都卸了下来，你也无法用你的长矛刺伤我的皮肤。知道吗，我的全身几乎像一块铁，这就是说，我不仅仅是一个海洋仙女的儿子，不，我是统治者涅柔斯和他的女神以及所有海洋的海神的亲爱的儿子。告诉你吧，站在你面前的是波塞冬本人的儿子！"说完这番话，他就将他的长矛向阿喀琉斯投去，并刺穿了阿喀琉斯盾牌隆起的部位。但阿喀琉斯抖落了他盾牌上的长矛，并把他的长矛向神的儿子投去。可敌人的身体没有受到丝毫伤害，甚至第三次击中也依然不起作用。

现在阿喀琉斯勃然大怒。他又一次把用白杨木削成的投枪掷向库克诺斯，也真的击中了他的左肩。阿喀琉斯大声欢呼起来，因为敌人的肩部鲜血淋淋。但他白欢喜了一场，这血不是神之子的血，而是站在库克诺斯身边的墨诺忒斯溅出的血——他把另一个人击中了。现在阿喀琉斯恨得咬牙切齿，他从战车上跳下，抽出宝剑奔向敌人，狠狠砍去。然而就连宝剑也从那钢铁般的身体上弹落。这时绝望的阿喀琉斯举起十层厚的盾牌击向肤发无损的敌人，用盾牌中间的凸起部位猛击他的额头，三次、四次……库克诺斯两眼昏黑，他要转身后退，却被一块石头绊倒。随之阿喀琉斯用手抓住他的背，把他完全摔倒在地上，用盾牌和膝盖压住他的胸膛，用自己头盔上的皮带紧紧勒住他的喉咙。

科罗奈人看到他们的国王倒地，当即丧失了勇气。他们狼狈奔窜逃离战场，不久战场上别无所见，看到的只是尸体狼藉，血水汩汩地流。许多希腊人和科罗奈人在这场战役中战死。

这场争斗的结果是希腊人侵入了战死的国王库克诺斯的国土，从它的都城门托刺掳走许多孩子作为战利品。随后他们进攻毗邻的喀刺城并占领了这座坚固的城市，满载大量的战利品返回他们警卫森严的船营。

阿喀琉斯的愤怒

希腊和特洛亚之间的战争到了第十年，希腊军中发生了一次内讧。身为主帅的阿伽门农蛮横地夺走了最勇猛的首领阿喀琉斯的一名女俘，阿喀琉斯愤而罢战。

战争的第十个年头就在这样一些事件中开始了，希腊英雄埃阿斯进行了多次征战，最终凯旋。波吕多洛斯之死在两个民族之间引发起比此前更为强烈的仇恨，上界诸神甚至也加入这场战争。赫拉、雅典娜、赫耳墨斯、波塞冬和赫淮斯托斯站在希腊人一边，而站在另一边的是阿瑞斯和阿佛洛狄忒。这样一来，有关围困特洛亚城的第十个年头即最后一年的叙述和吟咏，要比其他几年多上十倍。现在开始唱起的是阿喀琉斯的愤怒和这位最伟大的英雄的怨恨带给希腊人的灾难之歌。

阿喀琉斯的愤怒是由下面的事情引发的：希腊人在他们的使节返回来之后没有忘记特洛亚人的威胁，他们在自己的兵营里准备决定性的战斗。这时，阿波罗的祭司克律塞斯带着大量的赎金到希腊人的船营来赎还他的女儿。他站在整个军营前乞求说："阿特柔斯的儿子们，在场的希腊人，如果你们收取这笔丰厚的赎金，把我的女儿交还给我，那么众神会帮助你们毁灭特洛亚并顺利地返归家园！"

整个军队都对他的话鼓掌欢迎，提出收下他的丰厚赎金，满足这令人尊敬的祭司的请求。只有不愿意失去祭司那可爱女儿的阿伽门农感到恼火，他说：

"老家伙，你再也不要靠近我们的舰船，不论是现在还是将来。你的女儿现在是、将来也是我的女仆，她将永远坐在阿耳戈斯我的王宫的纺织车旁，终其一生！走吧，不要惹我发火，快，好好回到你的故乡去！"

克律塞斯惊恐不已，他服从了，默默地走到海滨。但在那儿，他向阿波罗举起双手，祈求道："听我说，阿波罗神，你这克律塞、喀剌和忒涅多斯的统治者！当我装饰你的神庙令你高兴欣喜、为你送上挑选出来的祭品时，用你的神箭来惩罚希腊人吧！"

他大声地祈祷，阿波罗答应了他的请求。阿波罗满怀愤怒地离开了奥林帕斯圣山，肩上背着弓和装满利箭的箭袋。他像阴沉的黑夜一般来到下界，随后坐在离希腊船营稍远的地方，箭箭连发，他那银色的弓发出了可怖的响声。谁中了这看不见的箭矢，谁就立即死于瘟疫。他先只是射杀军营中的驴和狗，但不久他开始射杀人，于是希腊人一个接一个倒了下来，不久焚烧尸体的柴火不停地燃烧了起来。在希腊军营，这场瘟疫已肆虐九天了。在第七天，阿喀琉斯召开了一次会议，他讲了话，并建议去问军队中的一位高级祭司、预言家和释梦人，问他用什么样的祭品才能平息阿波罗的愤怒，消除

这场灾难。

这时预言家卡尔书斯站了起来说道："不是因为不遵守誓言或因为祭品的缘故，神才发怒。他是因阿伽门农不善待他的祭司才动了肝火；只要我们不把女儿无偿地交还给她父亲，只要我们不让他带百姓的祭品回克律塞去，阿波罗就不会撤回使我们毁灭的手。只有用这种方式，我们才能重新赢得神的恩宠。"

阿伽门农国王听到预言家这番话，怒火中烧。他的两眼冒出火花，目光咄咄逼人，开始说道："不幸的预言家，你还从来没有说过一句使我中意的话！现在你又蛊惑人民，说什么是阿波罗给我们送来了瘟疫，还说什么是因为我拒绝了克律塞斯为女儿送来的赎金。说真的，我喜欢把她留在我的家里，因为我爱她胜过我青年时娶的妻子克吕泰涅斯特拉——她的美丽、精神和技艺都不比我妻子差！但即便如此，与其看到我的人民在毁灭，我宁愿把她交出来。但是我要求另外一件赠品，作为失去她的补偿！"

在他之后，阿喀琉斯讲话了。"我不知道，光荣的阿特柔斯的儿子，"他说，"你向阿耳戈斯人要求的是什么样的赠品。可哪儿还有什么公共的财富？从那些被占领的城市抢回的战利品早就分配光了，而一些分配给个人的不能再要回来！因此，要释放祭司的女儿！如果宙斯保佑我们占领特洛亚，我们会给你三倍、四倍的补偿！"——"勇敢的英雄，"阿伽门农国王朝他喊道，"不要想骗我！你保有你的，而我却要服从你的命令把我得到的交出来？不！如果希腊人不给我补偿，那我就从你们的战利品中取走一件，不管是属于埃阿斯的，还是俄底修斯的，又或者是你阿喀琉斯的，不管你们怎么发火，我都不在乎，但这事以后再说。现在去准备船只！祭司的女儿愿意让你来送她，我认为由你，阿喀琉斯，来指挥这艘船！"

阿喀琉斯阴沉地回答说："无耻的人，自私的国王！有哪一个希腊人还愿意服从你！特洛亚人并没有伤害过我，我之所以跟随你，是为了替你的兄弟墨涅拉俄斯复仇，才来帮助你。你看不到这点，反倒要夺走我的战利品——这是我用我的血汗夺来的，是希腊人赠送给我的！在占领每一座城市之后，我也像你一样得到了那样宝贵的战利品吗？我的双臂承受的经常是战斗中最艰难的重担，但每当分配俘获的东西时，你却总是领到最好的；我战斗得精疲力竭返回船营，得到的却是很少一部分！现在我就回佛提亚老家。看看吧，没有我，你的财富还能增加多少！"

"去吧，随你的便！"阿伽门农朝他喊道，"没有你，我也有足够的英雄！你是一个惹是生非的人！但你要知道，克律塞斯既然又得到了他的女儿，我就要从你的帐篷里取走布里塞伊斯，好让你懂得我比你更强大！没有一个人敢当面顶撞我——像你这样！"

阿喀琉斯怒不可遏，他极力控制住自己。因为雅典娜女神这时突然隐身于他的身旁，只有他一个人能看见她。她抓住他的头发，耳语道："你要镇静，不要拔剑。如果你听我的话，我答应给你三倍的赏赐！"

阿喀琉斯听从了这个警告，把他的剑又收回剑鞘，但他的话却不饶人。"你这不要脸的人，"他说，"你心里什么时候想过与希腊最高贵的人一起去进行伏击，或者在面对面的战斗中冲锋陷阵？对你来说，在军营中把敢于反对你的人的战利品占为己有，这便是再快意不过的事了。对着这柄权杖我向你发誓，从今以后你再也不会在战场上看到珀琉斯的儿子了。当勇猛无敌的赫克托耳像刈草似的杀死希腊人时，你休想来找我求救；你对希腊最高贵的人加以鄙视，等到你的灵魂受到折磨时也无济于事了！"说罢，他把权杖抛到地上，自己坐了下来。

德高望重的涅斯托耳试图用温和的言辞来为两个争吵者进行调解，但毫无用处。到最后，阿喀琉斯向阿伽门农说道："随你怎么做好了，但别想让我服从于你。我决不会因为这个少女而起来去反对你或其他人。你们把她给了我，你们也能把她从我这儿拿走。但是你别再想碰我的舰船——一点儿也不行。若是你敢的话，那我的投枪就会要你流血。"

会议散了。阿伽门农让人把克律塞斯和百件祭品带到船上，由俄底修斯来押送。随后他喊来塔尔提比俄斯和欧律巴忒斯两个传令官，命令他们去阿喀琉斯的帐篷取布里修斯的女儿。两位传令官并不高兴，但却不得不服从他们统帅的命令。他们看见阿喀琉斯坐在他帐篷的前面，由于胆怯和敬畏而不敢说出他们的来意。倒是阿喀琉斯向他们喊道："过来些，宙斯和人的传令官！你们所做的，错不在你们，是阿伽门农的错。来吧，帕特洛克罗斯，我的朋友，把那个少女带出来交给他们。但他们该成为我在众神面前、在人的面前、在那残暴的人的面前的证人：如果有人再需要我的帮助，而我没有答应的话，这并不是我的过错，而是阿特柔斯儿子的过错。"帕特洛克罗斯把姑娘带了出来，她不情愿地跟随他们，因为她已经爱上了她那温柔的主人。

阿喀琉斯坐在海滨哭泣，望着阴沉的海水，乞求他的母亲忒提斯帮助他。她的声音来自海底深处："我的孩子，我痛苦我生下了你。你的生命如此短暂，现在还得遭受这么多的痛苦和伤害！但我会祈求宙斯帮助你。你就一直坐在你的舰船那儿，向希腊人发泄你的愤怒吧，不要去参加战争。"听到这个回音，阿喀琉斯离开了海岸，回到自己的帐篷中。

忒提斯这期间去履行了她的诺言。她直上天庭到奥林帕斯圣山，手环宙斯的双膝对他说："宙斯父亲，如果说我用语言或行动为你效过力的话，那么请答应我的要求：阿伽门农深深地侮辱了我的儿子，夺走了他本人得到的战利品。因此我请求你，众神之父，让特洛亚人一直得到胜利，直到希腊人重新向我的儿子表明他应当得到的荣誉！"

宙斯长时间动也不动，沉默不语。但忒提斯越来越紧地抱着他的膝盖，并轻声地说："父亲，请答应我的请求——或者你干脆加以拒绝，这样我就知道，我不比诸神更讨你的喜爱！"

她终于使众神之父不满地回答说："你逼我去惹恼众神之母赫拉，这不是件好事，她原本就反对我的。你赶快离开，别让她看见你。我已经点了头，你该满意了。"他耸动眉毛，点了点头，奥林帕斯高山在震颤。

忒提斯满意地返回海底深处。赫拉已经看到了她的丈夫与女神的晤面，于是走到宙斯跟前，大声责骂，想激怒他。但众神之父却安静地回答说："不要胡乱猜疑我做出的决定。别说话，服从我的命令。"

赫拉对她丈夫说的话感到惊恐，她不敢再去反对他的决定。

帕里斯和墨涅拉俄斯

> 墨涅拉俄斯与帕里斯在战场上相遇，一场武力较量后双方协议以两人决斗的方式来决定海伦的归属。赢者，抱得美人归；败者，老老实实回家不再纠缠，其余不相干的人则不必再为此继续争战。决斗中，墨涅拉俄斯刺伤了帕里斯，帕里斯寻机逃回了特洛亚城。

当终于看到蜂拥而来的特洛亚人时，由民族部落组成的希腊军队按照涅斯托耳的建议排开了阵势。希腊人也开始移动了。两支军队面对面开始了战斗，这时国王的儿子帕里斯从特洛亚人中走了出来，他披着斑斓的豹皮，肩上扛着弓，宝剑悬在一侧。他晃动手中两杆锋利的投枪，要求希腊人中最勇敢的人与他单独决战。墨涅拉俄斯一看到这样一个漂亮猎物出现，兴奋得像是饥饿的狮子，迅即全副武装地从战车上跳了下来——他要惩罚这个抢走他妻子的无耻强盗！帕里斯看到这样一个对手，惶恐起来，就像看到一条毒蛇似的，他面色苍白，欲退出战斗。

这时，赫克托耳在特洛亚人群中看到他后退，便愤怒地向他喊道："兄弟，你徒有英雄的外表，除了是个拐骗女人的狡猾家伙，实际上什么都不是。你最好在得到海伦前就死去！难道你没看到希腊人在嘲笑你？你竟然不敢面对那个你抢走他妻子的男人！"帕里斯回答说："赫克托耳，你的心是硬的，你的勇敢像铁制的斧头那样不可抗拒。如果你要看到我战斗，那就让特洛亚人和希腊人安静下来。然后我要为海伦和她所有的财宝，在所有人面前与英雄墨涅拉俄斯单独决斗。我们中谁若是胜了，谁就把她带回家；特洛亚得到和平，希腊人返回阿耳戈斯。"

赫克托耳听到兄弟的这番话感到惊喜，他走到士兵前面，制止特洛亚人向前推进。当希腊人看到他时，他们竞相把投枪、弓箭和石头向他投去，但阿伽门农却大声地向希腊士兵喊道："停下，希腊人，住手！赫克托耳要说话！"于是希腊人垂下手来，沉默着等待。赫克托耳大声地向全体士兵宣布了他兄弟帕里斯的决定，随之是一片寂静，鸦雀无声。终于，墨涅拉俄斯在两军阵前说话了。"听我说，"他喊道，"我的灵魂承受着最沉重的痛苦！你们阿耳戈斯人和特洛亚人在这场由帕里斯所挑起的战争中忍受了那么多的苦难，现在我希望你们彼此可以和解！我们俩中间的一个，不管命运选中谁，必须得有一个人去死。让我们祭祀和发誓，然后开始决斗！"

双方士兵都对这番话感到高兴，因为他们早就盼望这场灾难性的战争快点结束。双方的战车驭手都勒住了马的缰绳，英雄们跳下战车，卸掉盔甲，放下武器，敌人和敌人并肩坐到地上。赫克托耳急忙派两个传令官回特洛亚城去取做祭祀用的羔羊，并把国王普里阿摩斯喊来。但众神

的女使者伊里斯化身为普里阿摩斯的女儿拉俄狄刻，急忙进入城内向海伦报告了这个消息。她在纺车旁找到了全神贯注纺线的女王。"亲爱的孩子，快出来吧，"她朝她喊道，"你该看看这罕见的事情！刚才还怒目相对、准备拔刀厮杀的希腊人和特洛亚人，现在却安安静静地面对面坐在那里。战争结束了。只有你的丈夫帕里斯和墨涅拉俄斯拿着投枪为你而战，谁战胜了对手，谁就得到你作为妻子！"

女神的话使海伦心中充满了对自己青年时的丈夫墨涅拉俄斯、对故乡和朋友们的思念。她很快披上一件银白色的面纱，掩盖住泪水，带着两个女仆匆匆地来到斯开亚城门。此刻雉堞上正坐着国王普里阿摩斯和特洛亚人中最年长和最睿智的老人。当他们从城堞的高处看到海伦走来时，老人们相互低语说："真的，没有人会责备特洛亚人和希腊人为这样一个女人而如此长时间地忍受苦难。她美丽得像一个永生的女神！但她尽管天生丽质，还是得随希腊人乘船回去，这样我们和我们的儿辈就不必受苦受难了！"可普里阿摩斯却亲切地把海伦召到身边。"靠近些，"他说，"坐在我这儿，我要你看看你的前夫，你的朋友，你的亲人。这场充满苦难的战争不是你的过错，是神的过错，是他们把战争加于我的。告诉我那个威武有力的英雄的名字，在希腊人中我还从没有看到如此高贵的仪表。"

海伦充满敬畏地回答国王说："尊敬的父亲，我一在你的近旁，胆怯和畏惧便使我颤动不止。想到我随你的儿子来到这里，离开了故乡，离开了我的女儿和朋友们，我真不如悲惨地死去。事已至此，我真想号啕大哭一场！听我说，你问的那个人是阿伽门农，杰出的国王和勇敢的战士。他，他一度是我的夫兄。"——"可爱的女儿，你也告诉我那个人的名字，"普里阿摩斯说，"他不像阿特柔斯的儿子那么高大魁伟，但他的胸膛宽阔，他的双肩健壮；他的武器放在地上，他在众人中间像是羊群里的一头公羊。"——"那是拉厄耳忒斯的儿子，"海伦回答说，"狡猾的俄底修斯。他的家乡在伊塔刻岛。"

普里阿摩斯继续环顾四周。"那儿的那个巨人是谁？"他喊道，"他是那么高大和雄壮，在所有其他人中间显得那么突出！"——"那是英雄埃阿斯，"海伦回答说，"他是阿耳戈斯人的栋梁，那边稍近一点的是伊多墨纽斯，他在克瑞忒人中间像是一个美神。我熟悉他，墨涅拉俄斯经常在我们家里招待他。啊，他们我都认识，是我的国家里的骁勇战士。若是时间允许，我会把他们的名字都告诉你！只是我没有看到我可爱的兄弟卡斯托耳和波吕丢刻斯。难道他俩没有到这儿来？或者他们不敢在战场上露面，因为他们为他们的妹妹感到羞愧？"海伦一想到这里就沉默下来。她不知道，她的兄弟早就战死了。

在他们交谈之时，传令官从城里带来了祭品：两只羔羊和当地酿制的美酒。传令官伊代俄斯跟在后面，手捧一个闪闪发亮的酒壶和金杯。他们穿过了斯开亚城门，走近普里阿摩斯国王，并对他说："请你起来，国王，特洛亚人和希腊人的诸王请你下到战场，让你为一项神圣的协定主持宣誓。你的儿子帕里斯单独和墨涅拉俄斯用长矛为那个女人进行决斗。谁在战斗中胜了，海伦和她的财宝就归谁所有。随后希腊人就乘船返回家园。"

国王愕然，可随即命令随从备车，安忒诺耳随他一同登车。普里阿摩斯拉动缰绳，不久马车就穿过斯开亚大门向田野驶去。抵达两军阵前，国王同他的陪伴者下车，站到中间。此时阿伽门农和俄底修斯从希腊军队中急急忙忙地跑了出来。传令官把他们领到祭祀台前，将酒在壶中混合，并将圣水溅洒到两位国王的身上。随后阿伽门农抽出刀子，像通常的祭祀一样，割下羔羊额上的毛，呼唤众神之父为缔约做证；紧接着他割断羊的喉咙，把这个祭品放到地上。传令官在祈祷中把酒斟入金杯，所有的希腊人和特洛亚人都大声地祈求："宙斯和所有的诸神！我们之中谁破坏了誓言，谁的脑浆就将像这酒一样流淌满地！"

但普里阿摩斯说："你们特洛亚人和希腊人，现在让我重新回到伊利昂的城堡去，因为我不忍心在这儿亲眼看到我的儿子与墨涅拉俄斯的死与生的决斗；只有宙斯一个人知道两个人中间谁死谁活！"他把被宰掉的羔羊放到车上，同他的陪伴者登上座位，调转马头，重新驶回特洛亚城。

随后赫克托耳和俄底修斯量出决斗的距离，并在一个铁盔中摇动两个阄，以便决定谁先向对手掷出投枪。帕里斯拈得头筹。两位英雄装备停当，穿上铠甲，戴上头盔，手执沉重犀利的投枪，目光逼人地站到特洛亚人和希腊人的中间。终于，他俩分离开来，面对面地站在量好的场地里，愤怒地挥动他们手中的长矛。通过拈阄，帕里斯先投出他的长矛，它击中了墨涅拉俄斯的盾牌，但矛尖刺到铁上弯曲了，落到地上。随之墨涅拉俄斯投出了他的长枪并大声地祈祷："宙斯，让我惩罚那个首先侮辱我的人，使他们的子孙后代再也不敢对好客的人为非作歹！"长矛射穿了帕里斯的盾牌，透过他的胸甲，刺破了侧腹上的内衣。随之墨涅拉俄斯从剑鞘里拔出宝剑，朝对手的头盔上砍去，但剑锋却当啷一声碎成几截。

　　"残酷的宙斯，你为什么不愿意让我取得胜利？"墨涅拉俄斯喊道，他冲到敌人近前，抓住他的头盔，把他拽到希腊军队面前——如果不是阿佛洛狄忒看到情况危急把头盔的皮带割断，帕里斯肯定会被紧缠着的皮带勒死——这样，墨涅拉俄斯手里拿的就只是空空的头盔。他把它抛给希腊人并要重新扑向对手，可阿佛洛狄忒却把帕里斯裹在一层起保护作用的浓雾里，带他回特洛亚了。她把他放到海伦那散发着芳香的内室，然后化身为一个斯巴达纺织老妇，去到海伦面前。海伦这时正坐在塔楼上一群特洛亚女人中间，女神扯动她的衣服并对她说："来，帕里斯在叫你，他身穿华丽的服装在内室等你。人们会认为他是要去参加舞会，而不是去进行决斗。"

　　当海伦抬头观望时，她看到千娇百媚的阿佛洛狄忒在自己面前消失不见了。海伦避开众人偷偷地离开，直奔回自己的宫殿。她在自己的内室里找到了丈夫——他被阿佛洛狄忒打扮得光彩照人，坐在一把扶手椅里。她坐在他的对面，把眼睛转到别处，责备他说："你从战场上回来的？我宁愿看到你被我从前那个强有力的丈夫杀死！不久前你还夸口说，你在投枪和格斗上能战胜他！去，再去向他挑战一次！——不，我劝你安静地留下，第二次他会把你打得更惨！"

"不要用你的辱骂来伤害我的心，"帕里斯回答她说，"如果说墨涅拉俄斯战胜了我，那是因为雅典娜帮助了他。下一次我会打败他的。神祇也没有忘记我们。"这时阿佛洛狄忒改变了海伦的心肠，她亲切地望着他，与他和解了，并送上她的嘴唇，亲吻他。

这期间，墨涅拉俄斯还一直在战场上像只野兽似的来回奔跑，想在军队中寻找消失了的帕里斯，但既没有一个特洛亚人也没有一个希腊人能告诉他帕里斯去哪里了。终于，阿伽门农提高了他的声音说道："听我说，你们达耳达尼亚人和希腊人！墨涅拉俄斯显然是个胜利者。现在请把海伦连同她的全部财宝交还给我们，并且此后永远向我们纳贡！"阿耳戈斯人对这个建议热烈欢呼，而特洛亚人却沉默不语。

两军大战

特洛亚人的军队在向前推进，希腊人也重新装备停当进行迎战，一场血腥的战斗开始了。雅典娜是希腊人狄俄墨得斯的守护神，帮助他变成最强大的战士，而阿佛洛狄忒则是特洛亚人的守护神。在这场人神共战的战斗中，双方都有许多的英雄战死沙场。

不久两军进入战斗：盾牌相击，长矛交错，人声鼎沸。这儿痛苦哀鸣，那儿欢呼高喊，此起彼伏。一场血腥的战斗开始了，双方都有许多英雄战死沙场。

雅典娜用异乎寻常的力量和勇敢来武装堤丢斯的儿子狄俄墨得斯，使他在希腊人中超凡出众，赢得了不朽的荣誉。她使他的头盔和盾牌明光锃亮，像秋夜中的天狼星一样灿烂，并驱他进到敌人密集之处。在特洛亚人中，有一个赫淮斯托斯的祭司，他名叫达瑞斯，是一个有权有势的富人。他把他的两个儿子斐勾斯和伊代俄斯送到了战场。他们俩乘着战车从队伍中冲出，直扑向徒步作战的狄俄墨得斯。斐勾斯首先投出他的长矛，但它从狄俄墨得斯的左肩滑过，没有伤到他。可狄俄墨得斯的投枪却射中了斐勾斯的胸膛，并将他从战车上击倒在地。伊代俄斯看到这个情景，没敢去保护兄弟的尸体，而是从战车上跳下，逃之夭夭。

现在雅典娜拉起她兄弟、战神阿瑞斯的手，并对他说："兄弟，我们现在作壁上观，让特洛亚人和希腊人自行厮杀，看看我们的父亲希望哪方得胜，好吗？"阿瑞斯被他的姊妹带出战场，可雅典娜知道得很清楚，她宠爱的狄俄墨得斯正在用她所赋予的力量战斗着。

现在希腊人开始加劲儿去压迫敌人，每一个希腊人面前都有一个特洛亚人倒下。狄俄墨得斯在战场上横冲直闯，人们不知道他是希腊人还是特洛亚人，因为他时而在这儿，时而在那儿。突然，潘达洛斯张弓朝他瞄准，一箭就射中了他的肩膀，鲜血顺着铠甲喷溅而出。他朝他的伙伴喊道："特洛亚人，策动你们的战马，向前冲啊！我射中了最勇敢的希腊人！他很快就要倒下起不来了！"但这一箭并没能射杀狄俄墨得斯。他站在自己的战车前，向雅典娜祈祷说："宙斯的蓝眼睛女儿！把我的投枪引向那个伤我的人，现在欢呼吧。他再也不能看到阳光了！"雅典娜听到他的祈求，使他的胳膊和双脚精力充盈，变得像鸟儿一样敏捷，重新扑入战场，伤口一点也不碍事了。她对他说："去吧，我也拔掉你眼睛上的白翳，这样你就能区别出战场上的神祇和凡人了。你不要与一个神进行战斗。如果阿佛洛狄忒靠近了你，你只能用你的矛伤她！"

狄俄墨得斯迅即冲到最前面，他有三倍的勇气和力量，像一头山狮。在这儿他一枪就刺穿了阿斯堤诺俄斯的肩胛，使他倒地；在那儿用投枪穿透了许庇戎；随后他把普里阿摩斯的两个儿子——克洛弥俄斯和厄肯蒙从战车上抛了出来，剥掉他们的盔甲，而他的随从则把抢到的战车驶回了船营。

普里阿摩斯国王勇敢的女婿埃涅阿斯看到特洛亚人的队伍在堤丢斯的儿子狄俄墨得斯的投枪和长矛的打击下溃退下来。于是，他冒着箭矢跑到潘达洛斯跟前。"吕卡翁的儿子，"他说，"你的弓箭呢？你的无人敢于与你争锋的荣誉呢？瞄向那个使许多特洛亚人命丧黄泉的人——只要他不是一个化身为人的神，就给他一箭！"潘达洛斯回答他说："如果他不是一个神，那他就是狄俄墨得斯。我还以为我已经把他射死了。若没射死，那就是有神灵保护了他，并且现在还在帮助他！而我大概就成了一个不幸的战士！"潘达洛斯飞身上了埃涅阿斯的战车，两个人策动战马

直冲向狄俄墨得斯。

斯忒涅罗斯看到他们逼近，就朝狄俄墨得斯喊道："你看，两个勇敢的人在朝你冲来！让我们逃离开，你的愤怒没法帮助你对付他们！"但狄俄墨得斯阴恻恻地望去，回答他说："不要告诉我什么恐惧，我的力量还没有用完！不，只要我站在这儿，我就要迎击他们！"此时潘达洛斯的一支投枪已飞向狄俄墨得斯，它穿透了盾牌，却被他的铠甲弹掉。"没有击中，落空了！"狄俄墨得斯向欢呼的特洛亚人喊道，并把他的长矛刺进敌人的颌骨，杀死了他。潘达洛斯从战车上栽倒在地，他的战马匆匆地向一边奔驰而去，而埃涅阿斯从战车上跃下，保护尸体，他准备杀死任何要来凌辱死者的敌人。现在，狄俄墨得斯举起了一块通常连两个普通人都无法举起的巨石，他投中了埃涅阿斯的髋骨，击得粉碎，撕裂肌腱，使他瘫倒在地。若不是阿佛洛狄忒用洁白的双臂环抱她亲爱的儿子，用她银色衣服的褶裥把他裹了起来并从战场上拖下，他早就死了。

狄俄墨得斯认出了女神阿佛洛狄忒，他穿过密集的人群紧紧跟随，并接近了带着儿子的阿佛洛狄忒。这个英雄向她掷出了长矛，射穿了她手腕的皮肤，鲜血开始汩汩流个不止。受伤的女神大声叫喊起来，埃涅阿斯也落到了地上。她向她的兄弟战神阿瑞斯奔去。"噢，兄弟，"她乞求地喊道，"快把我带走，给我匹马，我要逃到奥林帕斯山去，我的伤口痛得很。狄俄墨得斯这个凡人伤了我，他简直能与我们父亲宙斯进行较量呢。"阿瑞斯把战马让给了她，阿佛洛狄忒一到奥林帕斯圣山就哭着投入了她母亲狄俄涅的怀抱。

在下界战场上，狄俄墨得斯扑到躺在地上的埃涅阿斯身上，连击三次要置他于死地，但三次都被愤怒的阿波罗——他在他的姊妹阿佛洛狄忒受伤后迅速赶了过来——用盾牌挡住了。他用威胁的声音说道："你这个凡人，不要敢于同神来进行较量！"狄俄墨得斯变得胆怯起来，脚步迟疑地避开了。阿波罗背起埃涅阿斯，穿过密集的人群回到特洛亚他的神庙。在那儿，由他的母亲勒托和他的姊姊阿耳忒弥斯来加以护理。现在阿波罗提醒战神阿瑞斯，要把那个竟敢与神进行战斗的胆大妄为的狄俄墨得斯弄得远远的。战神于是化身为特拉刻的阿卡玛斯，他混在普里阿摩斯的儿子们中间，责斥他们说："你们这些王子，你们要那个希腊人杀戮到什么时候呢？难道你们要等到兵临城下才进行战斗吗？难道你们不知道埃阿涅斯已经倒下了吗？起来，让我们从敌人的手中拯救我们高贵的伙伴！"阿瑞斯激发起特洛亚人的勇气，所有的人又都向着敌人冲去。就连埃涅阿斯也恢复了健康，精力充沛地被阿波罗遣到战场投入战斗，与他的伙伴汇聚在一起，冲向敌人。

由狄俄墨得斯、埃阿斯和俄底修斯率领的希腊人，严阵以待。阿伽门农先是用投枪掷向逼近的特洛亚人，并击倒了埃涅阿斯的朋友、受人尊敬的、一向冲锋在前的得伊科翁。但埃涅阿斯强有力的手也杀死了两个勇敢的希腊人——克瑞同和俄耳西罗科斯。墨涅拉俄斯为他俩的死而悲愤，他挥动长矛，迅速迎向冲在前面的敌人。在一番血腥的战斗之后，他成功地把两具尸体从敌人手中夺回，交给朋友守护。

但现在赫克托耳率领一群最勇猛的特洛亚人逼了上来，战神阿瑞斯本人时而出现在他的面前，时而跟在他的身后。当狄俄墨得斯看到战神走来时，他十分惊恐，朝着他的士兵们喊道："朋友们，不要为赫克托耳的无畏而惊慌；因为有一个神一直在保佑他，使他不会灭亡。如果我们后退，那便是在神的面前退缩！"这期间特洛亚人已经逼近了，赫克托耳杀死了同乘一辆战车的两个勇敢的希腊人——安喀阿罗斯和墨涅斯忒斯。忒拉蒙的儿子埃阿斯赶来复仇，他将投枪掷向特洛亚人的一个同盟者安菲俄斯，击中了他腰带下方，使他栽倒在地。一阵密集飞来的长矛阻止了他去夺取死者的甲胄。

阿瑞斯和赫克托耳现在正压迫希腊人，逼使希腊人逐渐退向他们的船营。仅在赫克托耳手上就死去了六个出色的英雄。众神之母赫拉从奥林帕斯山上惊愕地看到特洛亚人在阿瑞斯的协助下所进行的杀戮。在她的催促下，雅典娜的战车装备停当——它的车轮是用铁制成的，周边装饰有黄金的车轮、白银的车轴、黄金的车辕，赫拉亲自为战车套上她的战马。雅典娜披上她父亲的铠甲，头顶金盔，握住绘有女妖戈耳工蛇头的盾牌，拿起长矛，跃上用金带缚牢的银制座位。赫拉坐在她的旁边，挥动皮鞭，催马疾行。由时序女神守护的天庭大门自动敞了开来，两位强大的女神驶过巉岩绝壁。宙斯坐在圣山的顶峰，赫拉朝他喊道："你的儿子阿瑞斯对抗命运，毁灭希腊人中的精英，难道你不感到愤怒吗？难道你没看见鼓动起这个莽夫的阿佛洛狄忒和阿波罗是多么兴高采烈吗？现在请允许我给这个狂妄之徒沉重一击，使他从战场中滚出去！"——"你完全可以这样做，"宙斯回答她说，"可只能派我的女儿去对付他，她知道如何去跟他进行一场恶斗。"战车从星空中飞速直驶下界，到西摩伊斯河与斯卡曼德洛斯河交汇的地方才停了下来，马匹落到地上。

两位女神迅即奔向战场，在那儿士兵像狮子和牝猪一样拥在堤丢斯的儿子四周进行厮杀。赫拉化身为斯屯托耳混在他们中间，并用这位英雄铁一样的声音喊道："你们阿耳戈斯人，可耻啊！难道只有令人畏惧的阿喀琉斯站在你们这一边，你们才能战斗吗？他现在坐在船旁边，你们就成了一群废物！"用这种呼喊，她重新又激起了希腊人那本已动摇的勇气。而雅典娜本人则径直驱向狄俄墨得斯。她发现他正站在自己的战车边冷却自己的伤口，这是被潘达洛斯的弓箭射伤的。"狄俄墨得斯，"她说，"我选中的朋友！从现在起你既不要怕阿瑞斯，也不要怕另一个神祇，我要成为帮助你的人。勇敢地调转你的战马，向疯狂的战神冲去吧！"说着，她轻轻地推了他的驭手斯忒涅罗斯一把，使他心甘情愿地跃下战车，而她本人则坐在了这位伟大英雄的旁边。

车轴在女神和希腊人中最强壮的英雄的重压下呻吟作响。雅典娜立即抓紧缰绳，挥动鞭子，直驱向战神阿瑞斯。阿瑞斯正在剥下被他杀死的最勇敢的埃托利亚人珀里法斯的铠甲。当他看到狄俄墨得斯驾着战车冲向自己时——女神雅典娜本人用浓重的黑夜掩蔽了自己——他放下珀里法斯，朝狄俄墨得斯奔去，将他的长矛对准这个英雄的胸膛掷去。但隐身的雅典娜却用手抓住长矛，拨转了方向，使它偏离目标飞向空中。狄俄墨得斯从车座上立起身来，雅典娜本人把他的长矛对准阿瑞斯，刺中他腰带下部的软肋。战神咆哮起来，声音之大像是战场上万人齐声呐喊。特洛亚人和希腊人战栗发抖，他们认为听到了宙斯发出的响雷。但狄俄墨得斯看到阿瑞斯裹在云中直飞向天庭。

战神到了奥林帕斯圣山，坐到众神之父的身边，指给他看自己正在流血的伤口。但宙斯阴沉地看了看，说道："儿子，你不要到我这儿哀求！在所有奥林帕斯众神之中你是最让我厌恶的。你总是喜欢争吵打闹和寻衅滋事；比起所有的神，你更像你的母亲赫拉——那么倔强和顽固。你的这种痛苦肯定也是你母亲造成的！但我不愿意看你这样长时间痛苦下去。众神的医生会给你医治。"于是，宙斯就把他交给了神医派厄翁。派厄翁给他疗伤，伤口立刻就愈合了。

这期间，其他神祇也返回了奥林帕斯圣山，重又把战事交给特洛亚人和希腊人自行解决。现在，忒拉蒙的儿子埃阿斯首先冲进特洛亚人群中，为他的伙伴打开了一条通路；这同时，他刺穿了最强大有力的特拉刻人阿卡玛斯头盔下面的额头。随后狄俄墨得斯杀死了阿克德罗斯及其驭手。阿法剌斯托斯被马掀翻在地，于是被墨涅拉俄斯活捉，他的空车与别的空车跑回了城里。阿法剌斯托斯抱起墨涅拉俄斯的双膝，悲哀地乞求说："阿特柔斯的儿子，活捉我吧，若是我的父亲能重新看到我活着，他会用他财宝中的铁和黄金来赎我回去。"

墨涅拉俄斯被这番话打动，可阿伽门农却向他走来，责斥他道："墨涅拉俄斯，你要关怀你的敌人？没有一个人能逃出我们的手心——就是一个在母亲怀中的孩子也不能饶过！凡是特洛亚教育长大的，都得死！"说罢，他就用长矛刺死了阿法剌斯托斯。

若不是普里阿摩斯的儿子赫勒诺斯对赫克托耳和埃涅阿斯说了下面这一番话，特洛亚人几乎就都逃进城里去了。他说："现在一切都靠你们了，朋友们。如果你们能在城前阻止士兵逃进去，那我就还能与希腊人进行一战。埃涅阿斯，众神首先就把这项任务加在了你的身上。而你，赫克托耳兄弟，赶快回特洛亚，告诉我们的母亲：她要把最受尊重的女人召集到雅典娜神庙，把最华丽的衣服放到女神的膝前，并许下用十二头完整的牛做祭品的承诺，求她保佑特洛亚的女人、儿童和他们的城市，并去抵御可怕的堤丢斯的儿子。"赫克托耳随即从战车跃下，从士兵中穿过，鼓舞他们的勇气，并向城中奔去。

赫克托耳与埃阿斯的决斗

预言家赫勒诺斯知道了雅典娜和阿波罗的对话，阻止了所有特洛亚人和希腊人之间的战斗，让赫克托耳和希腊最勇敢的人单独决斗。希腊人通过抓阄决定了埃阿斯前去迎战，赫克托耳和埃阿斯在双方将士的瞩目下开始了战斗。

当女神雅典娜从奥林帕斯圣山上看到这两兄弟走进战场时，她迅急地飞向特洛亚城。她在宙斯的山毛榉树旁遇见了阿波罗——他正要去城堡的雉堞上调动特洛亚人进行战斗。他来到这儿对他的姊妹说："你怎么这样焦急地从奥林帕斯圣山下来了，雅典娜？你还一直要让特洛亚陷落，你这无情的人？听我的话，今天不要让他们进行决战，让他们从下一次开始再战吧，因为你和赫拉不把高耸的特洛亚城夷为平地是不会罢手的!"——"正如你所说的，"雅典娜回答他说，"我就是抱着这样的目的下奥林帕斯圣山的。但告诉我，你想使这场战斗停下来？"——"我们要给赫克托耳更大的威力，"阿波罗说，"这样好使他向希腊人发起决定性的挑战。让我们看看他们怎么做。"雅典娜同意了。

预言家赫勒诺斯的心灵听到了两位神祇的谈话。他急忙跑到赫克托耳身边说："普里阿摩斯的聪明儿子，你这次要听我的劝告，我是你亲爱的兄弟。命令所有特洛亚人和希腊人停止战斗吧，但你本人要向所有希腊人中最勇敢的人发起挑战。你不会有危险的，相信我的预言，死亡还没有降临到你的身上。"

　　赫克托耳对他的话感到高兴，于是提出与希腊人中最勇敢的英雄单独决斗的挑战。"宙斯是我的证人，我的条件是：如果我的对手用长矛把我杀死，他可以把我的铠甲拿走带回到自己船上，但要把我的尸体送回特洛亚，使之在故乡得到焚化的荣誉；但如果阿波罗给予我光荣，我能打败我的对手的话，我将把他的铠甲挂到特洛亚的阿波罗神庙上。你们可以把死者带回到你们的船上进行安葬，并为他在赫勒斯蓬托斯建立一座纪念碑，使后代过往的水手能够说：'看吧，这儿耸立的是一位古代的战士的坟墓，他是在与赫克托耳的决斗中被杀死的。'"

　　希腊人一片沉默，因为拒绝这种挑战是可耻的，而接受它又是十分危险的。终于，墨涅拉俄斯站了起来，责备他的同胞说："你们这些说大话的人令我难过，你们不是希腊的男子汉，你们是希腊的女人！如果没有一个希腊人敢于去对抗赫克托耳，这会是怎样一种耻辱！我要亲自去进行这场战斗，由神祇来决定它的胜负。"说毕他便拿起武器，若不是希腊诸王阻止了他并把他拉了回来，他注定是要死的。

　　这时涅斯托耳对军队说了一番话，他讲述了他本人当年同阿尔卡狄亚人厄柔塔利翁的决斗，并责备说："如果我还年轻，还像那时那么有力量，"他这样结束了他的讲话，"那么赫克托耳很快就会找到他的对手！"有九位英雄站了起来，作为对他的责备的回答：首先是阿伽门农，随之是狄俄墨得斯，之后是两个埃阿斯，紧接着是伊多墨纽斯、他的伙伴墨里俄涅斯、欧律皮罗斯、托阿斯和俄底修斯——他们都要进行这场可怕的决斗。"抓阄来决定，"涅斯托耳又开始说了，"无论是谁抓到了，希腊人都会高兴；当他成为这场血战的胜利者时，他本人也会高兴。"很快准备工作就绪，埃阿斯抓到了阄，他兴高采烈地把阄抛到脚下并呼喊道："朋友们，真的，我抓到了，我的心是快乐的，因为我希望战胜赫克托耳。在我进行武装时，你们为我祈祷吧，不管是默默地还是大声地！"

　　士兵们听从他的话，他很快就冲到阵前，巨大的身躯穿着锃光闪亮的铠甲，活像威风凛凛的战神本人。所有希腊人都为这一景象欢呼起来，

特洛亚的士兵都感到惊恐不安。

埃阿斯手执铁制的、蒙上七层皮革的盾牌走向赫克托耳。当他走到他的面前时，威胁说："赫克托耳，你清楚，在希腊人中间除了珀琉斯的狮心儿子阿喀琉斯之外，还有很多英雄。让我们开始这场流血的战斗吧！"赫克托耳回答他说："忒拉蒙的神一般的儿子，不要把我当作一个软弱的孩子或一个不会打仗的女人。男子汉的战斗我早就熟悉了。开始吧，我不会偷偷地把我的长矛投向你，勇敢的英雄——不，我要公开的。看看吧，能否击中你！"说着，他就飞快地把投枪掷了出来。它击到了埃阿斯的盾牌上，射穿了六层皮革，直到第七层才停了下来。

现在忒拉蒙的儿子的投枪穿越空气直飞而来，它击碎了赫克托耳的盾牌，穿过了他的胸甲，若不是他快速闪开，投枪会射入他的腹部。两个人像狂暴的野猪似的冲向对方。赫克托耳将他的矛刺中埃阿斯的盾牌中心，但是他的矛尖弯了，没有刺穿铁盾。相反的是埃阿斯刺透了赫克托耳的盾牌，划破了他的脖子，黑色的血喷溅而出。

赫克托耳虽然稍微后退了几步，但他用右手抓起一块大石头，击中埃阿斯盾牌的隆起部，盾牌发出了巨响。可埃阿斯从地上举起一块更大的石头，用力掷向赫克托耳，把盾牌击裂，赫克托耳被打倒在地。但赫克托耳没有丢掉手中的盾牌，隐身在他身旁的阿波罗很快帮他重又从地上站了起来。

两个人现在本该用剑刺向对方以决胜负，可这时双方的传令官——特洛亚人伊代俄斯和希腊人塔尔堤比俄斯跑了过来，把木杖横在他俩中间。"孩子们，不能继续战斗了，"伊代俄斯喊道，"你们两人都是勇敢的，都受到宙斯的喜爱——我们大家都看到了！但现在黑夜已来临，听从黑夜的安排吧。"

于是两个人离开了战场。离开战场前，赫克托耳把他的银柄宝剑，连同剑鞘和装饰华丽的剑带递给他的对手；埃阿斯随即从身上解下他的紫色腰带，递给赫克托耳。

随后埃阿斯回到希腊军队，赫克托耳又重新走进特洛亚人的队伍——特洛亚人很高兴他们的英雄能活着从可怕的埃阿斯手中返回。

特洛亚人的胜利

父神宙斯不让众神帮助特洛亚人和希腊人，宙斯却用雷击宣告了希腊军队的命运。战斗期间，特洛亚人赫克托耳在宙斯的庇佑下战无不胜，杀死了希腊诸多英雄。这场战斗注定以希腊人的失败而告终。

宙斯暂时做出了另外的决定。"听我说，"他在翌日对被召集来的众神说道，"谁今天下去帮助特洛亚人或者希腊人，我就把他抓起来抛到地府下塔耳塔洛斯的深渊里，让他永远不会再回来。"众神对他的话十分畏惧。宙斯本人则登上他的雷霆神车，驶往伊得山。他坐在这儿的山顶上，欢快而威严地观察特洛亚人的城市和希腊人的船营。双方的男人都在戴盔披甲。特洛亚人虽然少些，但他们也渴望战斗。不久，他们的城门大开，士兵们蜂拥而出，或徒步，或乘战车。整个清晨，双方势均力敌，地上血流成河。但当太阳升到天顶时，宙斯将两个死亡的筹码放到他的黄金天平上，在空中加以称量。希腊人的重量向地面倾斜，而特洛亚人的重量则升向天空。

用一次雷击，宙斯宣告希腊军队命运的改变。一种预感到不祥的恐慌使希腊人胆战心惊，那些伟大的英雄的心开始动摇了。伊多墨纽斯、阿伽门农，甚至两个埃阿斯都不再那么坚定了。只有年迈的涅斯托耳还在战场上战斗，但也是迫不得已，因为帕里斯用箭把他的马射死了。如果不是狄俄墨得斯及时赶来并把他拉到自己的战车上的话，这位高贵的老人肯定会丧命，随即狄俄墨得斯奔向赫克托耳。

狄俄墨得斯掷出了他的长矛，虽然没有击中赫克托耳，但却射穿了他的驭手厄尼泼乌斯，厄尼泼乌斯随即栽于轭下。赫克托耳为朋友的死感到悲痛，他把他放好，召来另一位英雄来驾驭他的战车，直向狄俄墨得斯冲去——若是他与堤丢斯的儿子进行较量的话，赫克托耳肯定会丧生的。好在宙斯知道得很清楚：若是赫克托耳倒下，那战局就会急转直下，希腊人今天就会占领特洛亚城。宙斯不愿意这样，于是他向狄俄墨得斯战车前抛去一道闪电，亮光直射入地下。涅斯托耳惊恐万分，缰绳从手中掉下，他说："快，狄俄墨得斯，调转马头，赶快逃命！难道你看不出来，宙斯今天不要让你得到胜利吗？"——"你说得对，老人家，"他回答说，"但我多么愤怒啊，因为这样赫克托耳会在特洛亚人的聚会上说，堤丢斯的儿子在我马前逃之夭夭，跑回船营去了！"说毕他驱马逃走。赫克托耳与特洛亚人在后面追赶，他喊道："堤丢斯的儿子，希腊人在集会上和宴会上看重你，可他们今后会蔑视你，就像蔑视一个胆小的女人一样！那个要占领特洛亚和把我们的女人用船载走的人不会是你了！"狄俄墨得斯在想：是否该调转马头，与这个嘲笑者决一死战？但宙斯的响雷从伊得山传来，十分可怕，狄俄墨得斯只好策马逃走，赫克托耳在后面紧追不舍。

看到这种情形，赫拉忧心忡忡，她要去说服希腊人的特别守护神波塞冬去帮助他们——但是失败了，因为波塞冬不敢违抗他那强大的兄长所说的话。现在逃跑的人来到了船营前的围墙和壕沟边，若不是被赫拉鼓起了勇气的阿伽门农把惊慌失措的希腊人集合在自己身边，赫克托耳肯定会冲进来将火把投进希腊人的船营。

阿伽门农进入俄底修斯那艘巨大的船里——它位于中间，高于所有其他船只。他站在甲板上，向逃跑的人喊道："可耻啊，你们这些该诅咒的家伙！现在你们英雄般的勇敢哪儿去了？你们这些喝酒时吹牛皮的人！在赫克托耳面前，我们现在都成了一群废物，不久他就会把我们的舰船烧成一片灰烬。噢，宙斯，你把怎样的诅咒加于我的身上！如果说我曾用祈祷和祭品表达了我对你的尊敬，那现在让我至少能躲避和逃走吧，不要在舰船这儿被特洛亚人的武力征服！"他泪流满面地叫喊着，这使众神之父也动了恻隐之心，于是他从天上给了希腊人一个吉兆：宙斯派来了一只鹰，它的巨爪中攫着一头幼鹿，将幼鹿投落在宙斯的神坛前面。

这个征兆使希腊人力量大增，他们重新迎向蜂拥而来的敌人。狄俄墨得斯驱使他的战马带头跃过壕沟，冲向特洛亚人阿革拉俄斯，阿革拉俄斯调转战车正准备逃跑，狄俄墨得斯的长矛刺穿了他的后背。阿伽门农和墨涅拉俄斯随着冲到前面，两个埃阿斯紧跟在他们身后，随后是伊多墨纽斯和墨里俄涅斯，还有欧律皮罗斯。

现在透克洛斯上来了，他用弓箭把一个又一个特洛亚人射倒在地。他已射杀了八个敌人，这时阿伽门农向他投去火热的目光并朝他喊道："高贵的朋友，就这样射下去吧，你是希腊人的光明！如果宙斯和雅典娜同意我们毁灭特洛亚，你就是第一个我要授予荣誉赠礼的人！"——"国王，你不需要老是鼓励我，"透克洛斯回答他说，"我不会吝惜我的全部力量！我只是没有成功地射杀那只疯狗！"说着他就向赫克托耳射出一箭，但没有射中，仅是射杀了普里阿摩斯的一个庶子。第二箭，由于阿波罗的导引，赫克托耳得以逃脱死亡。赫克托耳现在狂暴地冲向透克洛斯；正当透克洛斯重又向他弯弓时，他用一块长形的、带有棱角的石头击中了透克洛斯的锁骨。透克洛斯的肌腱断了，手的节骨麻木了，跪倒在地。但埃阿斯没有忘记他的兄弟，他守卫在他的身边，用他的盾牌长时间地保护他，直到两个朋友把大声呻吟着的透克洛斯抬回船上。

但现在宙斯又重新鼓起了特洛亚人的勇气。赫克托耳两眼闪闪发光，愤怒地冲在最前面去追赶希腊人。希腊人又被压迫到船边，畏惧地向他们的神祇祈求。赫拉不忍心，她转向雅典娜并说道："我们还一直不去拯救面临死亡的希腊人吗？难道你没看到，赫克托耳在下界的屠戮是多么令人难以忍受，他已经杀得血流成河了！"——"是的，我的父亲太残忍了，"雅典娜回答说，"他完全忘了，我们是怎样忠诚地帮助他的儿子

赫剌克勒斯冒险时所做的一切了。但那个狐媚子忒提斯已经用她的曲意奉承讨得了他的欢心，他变得讨厌起我了。赫拉，帮我套上车，我要到伊得山去见他！"

宙斯一发现这件事，大发雷霆。当载着两个女神的车刚要穿越奥林帕斯圣山的第一道门时，宙斯的女使者伊里斯便迅速赶来加以阻止。她们听从他怒气冲冲的指示，调转车头返了回去。不久，宙斯本人乘着雷车出现了，众神之山的顶峰由于他的临近而震颤不止。面对妻子和女儿的请求他一声不吭。

"你明天还将看到特洛亚人的更大胜利，"他对赫拉说，"直到希腊人惊恐万分地麇集在他们舰船的舵盘四周进行战斗，直到愤怒的阿喀琉斯在他的帐篷里重新挺身而起，否则威武的赫克托耳是不会在战斗中停下来的。这就是命运的意志。"

这期间，赫克托耳在船边召集他的战士，他说："如果不是黑夜到来，敌人现在就会被消灭。但我们也不要返回城市，而是赶快把牛羊赶来——还有美酒和面包，都要从家里运来。在我们四周点上营火以防敌人的袭击，同时我们进餐并护理伤员。天一破晓，我们就重新向舰船发起攻击——我倒要看看，是狄俄墨得斯把我逼回到城墙，还是我把他的铠甲从尸体上剥下！"特洛亚人大声向他欢呼。他们整夜都在休息，成百上千堆营火保护着他们；他们大吃大喝，战马在挽具旁嚼食着小麦和大麦。

帕特洛克罗斯之死

宙斯使特洛亚人获得胜利，却把希腊人继续留在灾难里。希腊人的守护神波塞冬增强了希腊人的力量，阿波罗也使赫克托耳变得更加强壮，两军持续对垒，战事激烈，牵动人心。

这期间，帕特洛克罗斯返回到阿喀琉斯的帐篷。他泪流满面，告诉他的朋友说："希腊人的灾难在折磨我的灵魂！所有最勇敢的人都躺倒在舰船周围，不是被投枪所伤就是被长矛刺中。狄俄墨得斯受伤了，俄底修斯和阿伽门农伤于长矛，欧律皮罗斯被枪刺中了大腿。医生在为他们疗伤，他们都无法参加战斗，而你却冷酷地留在这里。你的双亲不可能是英雄珀琉斯和女神忒提斯。你一定是阴沉的大海和僵硬的崖石所生，所以你的心才会这样的无情！好吧，如果是你母亲的话和众神的旨意把你留在这儿，那至少派我和你的战士去帮助希腊人吧。让我穿上你的铠甲，也让特洛亚人一看到我英勇战斗时就会把我看作你，这样希腊人就有了喘息的时间！"

但阿喀琉斯愠怒地回答说："朋友，你使我伤心！阻止我的既不是母亲的话，也不是神祇的命令，只是剧烈的痛苦在撕扯我的灵魂，一个希腊人竟敢从我——他的一个平等的伙伴——的手中夺走我的荣誉的赠品。但即使这样，我也不会永远地怀恨在心，并且决定了：一旦战斗蔓延到舰船，我就去忘记我的怨恨。我还不能决定自己要不要去参加战斗，但是你可以披挂上我的铠甲，率领我的勇敢战士去战斗，全力向特洛亚人冲击，把他们从舰船旁赶走。但是不要去与一个人交战，这个人就是赫克托耳。你也要保护自己，不要落入阿波罗神的手中——因为阿波罗喜欢我们的敌人！一旦你挽救了舰船，你就再返回来。其他人，就让他们在战场上相互厮杀好了；若是一个希腊人也没剩下，那就更好了；我们两个人单独去战斗，就能把特洛亚城毁灭。"

突然间，阿喀琉斯看到舰船那边火焰冲天而起，一阵痛苦使他震颤。"去吧，高贵的帕特洛克罗斯，"他喊道，"站起来，不要让他们夺走舰船阻止我们的人逃走！我要自己去召集我们的士兵。"帕特洛克罗斯听到他朋友的话高兴极了，他火速穿上铠甲，束上精致的胸甲，把宝剑背在肩上，戴上飘动着马鬃的头盔，左手握住盾牌，右手抓起两支犀利的投枪，随后就去套马。阿喀琉斯召来他的密耳弥多涅斯士兵——他们来自五十艘战船，每艘五十名战士。有五位领袖率领这支战斗队伍，他们是：墨涅斯提俄斯，河神斯帕尔加斯和妩媚的波吕多瑞所生的一个儿子；欧多剌斯，赫耳墨斯和波吕墨勒的儿子；珀珊德洛斯，迈玛罗斯的儿子，一个在军队中仅次于帕特洛克罗斯的优秀战士；最后是两鬓斑白的福尼克斯和莱耳刻斯的儿子阿尔喀墨冬。

珀琉斯的儿子向这些即将出发的人说："你们这些密耳弥多涅斯人，不要有一个人给我忘记，你们在过去是怎样威胁过特洛亚人的。现在你们渴望的时刻终于出现了。战斗吧，遵照你们勇敢的心所命令的那样去做吧！"说罢，他返回自己的帐篷，拿出一只精致的酒杯，除了他没有第二个人用这个酒杯喝过美酒；除了宙斯之外，也没有第二个神接受过用这个酒杯献上的灌礼。现在他站在他房间的正中，向宙斯天父举行灌礼，并请求他保佑希腊人取得胜利，保佑他的战友帕特洛克罗斯平安归来。宙斯对他的第一个请求示意满足，但对第二个请求则摇头。英雄却没有看见宙斯的两种表示。随后阿喀琉斯回到自己的帐篷，从这儿去观望特洛亚人和希腊人之间的血战。

这期间密耳弥多涅斯人在前进，他们像一个蜂群，帕特洛克罗斯冲在最前面。特洛亚人看见他时，心惊胆战，他们的阵势一片混乱，因为他们误认为阿喀琉斯本人前来参战，他们在考虑如何逃避开，免得丧命。帕特洛克罗斯利用了他们的畏惧，挥动闪闪发亮的长矛径直冲入他们中间——在那儿，在普洛忒西拉俄斯那艘船的四周是人群最密集的地方。他的投枪击中了斐俄尼亚人皮赖克墨斯，皮赖克墨斯痛苦地朝后栽倒。所有的特洛亚人惊恐地夺路逃走，希腊人冲入船巷追赶，到处都是一片惊慌混乱。但不久，特洛亚人又镇静下来，希腊人被迫徒步进行作战。

大埃阿斯心中什么也不想，只是想如何用长矛击中赫克托耳。但赫克托耳战斗经验丰富，他用牛皮盾牌保护自己，使箭镞和投枪纷纷落地。这位统帅虽然看出胜利已离他和他的军队远去，但他依然坚定地进行战斗——这至少能保护和援助他忠诚的战友。直到希腊人进行的攻击变得无法阻挡时，他才调转战车越过壕沟逃走。但帕特洛克罗斯催动他的战马穷追不舍。沿途，凡是他在舰船之间、在围墙和河流之间遇到的，都得丧命。普洛诺俄斯、忒斯特耳、厄律拉俄斯和其他九个特洛亚人，在他前进的路上，或死于他的投枪，或毙命于他的长矛，或倒在他的投石之下。吕喀亚人萨耳珀冬悲痛和愤怒地目睹了这一情景，他半是责斥、半是激励地对着他的士兵大声喊叫着，自己则干脆全副装备地跳下战车。帕特洛克罗斯同样跃下战车，二人吼叫着冲向对方，像两只利爪钩喙的苍鹰一样。现在这两位英雄已接近到向彼此投射的距离，但帕特洛克罗斯首先投中的是萨耳珀冬勇敢的战友特剌德得摩斯。他第二次攻击，长矛才射中萨耳珀冬的腰部，萨耳珀冬栽倒在地，仿佛被斧头砍倒的一棵巨大的松树。临死前，萨耳珀冬呼喊他的朋友格劳科斯与吕喀亚的士兵来救护自己的尸体，随后就死去了。

诸王得知萨耳珀冬死亡，非常悲痛，他们要去复仇。他们狂暴地冲向希腊人，赫克托耳冲在最前面。而希腊人在帕特洛克罗斯的鼓励下也呐喊着冲了过来，双方为争夺萨耳珀冬的尸体进行血战。密切注视战局发展的宙斯在考虑帕特洛克罗斯的死，但他觉得还是先让他赢得胜利更好些。于是阿喀琉斯的朋友把特洛亚人连同所有的吕喀亚人向城里逼去。

希腊人夺走了死去的萨耳珀冬的铠甲，正当帕特洛克罗斯要把萨耳珀冬的尸体交给密耳弥多涅斯人时，阿波罗已奉宙斯之命将萨耳珀冬扛在了自己的神肩之上，背到远处的斯卡曼德洛斯河旁。在这儿，他在水里把尸体洗净，涂上香膏，交给双生子睡神和死神。他俩携萨耳珀冬飞起，把他带回到他的故乡吕喀亚。

逃跑的赫克托耳在斯开亚门旁勒住了他的战马，思忖了片刻：是驱马返回战场，还是命令士兵退到城墙后面，把城门紧闭？正当他犹豫不决地拉动缰绳时，阿波罗化身为赫卡柏的兄弟阿西俄罗——赫克托耳的一个舅舅。他走到赫克托耳的身旁，对他说道："赫克托耳，你为什么要撤出战斗？调转你的马头，向帕特洛克罗斯冲去吧！谁说阿波罗不会使你获得胜利呢？"这位使人认不出的神祇在他耳边轻声低语，随之就在密集的士兵中消失了。紧接着，赫克托耳激励他的驭手刻布里俄涅斯策马重新返入战场，阿波罗在他前头开路，直冲入希腊人的队列，使他们陷入一片混乱。接着，赫克托耳甩开其他希腊人，径直奔向帕特洛克罗斯。

帕特洛克罗斯看到他接近，就跳下战车，从地上举起一块尖角的大理石扔过去，结果击中了刻布里俄涅斯的额头，使他立刻栽倒在地上死去。随之，帕特洛克罗斯像一头雄狮扑向尸体，想去占有死者的铠甲。但赫克托耳为他的异母兄弟而拼命战斗，他抓住死者的头，而帕特洛克罗斯抓住死者的脚。特洛亚人和希腊人也都卷了进来，他们就像东风和西风相互搏斗一样。接近傍晚时，局势开始变得对希腊人有利，他们夺走了刻布里俄涅斯的尸体，留下了他的铠甲。

现在帕特洛克罗斯以双倍的愤怒扑向特洛亚人，接连三次进击，杀死的人有二十七个之多。但当他发起第四次进击时，死亡已在窥伺他了，因为这次他在战斗中遇到的是阿波罗本人。帕特洛克罗斯没有逼近阿波罗，因为他隐藏在一团浓密的云雾里。阿波罗站在他的身后，对着这个英雄的后背和肩上猛击了一掌。随后，他扯掉昏昏沉沉的帕特洛克罗斯头上的战盔，头盔落到地上，在马蹄下面来回滚动，盔上的羽饰沾满了尘土和血污。他又折断了帕特洛克罗斯手中的长矛，从肩上撕下了他盾牌的皮带，从身上扯掉他的胸甲，并使他的心一片懵懂，木然地僵立在那里。这时潘托俄斯的儿子欧福耳玻斯从后面用长矛刺穿了他，随即急速退回阵里。

赫克托耳重又从阵中冲击出来，并从前面将长枪刺入受伤的帕特洛克罗斯柔软的腹部，枪尖从其后背透出。赫克托耳用长枪结束了他的生命，高兴地叫喊道："哈，帕特洛克罗斯！你还想把我们的城市变为一堆瓦砾，把我们的女人装到船上带回你们国家做奴仆吗？现在我至少把你们奴役的日子推迟了，并拿你喂老鹰！你的阿喀琉斯能救你的命吗？"垂死的帕特洛克罗斯声音微弱地回答他说："你由衷地高兴吧，赫克托耳！宙斯和阿波罗使你不费力地赢得了胜利的光荣，因为是他们解除了我的武装。但有一点我要告诉你：你也不会活得太久！厄运已经站到了你的身旁，我知道是谁使你丧命的。"他费力地说出了这几句话，随后灵魂就离开他的身体，前往冥府。赫克托耳从其伤口中抽出自己的铁矛，并把帕特洛克罗斯的尸体甩到了后面。

现在特洛亚人欧福耳玻斯和阿特柔斯的儿子墨涅拉俄斯手执武器来争夺帕特洛克罗斯的尸体。"你得来偿命，"那一个喊道，"你杀死了我的许珀瑞诺耳，使他的妻子成了寡妇！"说着，欧福耳玻斯就举起长矛对着墨涅拉俄斯的盾牌刺去，但矛尖弯了。而墨涅拉俄斯举起他的长枪，刺穿了敌人的咽喉。欧福耳玻斯栽倒在地——若不是阿波罗嫉妒他，他会把死者的铠甲连同武器一起带走。因为这时阿波罗化身为喀科涅斯国王门忒斯，提醒赫克托耳重新转向欧福耳玻斯的尸体。赫克托耳立即转身，他突然看见了墨涅拉俄斯正要把欧福耳玻斯华丽的铠甲拿走。一听到这个特洛亚英雄的大声咆哮，他就放下尸体和铠甲，火速地奔向战场，去寻找大埃阿斯。

他终于在密集的士兵中认出了大埃阿斯，便朝他喊叫，要求他与自己一道去夺取帕特洛克罗斯的尸体。时间已经很紧急了，因为赫克托耳正在忙于将铠甲从帕特洛克罗斯身上剥下，把尸体拖到身边，用剑把他的头从肩膀上砍下，并把他的尸身抛给狗吃。赫克托耳一看到埃阿斯手握七层牛皮的盾牌向自己奔来，便放下了手头上的血腥工作，急速逃回到他的战友中间。吕喀亚人格劳科斯向赫克托耳投去阴沉的目光，责斥他说："如果你在英雄面前怯懦地逃走，那你的声誉将变得毫无用处，赫克托耳。你考虑考虑怎样单独来保卫城市吧，在你把我们的国王萨耳珀冬的尸体交给希腊人和野狗之后，再不会有哪一个吕喀亚人与你并肩战斗了。"

"你不聪明，格劳科斯，"赫克托耳回答说，"你以为我害怕埃阿斯的强大？还没有什么战斗能使我害怕，但宙斯的旨意比我们的勇敢更有威力。现在靠我更近些，我的朋友，看我怎么做，然后再说我是不是真的胆小——像你所想的那样！"说完他就去追那些把帕特洛克罗斯所穿的那副阿喀琉斯的铠甲当作战利品带回城里的朋友们了。他追上了他们，把自己的铠甲卸下，换上了阿喀琉斯的那副神圣的铠甲——这是天庭众神在珀琉斯与海洋女神忒提斯结婚时送的礼物，后来父亲年纪大时就把它送给了儿子，但儿子穿上父亲的装备却注定无法活到老年。

当众神和人的统治者宙斯从天上看到赫克托耳穿上了英雄阿喀琉斯那副神圣的铠甲时，他摇了摇头，在内心深处说道："你这可怜的人，你还压根儿没有想到死亡的命运，它已经守候在你的身旁了。你杀死了令其他人都心惊胆战的伟大英雄的亲密朋友，你割下了他的头颅，剥下了铠甲，现在你用女神儿子的神圣铠甲来武装自己。即便如此，你也无法从战场返回，你的妻子安德洛玛刻不会为你解下这身美丽的铠甲，欢迎你的归来，所以我要使你再一次得到胜利的荣誉作为补偿。"

宙斯在心里说这番话时，赫克托耳已经穿好了铠甲。战神阿瑞斯的精神燃起了他的战斗激情，他的四肢充满着力量，显示出威风。他大声呐喊，跃回到伙伴中间并率领他们冲向敌人。为争夺帕特洛克罗斯尸体的战斗重又打响，双方整天都在这里浴血奋战。希腊人喊道："我们宁愿死在这里，也不能让特洛亚人把尸体抢去，耻辱地返回舰船！"而特洛亚人则对之高喊："为了这具尸体，我们就算全都死了也无所畏惧！"

这期间宙斯改变了他的主意。他在浓云中间派雅典娜做他的使者到下

界去，雅典娜化身为福尼克斯走近墨涅拉俄斯。她使他的肩膀和双膝充
满了力量，并使他变得坚韧不拔、勇猛顽强。但阿波罗化身为淮诺普斯
走向赫克托耳，并提醒他说："喂，赫克托耳，若是一个墨涅拉俄斯就
能把你吓跑的话，那将来在所有希腊人中还有谁会怕你？他杀死了你最
好的朋友，现在他——一个全希腊军队中最懦弱的人，竟也要从你手中
夺走帕特洛克罗斯的尸体！"这番话使赫克托耳异常恼怒，他身着熠熠发
亮的铠甲冲到前面。宙斯摇着他的神盾，把伊得山隐蔽在浓云中间，发
出闪电和雷霆，向特洛亚人显示出胜利的征兆。决战更加激烈，埃阿斯
对墨涅拉俄斯说："墨涅拉俄斯，你有没有看到涅斯托耳的儿子安提罗
科斯还活着？让他向阿喀琉斯报告他的朋友帕特洛克罗斯的死讯吧，他
是最合适的使者了。"墨涅拉俄斯用他敏锐的目光扫视四周，很快就在相
互厮杀的人群中发现了涅斯托耳的儿子。"安提罗科斯，"他朝他喊道，
"你还不知道一个神祇把灾难降到希腊人身上并把胜利赐给了特洛亚
人吗？帕特洛克罗斯已经死了，全希腊人失去了他们最勇敢
的英雄。只有一个比他更勇敢的还活着，那就是阿喀
琉斯。去问问他，看他是否来拯救帕特洛克罗斯赤裸

裸的尸体——他的铠甲已让赫克托耳剥去了。"这个年轻人大吃一惊，他一听到这个消息便泪流满面，长时间一声不响。终于，他把他的铠甲交给了他的驭手拉俄多科斯，随后向舰船方向奔去。

当墨涅拉俄斯重新返回尸体旁时，他同埃阿斯商量如何把死去的朋友抢夺回来——他们对阿喀琉斯的到来不抱多大希望，因为他的神圣铠甲已被抢走了。他们用力把尸体举高，尽管特洛亚人尾随在后面大声吼叫，挥动宝剑和长枪，可只要埃阿斯一转过身来，他们就吓得面色苍白，不敢去抢夺他扛着的尸体。他们用了很大气力才把这具尸身从战场上运送到舰船上，其他希腊人也同他俩一起逃了回来。赫克托耳和埃涅阿斯紧追不舍，那些溃逃的希腊人慌不择路乱成一团，越过壕沟退了回去，路上到处是他们丢弃的武器。

阿喀琉斯的悲恸

> 帕特洛克罗斯在战斗中死去，尸体被特洛亚人掳走，阿喀琉斯为他的死去感到悲恸，痛哭流涕地自责。阿喀琉斯决定为死去的帕特洛克罗斯复仇，夺回朋友的尸体，让他回归故土。

这期间，安提罗科斯带着可怕的消息哭着奔向阿喀琉斯。从老远的地方他就向他喊道："我感到痛心啊，珀琉斯的儿子，你现在不得不听到的本是不应该发生的。我们的帕特洛克罗斯已经阵亡了，他们在为争夺他那赤裸裸的尸体而战，铠甲已被赫克托耳剥走了！"阿喀琉斯一听到这个噩耗，眼前变得一团漆黑。他用两手抓起黑色的尘土撒向自己的头、脸和衣服。随后他躺倒在地上，可怕地喊叫起来，这哭泣的声音直透过大海，传到海底深处他母亲忒提斯那里。她与她的姊妹们一道穿越分离开来的海浪到达海岸，从船旁浮出上陆地，直奔向恸哭的儿子。"孩子，你哭什么？"她问道，哀叹着把他的头搂在怀里，"是谁伤了你的心？说出来，什么都不要对我隐瞒！你所想的不是已经都发生了吗？——希腊人都拥到你的舰船来，渴求你的帮助！"

终于，阿喀琉斯沉重地叹息道："母亲，帕特洛克罗斯已经死了，这些对我还有什么用呢？我爱他就像爱自己的脑袋一样！我那副精美的铠甲，就是众神在你的婚礼上送给珀琉斯的那件礼物，已被杀害他的凶手赫克托耳从身上剥走了！噢，若是珀琉斯的妻子是一个凡人的话，那你就得为你死去的儿子承受人世间的痛苦，因为他永远不会返回他的故乡了！是的，若是赫克托耳不被我的长矛刺穿，不为我的帕特洛克罗斯的死赎罪，我的心就不允许我活下去！"

忒提斯含泪回答说："啊，我的儿子，你的生命很快就要枯萎，因为在赫克托耳之后，你的末日注定也就到了。"但阿喀琉斯愤怒地喊道："如果命运不允许我去为死去的朋友复仇，那我宁愿现在就去死。没有我的帮助，远离故乡，他死去了。我短暂的生命对希腊人有什么用？我没有给帕特洛克罗斯，没有给无数被杀害的朋友们带来安全。当其他人在战斗中死去，我却坐在船边不为所动。我的愤懑在神祇和人们面前该受到诅咒！这种愤懑开头时使心灵甘之如饴，可不久就像在胸中燃起熊熊的烈火！过去的已经过去！我要去为我的朋友复仇，杀死凶手！既然我的命运已经注定，那就让宙斯和众神随时处理好了。特洛亚人应该知道，我在战争中休息的时间够长了！亲爱的母亲，不要阻止我去战斗！"

"你是对的，我的孩子，"忒提斯回答他说，"我感到遗憾的是，你灿烂的铠甲在赫克托耳手上，而且他自己还把它穿上了。可他不会笑很久，在明天太阳升起的时候，我会给你带来新的装备——是赫淮斯托斯亲手制造的。但你在我回来前不要去参加战斗。"女神说完，就与她的姊妹下潜，回到她们的海洋宫殿。她本人匆忙前往奥林帕斯，去拜访锻冶之神赫淮斯托斯。

这期间，争夺帕特洛克罗斯尸体的战斗仍在继续。若不是伊里斯按照赫拉的命令——她瞒着宙斯和众神——飞到阿喀琉斯那里，带去让他武装起来的指示，赫克托耳几乎就能成功将帕特洛克罗斯的尸体抢走了。"但是我怎样去作战？"阿喀琉斯问神祇的女使者，"因为我的敌人穿着我的铠甲。我的母亲也禁止我穿其他人的装备，直到她把由赫淮斯托斯制造的一副新铠甲给我带来。我知道没有任何人的武器适合我，除了埃阿斯的盾牌，但那是他自己要使用的，用来保护我死去朋友的尸体。"
——"我们知道，"伊里斯回答他说，"你出色的铠甲被抢走了，但你现

在就以这个样子靠近壕沟，出现在特洛亚人面前——他们若是从远处看
到了你，就会停止战斗；那么希腊人也就可以得到休整。"

　　当伊里斯重新飞走时，神一般的阿喀琉斯站了起来。雅典娜本人把她
的神盾悬到他的肩上，使他的面庞辉映出超凡的光华。他就这副样子，
很快越过围墙出现在壕沟旁边。可他没有忘记母亲给他的警告，没有参
加战斗，只是停留在远处并大声吼叫。雅典娜的呼喊声与他的吼叫声混
在一起，仿佛战号一般直冲进特洛亚人的耳鼓。当他们听到阿喀琉斯钢
铁般的声音时，他们的心一下子就有了一种不祥的预感，战车和战马纷
纷后退。驭手们惊恐地看到珀琉斯儿子的头上闪现出火光。壕沟那边发
出的三声吼叫使特洛亚的士兵三次陷入混乱，他们中十二个最勇敢的战
士不是毙命于战车下，就是被他们自己的朋友枪刺毙命。

　　不久，帕特洛克罗斯的尸体从敌人那里被夺了回来，英雄们把他放在
床上，朋友们悲恸地聚集在尸体四周。阿喀琉斯看到安放在灵床上的他
忠诚的朋友的尸体——它已经被乱枪刺得血肉模糊——他伏身在尸体上泪
如雨下。西沉的太阳映照着这悲恸的一幕。

阿喀琉斯与阿伽门农和解

顽强的战斗之后，海洋女神将阿喀琉斯的铠甲当作礼物归还给他，这让他重新燃起战斗的希望。阿喀琉斯用响雷般的声音召集所有的希腊人，包括瘸脚的俄墨得斯和俄底修斯，最后军队统帅阿伽门农也来了……

当人到齐时，阿喀琉斯站了起来，他说："阿特柔斯的儿子，在我毁灭吕耳涅索斯、把布里修斯的女儿挑选为战利品的那一天，我就该在舰船旁把她射死——由于我的愤恨，多少希腊人失去了性命！忘记过去吧，尽管它使我们的心灵受到了伤害，我的愤恨至少现在已经平息了。起来，现在去进行战斗！我倒要看看，特洛亚人是否还有乐趣在船边悠闲自在！"

这番话激起了希腊人雷鸣般的欢呼。这时统帅阿伽门农站了起来并大声呼喊："不要狂呼乱叫了！这样乱糟糟的，谁能说话，谁能听清？我要向珀琉斯的儿子进行解释，你们其他人注意听，记住我说的话。希腊的儿女们已经多次对我在那不幸的一天所做的事情进行了惩罚，"他继续说道，"但这不是我的过错，是宙斯、命运女神和复仇女神在士兵大会上使我失去了理智，犯了过错。当赫克托耳在舰船周围杀害成群的希腊人时，我就在不断地想起我的罪过。我知道了，是宙斯蒙蔽了我的心智。现在我乐于补偿自己所犯下的过失，向你赎罪，阿喀琉斯，随你有多少要求。去进行战斗吧，我呈献给你所有俄底修斯前不久以我的名义许诺给你的礼物。"

"光荣的统帅阿伽门农，"英雄回答说，"随你将这些礼品给予我或者自己保留下来，这对我来说都无所谓。但现在让我们别再延误战斗，因为有许多事情要我们来做，人们都在盼望重新在前线看到阿喀琉斯！"

现在聪明的俄底修斯说话了："天神般的阿喀琉斯，先不要把饿着肚子的希腊人赶向特洛亚！让他们先在船边饱餐豪饮，恢复力量以增强体能！这期间，阿伽门农去把他的礼品带到这里，让全体希腊人开开眼界。随后他本人在他的帐篷里隆重举行一场豪华的宴席来款待你。"——"我高兴地听到了你的这一番话，俄底修斯，"阿伽门农回答说，"阿喀琉斯，你可以从全体希腊军队中挑选最高贵的青年人，让他们去我的船上把那些礼品全部运来。传令官塔尔提比俄斯，去给我们弄一头野猪来，献祭给宙斯和太阳神，让我们为团结与和睦起誓。"——"随你们怎么去做好了，"阿喀琉斯说道，"只要我朋友被蹂躏的尸体还躺在帐篷里，我的喉咙就既吞不下食物也咽不下美酒。我渴求屠杀，喝敌人的鲜血！"但俄底修斯平静地对他说："全希腊人中最最高贵的英雄，这次你的心要听我的劝告。希腊人当然不能用他们的胃肠来哀悼他们的死者——当一个人死去，我们要埋葬他，整日为他哭泣。但若是谁忽略了用美酒和食物来增强自己的力量，那我们又怎能进行更猛烈的战斗呢？"

他这样说着，与涅斯托耳的儿子们一道向阿伽门农的营房走去。在那儿，他们拿到了阿伽门农许诺的礼物，并给众神献上了一份牺牲。这时阿喀琉斯站了起来，在希腊人面前说道："宙斯天父，你使人经常变得多么愚昧无知啊！若不是你有意使许多希腊人丧命，那阿特柔斯的儿子肯定不会如此可怕地激起我的愤懑，也不会如此顽固地要把那个姑娘从我这里抢走！可现在，让我们去用餐吧，然后准备进攻。"

最高贵的希腊诸王都围着阿喀琉斯，请他就餐。可他拒绝了，叹息道："如果你们真的爱我，朋友们，那就不要劝我饮食。我的悲痛不容许我这样。让我就这个样子，直到太阳西沉入海。"说完这句话，他便离开其他诸王，只有阿特柔斯的两个儿子、俄底修斯、涅斯托耳、伊多墨纽斯和福尼克斯留了下来。他们力图使这个痛苦的人振作起来，但毫无结果。阿喀琉斯一动不动，说话时呼吸变得急促，并且只对死去的朋友说话。

宙斯怜悯地从天上望着这个悲哀的人，随即迅速转向他的女儿雅典娜，说道："我忠实的女儿，你的心难道不再牵挂那个高贵的英雄？就是坐在那儿的那个当其他人去用餐时自己却米水不沾、为他的朋友悲伤的人！起来，立即向他胸膛注入琼浆和美食使他振作起来，好让他在战斗中不会感到饥饿！"

女神像一只鹰挥动双翼一样急速穿越高空，她早就渴望帮助她的朋友了。这时军队正在匆忙地准备战斗，雅典娜轻柔地、不被人注意地把琼浆和美食注入阿喀琉斯的体内，随后返回她父亲的宫殿。

这期间希腊人从船上蜂拥而出，头盔相碰，盾牌相击，胸甲相撞，长枪相交。整个大地被青铜所照亮，在他们脚下轰鸣。他们中间的阿喀琉斯开始武装自己，他咬牙切齿，眼中冒火。他拿起神赐的装备，先束上胫甲，然后穿上胸甲，宝剑挂在肩上，拿起盾牌。随之他戴上沉重的头盔，头盔上高高的金色羽饰不停地晃动着。他穿上他的铠甲，觉得身上的装备仿佛翅膀一般，好像要让他从地上飞起来。奥托墨冬和阿尔喀摩斯套上战马，在每一匹马嘴里放上嚼环，把缰绳系在座位上；奥托墨冬跃上战车，武器熠熠发亮，随他之后阿喀琉斯起身上车。"神马，"他朝父亲的这些神驹喊道，"我要告诉你们，在我们进行完战斗之后，你们要把乘载的英雄们带回军营，不要像帕特洛克罗斯那样，让他死于荒野，弃他不顾。"

说这番话时，他得到一个可怕的神谕。他的神马克珊托斯垂下头，使波浪般的鬃毛从轭环中涌了出来，直拂到地面。女神赫拉突然赋予它说话的能力，它在轭中悲哀地回答道："好的，强大的阿喀琉斯，我们现在载着你生龙活虎般勇往直前。但死亡的时刻已经临近你了。帕特洛克罗斯的死亡和赫克托耳的胜利不是由于我们的疏忽或者失职，而是因为命运和神祇的全能。我们能和风中最快的西风神仄费洛斯一比高下，不会疲倦，但你的命运已经注定，你将死于一位神祇之手。"神马还要继续讲下去，复仇三女神的威力阻止了它，阿喀琉斯悻悻地回答说："克珊托斯，你为什么跟我说到死亡？不需要你的预言，我自己知道，命运已经在这里捉住了远离父母的我。但我若不在战斗中杀死足够多的特洛亚人，是不会停下来的！"随后他大声吼叫，策马前进。

城门前的决斗

阿喀琉斯在特洛亚城门下疯狂地屠杀追赶特洛亚人，国王普里阿摩斯命人打开城门，让所有逃命的士兵能够进入城内。唯有赫克托耳留在城门外，他要与狂虐的阿喀琉斯进行最后的决斗。

白发苍苍的国王普里阿摩斯站在城市一座高耸的塔楼上，看到威武的阿喀琉斯如何追赶溃逃的特洛亚人，没有一个神祇或凡人出来阻挡他。国王哀叹着从塔楼上走下来，提醒城墙的守卫者："打开城门，让所有逃命的士兵都进入城内，阿喀琉斯快追上他们了，我怕会出现一个很糟的结局。"守城的士兵把门闩撤下，大门分向两边，一条救命之路敞了开来。

特洛亚人焦渴难当，灰头土脸地穿过田野向城里逃命，阿喀琉斯手执长矛像个疯子似的在后面追赶。这时阿波罗离开敞开城门的特洛亚，去解救那些祈求他保护的人。他鼓励英雄阿革诺耳隐身在浓雾中间，紧挨在宙斯的山毛榉树边，站在他的身旁。于是，阿革诺耳就成了特洛亚人中第一个在逃命中停下脚步的人。他在思忖，并自言自语说："是谁在追赶你？难道他不也是一个像其他人一样的普通人吗？"他镇静下来，待阿喀琉斯冲过来，便举起盾牌，挥动投枪，朝他喊道："蠢人！你不要想这么快就毁灭特洛亚人的城市！在我们中间还有男子汉起来保护双亲、妻子儿女！"说着，他的投枪就击中了阿喀琉斯锡制的护膝，可投枪被弹落了。阿喀琉斯冲向他的对手，但阿波罗把阿革诺耳裹在雾中使他脱身，自己却施展诡计转移了阿喀琉斯的追赶方向。他本人化身为阿革诺耳，穿越麦田，向斯卡曼德洛斯河跑去。阿喀琉斯在后面紧追不舍，他想在追赶中抓住他。

这期间特洛亚人顺利地穿过敞开的城门逃回城里，很快，城内挤满了聚集的士兵。没有谁等待谁，也没有谁环顾四周看看谁得救了、谁战死了。所有的人只对能逃回城内感到庆幸。在这儿他们拭干汗水，饮水止渴，然后沿着城墙在雉堞旁躺了下来。

可希腊人，肩上扛着盾牌，以密集的队形向城墙奔来。在所有特洛亚人中，只有赫克托耳一人留在斯开亚大门外面，因为这是命运的安排。而阿喀琉斯还在一直追赶阿波罗，他把他当作是阿革诺耳。这时神祇突然停了下来，转过身，用神的声音说道："你为什么对我穷追不舍，阿喀琉斯，难道你为了我而忘记了去追赶特洛亚人？你认为追逐的是一个人，可你追赶的是一个你无法杀死的神。"阿喀琉斯豁然醒悟，他愤怒地叫喊道："残忍的、狡诈的神！是你把我从城墙那儿引开！你剥夺了我胜利的荣誉，把他们安全地救了出来！你是一个神，不怕复仇，可我多么想对你进行报复啊！"

阿喀琉斯转过身去，像一匹烈马，狂暴地扑向特洛亚城。首先看见他的，是重又坐在塔楼瞭望台上的苍老的国王普里阿摩斯。老人用双手捶击前胸，悲哀地朝站在斯开亚大门外亢奋地等着阿喀琉斯的赫克托耳喊道："赫克托耳，我宝贵的儿子！你为什么要一个人留在城外，与其他人分开？难道你要自己鲁莽地投入这个杀人狂的手中？他已经夺去了我多少勇敢的儿子的性命！快进城来，保护特洛亚的男人和女人！不要用你的死来增加阿喀琉斯的荣耀！你也可怜你那悲惨的父亲，宙斯诅咒他，让他在痛苦中活到这般年纪，目睹无休无止的灾难！我不得不亲眼看到众多儿子被杀害，众多女儿被抢走，我的王宫内室被劫掠，蹒跚学步的孩子们被掷在地上死去，我们的儿媳们被掠去为奴。到最后我自己躺倒在宫殿的门前，被一支投枪击毙或被一支长矛刺死，而我喂养过的那些家狗则吃我的肉、舔我的血！"

老人从塔楼上向下叫喊，撕扯他那灰白的头发。赫克托耳的母亲赫卡柏也出现在丈夫的身边，她撕扯着衣服，哭着朝下喊道："赫克托耳，想想我对你的抚养，可怜可怜我吧！到墙后面去打败那个可怕的人，但不要在墙外与他作战，你这疯子！"

双亲的大声叫喊和哭泣都不能改变赫克托耳的念头。他动也不动地停在当场，等候着前来的阿喀琉斯。

赫克托耳之死

当赫克托耳和阿喀琉斯在城门前你追我赶地激烈打斗时，宙斯却早已对他们的命运下了定论。宙斯允许雅典娜随自己的意愿去做时，已经暗示了赫克托耳的死亡即将来临。

阿喀琉斯越来越近，他像战神一样威严可怕。他右肩上的白蜡木杆长矛在颤动。他的铠甲在他四周熠熠闪亮，像一团大火。赫克托耳一看到他，就身不由己地感到战栗。他无法再静止不动。他转过身，朝城门奔去，但阿喀琉斯像一只扑向鸽子的雄鹰追了过来。赫克托耳沿着特洛亚城墙，顺着车道逃跑，越过斯卡曼德洛斯河两股咆哮的源头——一个是冷水一个是热水，围着城墙跑个不停。一个强者在逃，一个更强的人在追，他们围着普里阿摩斯的城墙跑了三圈。众神都在奥林帕斯山上紧张地观望这场戏剧。"你们这些神，"宙斯说，"好好考虑吧，决定的时刻已经到了。现在的问题是，让赫克托耳再一次逃脱死亡呢，还是不管他多么勇敢，都得让他死呢？"雅典娜说："父亲，你想到哪儿去了？一个劫数已到的凡人，你还要使他摆脱死亡？你可随你的意愿去做，但不要希望众神会赞同你的意见！"宙斯朝他的女儿点了点头，她像一只鸟似的从奥林帕斯山岩上直飞向战场。

赫克托耳还一直跑在他的追逐者的前面，阿喀琉斯像一条猎狗一样穷追不舍，一点也不给他喘气和休息的机会。阿喀琉斯向他的士兵示意，不要向赫克托耳投掷武器，这会夺走他是第一个也是唯一一个打败希腊人最可怕敌人的荣誉。

当他俩围着城墙跑到第四圈，抵达斯卡曼德洛斯河的两个源头时，宙斯从奥林帕斯山上立起身来，擎起金色的天平，放上两个死亡的砝码——一个是阿喀琉斯的，另一个是赫克托耳的。他把它摆正，然后加以称量。赫克托耳这一头低了下来，直倾向冥府，这一瞬间阿波罗离开了；而雅典娜女神走到阿喀琉斯身边，轻声对他说："停下来，休息一下，我去劝说那个人勇敢地与你作战。"阿喀琉斯听从女神的话，拄着他的白蜡木杆长矛停住脚步，雅典娜则化身为得伊福玻斯，走近赫克托耳对他说："啊，我的哥哥，珀琉斯的儿子紧追你不放！来吧，让我站住，把他击退。"赫克托耳一看到他，高兴地说道："得伊福玻斯，你一直是我最最忠实的弟弟，而现在我更加敬重你，因为当其他弟兄们躲在城墙后面时，你却敢出城与我站在一起！"

雅典娜向赫克托耳招手，走在他的前边，向正在休息的阿喀琉斯走去。赫克托耳首先向他喊道："我不再逃避你了，珀琉斯的儿子！我的心在驱使我迎向你，我杀死你或者你杀死我！但让众神为证，我们要立下誓言：如果宙斯保佑我得胜，我将不再虐待你，而是在我剥掉你的铠甲之后把你的尸体交还给你的同胞。你对我也同样如此！"

"不要讲什么条件！"阿喀琉斯阴恻地回答，"正如狮子和人之间不能结盟，狼和羊之间不存在和睦一样，你我之间也没有什么友谊。我们之中必须有一个血染黄沙！把你的本领施展出来，你必须既是一个投枪手，又是一个击剑手。你用长矛给我的战士们所造成的痛苦，现在你得一次都偿还！"

阿喀琉斯斥责道，并投出他的长矛。可赫克托耳蹲了下来，长矛飞越过去，插入地里。雅典娜将长矛拔了出来，立即偷偷地交还给阿喀琉斯，不让赫克托耳看见。赫克托耳也愤怒地把他的投枪掷出，没有落空，击中阿喀琉斯盾牌正中心，但它滑落了。赫克托耳惊愕地转向得伊福玻斯，因为他手中没有第二支投枪可用，可他的弟弟不见了。赫克托耳立即醒悟过来：那是雅典娜在蒙骗他！

赫克托耳意识到，自己的命运现在已经定了。可他不愿意不光彩地死去。他从剑鞘中拔出巨大的宝剑，像一只鹰从空中扑向一只羊羔一样冲了过去。阿喀琉斯并没有等待，他用盾牌掩护自己，迎将上来。他的头盔在抖动，羽饰在摇曳，他左手挥动的长枪在闪光。他在窥伺赫克托耳的身体，他在寻找机会，以便刺出致命的一击。可赫克托耳用夺来的铠甲把自己护得严严的，只有连接肩膀和脖颈锁骨的地方，也就是咽喉那里有少许的裸露。阿喀琉斯急速刺出一枪，狠狠地刺中了他的脖颈，使枪尖直穿过喉咙。赫克托耳用最后一口气向阿喀琉斯乞求说："阿喀琉斯，面对你的生命、你的双膝、你的父母，我恳求你，不要把我弃于船旁让野狗撕碎吞食！随你要多少青铜、黄金，把我的尸体送回特洛亚，让那儿的男人和女人给予我火葬的荣誉。"

但阿喀琉斯摇了摇他那可怕的脑袋，说："你不必面对我的双膝、我的父母恳求什么，你这杀害我朋友的凶手！即使你的同胞给我二十倍的赎金，我也得把你的脑袋用来喂野狗。"——"我认识你了，"赫克托耳临死前呻吟说，"你是铁石心肠！当神祇为我复仇，你在斯开亚门前被阿波罗射中倒地——像我现在这样时，你就会想到我的！"说罢这个预言，他的灵魂离开了肉体，飞入冥府。阿喀琉斯朝着死者喊道："你去死吧，我接受命运的安排，什么时候死，随宙斯和众神的意愿好了！"说着，他把长矛从尸体中拔出，放到一旁，随后从死者的肩上剥下原属于自己的那副血淋淋的铠甲。

这时，从希腊军队中跑来许多士兵来观看赫克托耳的尸体。阿喀琉斯站在他们中间说道："朋友们和英雄们！众神保佑我征服了这儿的这个男人，他给我们造成的灾难比所有其他人合起来的还要多。现在让我向特洛亚城去显示一下我们的力量，去看看他们是否会把这座城堡拱手让出，或者没有赫克托耳他们是否也敢于进行抵抗。可我在讲些什么呀？我的朋友帕特洛克罗斯还躺在船上没有安葬呢！男子汉们，唱起凯旋之歌，让我们首先把我为我的朋友杀死的敌人带给他！"

说完这席话，这个残忍的人又重新转向赫克托耳的尸体，在两只脚踝骨和脚跟之间的肌腱处刺穿个洞，将尸体用牛皮带拴好绑在战车上，随后跃上战车，举鞭策马，拖着死尸，直奔舰船。车后卷起一团尘土。赫克托耳刚才还英俊的头颅，在沙地上犁出一条宽宽的小沟，头发已乱蓬蓬毁得不成样子。赫克托耳的母亲赫卡柏从城墙上目睹这一惨状，她抛下头上的面纱，悲泣地望着他的儿子。国王普里阿摩斯也痛哭和悲叹。特洛亚人和同盟军哀号和恐惧的叫喊声响彻整个城市。年迈的国王几乎把持不住自己，在愤怒的痛苦中想冲出城门去追赶杀害他儿子的凶手。他倒在地上，呼喊道："赫克托耳，赫克托耳！你的死使我忘记了被敌人所杀害的所有其他儿子！噢，你应该死于我的怀中啊！"

普里阿摩斯去见阿喀琉斯

普里阿摩斯为死去的赫克托耳悲伤痛哭时，女神伊斯里带着宙斯的神谕来到他的面前，命令他去希腊人那里赎回自己儿子的尸体，让这位英雄得以厚葬。普里阿摩斯在神的庇佑下来到了希腊人的舰船，见到了阿喀琉斯，他会如愿以偿赎回儿子的尸体吗？

竞赛结束了，集聚起来的士兵散去，每个人都饱餐、酣睡。只有阿喀琉斯彻夜未眠，他一直在怀念被埋葬的朋友。他的心静不下来，于是沿着海岸走去。凌晨时，他套上战马，把赫克托耳的尸体系在战车上，拖着它围着帕特洛克罗斯的坟墓跑了三圈，随后把这具尸体放在尘土里。但阿波罗却用他神盾的黄金护罩遮住了赫克托耳的尸体，使它不再受到损害。这期间，宙斯命令阿喀琉斯的母亲忒提斯速去希腊军营通告她的儿子，说众神和他本人对他如此蹂躏赫克托耳的尸体感到十分愤怒。

忒提斯听从了命令，她进入儿子的帐篷，坐了下来，一边用手抚摩他，一边温柔地对他说："亲爱的儿子，忘掉苦恼和悲哀，重新振作和欢乐起来吧，因为你在世上的日子不会很长了。听我告诉你宙斯说的话——他和众神对你虐待赫克托耳的尸体并把它扣留在船旁极为愤慨。我的儿子，快把它交还回去，要一笔巨大的赎金吧。"阿喀琉斯抬起头，注视着母亲，说："那就这样做好了，宙斯和神祇的命令必须照办。特

洛亚人可以得到尸体。"

　　这同时，宙斯派他的使者女神伊里斯带着自己的指示进入普里阿摩斯的城市。她在这儿除了悲哀别无所见。在宫殿的前庭，儿子们围在父亲的四周哭泣，老人坐在中间，僵直地裹在斗篷里，背上和头上落了一层尘土。在内室，女儿和儿媳们都跪在那里，她们在为死去的英雄痛哭。这时，宙斯的使者突然出现在国王面前，她轻声地低语，这使他的四肢一阵颤抖。她说："你要镇静，达耳达诺斯的后代！不要沮丧，我通知你的不是坏消息。宙斯可怜你，他吩咐你到阿喀琉斯那儿去，向他献上礼品，赎回你儿子的尸体。你单独一个人去，不要任何一个特洛亚人陪伴——除了一个年老的使者，他用骡车把你送去，然后把你和死者一同载回到城内。你既不要怕死，也不要惊恐。宙斯会派赫耳墨斯去保护你，他会带你去见阿喀琉斯，在那儿他也会保护你的。"

　　普里阿摩斯相信女神说的话，他命令他的儿子给他备一辆骡车，接着他进入用香柏木建造的内室，这儿存放有无数的珍宝。随后他喊来他的妻子赫卡柏，对她说："可怜的女人，听了宙斯传达的消息，我要到阿喀琉斯那儿去，用礼品缓解他的愤怒并赎回我们可爱的儿子的尸体。"老人这样说了，但他的妻子却啜泣起来，她说道："普里阿摩斯，你平素受人称赞的理智到哪里去了？你相信那个嗜血的杀人狂看到你会产生怜悯之情？我们最好是远远地在家里悲悼我们的儿子，他的命运注定是被野狗吞食！"

"不要阻止我！"普里阿摩斯坚决地说，"只要能让我把最最可爱的儿子抱在怀里，哪怕在船边等待我的是死亡，我也愿意！"说罢，他打开箱盖，选出十二件贵重的华丽服装、十二条地毯，还有同样多的睡袍和精美的斗篷。随后，他称出十塔兰同黄金，拿出四只熠熠闪光的炊具、两座三脚鼎和一只珍贵的酒杯——这是他从前在特拉刻做使节时得到的赠品，老人把这些作为礼物。他把那些要阻止他的特洛亚人赶出大厅，召集他的儿子们，斥责说："你们这些可耻的人、无用的人，为什么你们没有去代替赫克托耳在舰船旁被杀死！所有的好人都死了，只有坏家伙留了下来，流氓、骗子、寻欢作乐之徒，一些挥霍民脂民膏的家伙！马上给我备车，把这些东西放进大篮子，我好上路。"

儿子们惊恐地听从父亲的吩咐，立即牵来骡子，套上车，并把赎金和礼品放到车上。随后他们备好普里阿摩斯本人的马车，唤来陪伴他的年老使者。赫卡柏揪心地呈给国王一盏金杯用以做祭祀。普里阿摩斯提高了声音，祈祷说："宙斯父亲，伊得山的主宰，让我在珀修斯儿子面前得到怜悯和宽容！也请给我一个征兆，使我能顺利地走到希腊人的舰船那里！"他的话刚一说完，一头黑翼大鹰展开翅膀疾飞而来，掠过特洛亚城上空。所有的特洛亚人看到后都大声欢呼，老人信心十足地登上了马车。骡子拉着沉重的四轮车走在前面，由使者伊代俄斯牵着。在他后面，老人挥鞭策马。他的亲人都跟在后面，痛哭流涕，仿佛送他去赴死一般。

车已到了城外，当普里阿摩斯和使者经过老国王伊罗斯的墓碑时，他俩停了下来，让马和骡子在河边饮水。黑夜降临了，田野一片朦胧。这时，伊代俄斯发现近处有一个人，他惊恐地对普里阿摩斯说："主人，你看那儿有一个人影；我怕他在窥伺，要来杀死我们。我们手无寸铁，再加上年迈，要么我们调转车头赶快逃回城里，要么抱住他的双膝求他饶命。"一阵恐怖的战栗令老人浑身发抖，毛发耸立。此时，这个人影走了过来，原来他不是敌人，而是宙斯派来的使者赫耳墨斯；他带来的是幸运，是在路上护送他挑选出的人。他握住国王的手，并不让他认出自己来。他说："老人家，在漆黑的夜里，你要把你的马和你的骡子赶到哪儿去？这时人们都在睡觉呀！可你不必担心，我来保护你，你看起来很像我的父亲。"

"真的，现在我看到了，一个神祇的手在保护我。但你是谁，我的好心人，你的双亲是谁？"——"我的父亲叫波吕克托耳，"赫耳墨斯回答说，"我是七个儿子中的最后一个，一个密耳弥多涅斯人，是阿喀琉斯的伙伴。"——"如果你是可怕的阿喀琉斯的伙伴，"现在普里阿摩斯极为焦急地说，"那你告诉我，我的儿子是不是还在船旁边，或者是不是阿喀琉斯已经把他抛给狗吃了？"——"没有，"赫耳墨斯回答说，"他还在阿喀琉斯的帐篷里，虽然十二个清晨已经过去，每次太阳升起时阿喀琉斯都无情地拖着他绕着他朋友的坟墓走上三圈，可他的尸体一点也没有腐烂。当你看到他栩栩如生、神采奕奕地躺在那儿，身上没有一丝血污，伤口完全愈合时，你自己定会感到惊奇。直到他死亡时神祇也在呵护他。"

普里阿摩斯高兴地从车上取出那只精美的杯子。"接受它吧，"他说，"谢谢你对我的保护，并请领我去见你的主人。"赫耳墨斯拒绝了这件礼物——没有得到阿喀琉斯的同意，他害怕接受这份馈赠——但他却跃上马车，坐在国王身边，拉动缰绳，挥动鞭子……很快，他们便抵达壕沟和围墙。在这儿，他们见到卫兵们正在用晚餐；可赫耳墨斯用手一指，他们便都昏睡过去。赫耳墨斯用手一按营门的门闩，门就被推了开来。普里阿摩斯连同装载礼品的骡车顺利地来到阿喀琉斯的营房之前。这座营房四周是一片宽敞的空地，外围竖有密密的栅栏。虽然只有唯一的一道木栓锁住大门，但它十分沉重，要三个强壮的希腊人才能推开和拉上。可赫耳墨斯打开门却毫不费力，他劝告老人抱住英雄的双膝，并以父亲和母亲的名义恳求他。随后他跳下马车，显示了神祇的身份便消失而去。

现在普里阿摩斯也从车上跳下，把马和骡子交给伊代俄斯，他本人则径直走向阿喀琉斯的住处。这庄重的老人不被察觉地走了进来，奔向阿喀琉斯，抱住他的双膝，吻他的双手——这双手杀死了他多少个儿子啊——望着他的脸。阿喀琉斯和他的朋友惊愕地看着他，老人乞求道："神一样的阿喀琉斯，想想你的父亲，他和我一样年迈，或许也受到邻国的进犯，感到恐惧和无助，像我一样。可他每日都在盼望他亲爱的儿子从特洛亚返回家园。但是我，有五十个儿子的父亲，当希腊人征战到此时，在这场战争中失去了他们中的大多数；到最后，由于你，我失去了唯一一个能保护城市和我们大家的儿子——赫克托耳。为此，我来到你这儿向你赎买他的尸体，我带来了许多赎金。珀琉斯的儿子，请敬畏众神，请你可怜我吧，想想你自己的父亲！"

老人的这番话唤起了阿喀琉斯思念父亲之苦，他温和地握住他的手，这使老人想起了他的儿子赫克托耳，于是老人伏在他的脚下哭泣起来。阿喀琉斯也哭了起来，时而是为了他的父亲，时而是为了他的朋友，整个帐篷响起了一片哭声。终于，高贵的英雄从椅子上立起身来，充满同情地扶起老人说："可怜的人，真的，你忍受了多少痛苦，现在你独自一人前来希腊人的船营，并来到一个曾杀死你那么多勇敢儿子的人的面前，这显示了你怎样勇敢！你胸中一定有一颗铁一样的心！可你坐在椅子上吧，让我们稍微平息一下我们的悲痛。哀伤不会给我们带来什么。这是命运，是神祇给我们可怜的凡人规定的命运，要我们去忍受悲哀，而他们却无忧无虑、逍遥快乐。忍受吧，不要不停地哭泣，你无法再次唤醒你高贵的儿子！"

普里阿摩斯回答说："宙斯的宠儿，在我的儿子赫克托耳还躺在你的帐篷中没有被安葬之前，不要让我坐下。请你快点把他给我，因为我渴求看到他。希望你喜欢这笔丰厚的赎金，宽恕我，并返回你的祖国！"

阿喀琉斯听到他的话皱起眉头说道："噢，老人，不要激怒我！我愿意把赫克托耳的尸体交还给你，因为我的母亲给我带来了宙斯的指示。我也知道，普里阿摩斯，是一个神祇把你领到我们舰船这里的。一个凡人，即使是一个最勇敢的年轻人，又怎么会有这样的胆量？因此，不要再给我悲哀的心增添烦恼，否则我会忘记众神之父的命令，不会宽容你——噢，老人，即使你是如此谦卑地乞求！"

普里阿摩斯战战兢兢，他顺从了。但阿喀琉斯像一头狮子跃出门外，他的战士跟在他的后面。在帐篷前，他们从轭中卸下马匹，并把使者带了进来。随后，他们从车上搬下礼品并留下两件斗篷和一件衣服，用来包裹赫克托耳的尸体。阿喀琉斯让人洗净死者，给他涂上香膏并穿上衣服；他本人把尸体抬到一张铺放好了的床上，在他的朋友们把死者安放到骡车上时，他呼唤着他朋友的名字并说道："帕特洛克罗斯，如果你在阴间知道我把赫克托耳的尸体交还给他的父亲，请不要发火生我的气！他带来了价值不菲的赎金，其中也有你的一部分！"

现在他返回帐篷，重新坐在国王的对面，说："你看到了，现在你的儿子被赎回了，噢，老人，这正如你所希望的那样。他躺在那里，穿上了受人尊重的服装。明天清晨你就可以把他运回。但现在让我们吃顿晚餐；你还有足够的时间来哭你亲爱的儿子。"

英雄立起身来，走到外边，宰杀了一只羊。他的朋友们把羊皮剥掉，把羊肉切成块，用铁钎仔细地递了上来。随后，他们坐到桌旁，奥托墨冬分配装在一只精致小篮子里的面包，阿喀琉斯分配肉，大家饱餐豪饮。

普里阿摩斯惊奇地观察着这位高贵主人的身材和仪表，他完全像一位神祇。饭后，普里阿摩斯说："高贵的英雄，请为我准备床铺，我渴望睡一个好觉，因为自从我儿子赫克托耳死后，我的双眼就一直没有合上，而且这也是我第一次吃肉喝汤。"

阿喀琉斯立刻命令他的士兵和侍女在厅内为老人安排床榻，铺上紫色的床垫，上覆有地毯，柔软的斗篷作为衾被。他们为使者也另备了一张床。

这时，阿喀琉斯友好地说："普里阿摩斯，你还要告诉我，为办你儿子的葬礼，你需要多少天——这样我就休息多长时间，我的士兵也停止进攻。"——"如果你允许我为我的儿子举行一个葬礼，"普里阿摩斯回答说，"那就给我十一天时间吧。你知道，我们被围困在城市里，而且必须到远处的山里去运木材。这样我们就需要九天的时间才能做好准备，在第十天我们安葬他并举行殡宴，在第十一天为他建造一座坟墓。在第十二天，如果无法避免的话，那我们就重新开战。"——"就像你所希望的这样好了，"阿喀琉斯回答说，"在你所要求的时间里，我不会让我的军队进攻。"说完这话他就离开了老人，在自己的帐篷里躺下入睡。

大家都睡了，只有赫耳墨斯醒着，他在思考如何避开卫兵把特洛亚国王从舰船这儿带回去。因此他走到熟睡的老人跟前，对他说："老人家，你在敌人身边睡得太坦然安心了。你用了许多金钱赎回了儿子的尸体，这是真的，但若是让阿伽门农和其他希腊人知道了，那你的儿子就得用三倍的赎金来赎买你这个活人！"老人为之一惊，他唤醒使者。赫耳墨斯自己套好马匹和骡子，跃上车坐在国王身边。伊代俄斯则牵着运载尸体的骡车。他们悄悄穿越军队，不久就远离了希腊军营。

阿喀琉斯之死

> 阿喀琉斯在与门农的一场恶战中，好友安提罗科斯不幸战死，虽然门农也死于自己的刺枪之下，但是朋友的死激怒了他，他疯狂地肆杀特洛亚人。阿喀琉斯的这一举动激怒了太阳神阿波罗，并且毫不在乎他的警告，阿喀琉斯这种对神的藐视，让他最终走向灭亡。

翌日清晨，在一片哀声中，安提罗科斯的尸体被他的同胞抬到舰船，尔后安葬在赫勒斯蓬托斯的海岸。白发苍苍的涅斯托耳十分镇定，他控制住了自己的悲痛，可阿喀琉斯却难以平静下来。朋友的死激怒了他，驱使他天一破晓就扑向特洛亚人。特洛亚人尽管对神一般的阿喀琉斯的长枪十分惊恐，但依然奋不顾身地打开城门，投入战斗。很快，双方就又杀得天昏地暗。英雄杀死了大量敌人，直把特洛亚人追到城下。他的超人力量使他相信自己能把城门从门轴中抬起来，为希腊人打开进入普里阿摩斯城市的通路。

福玻斯·阿波罗在奥林帕斯山上看到了被阿喀琉斯杀死的无数士兵，他愤怒至极。阿波罗像一头发疯的野兽，从神座上冲了起来，背上装有能置人于死地的箭镞的箭袋。箭袋和箭镞叮当作响，阿波罗的眼睛在冒火，他的脚步使大地震颤。随后他站在阿喀琉斯的身后，发出可怕的声音："珀琉斯的儿子，放开特洛亚人，不要如此疯狂！你要当心，不要让一个神祇把你毁灭！"阿喀琉斯听出了这个神祇的声音，但他并不惧怕，毫不在乎这种警告，而是大声朝阿波罗喊道："难道偏要激怒我去与神进行战斗？你为什么总是去偏袒那些特洛亚的坏蛋？你第一次让赫克托耳在我面前逃脱时，就已经够使我恼火的了。我劝你远远离开，到众神那儿去，别让我的长枪击中你，哪怕你是一个不死的神祇！"

说罢这番话，他就转身而去，重又追向敌人。愤怒的阿波罗隐身在一片黑云之中，弯弓搭箭，从浓雾中一箭射中阿喀琉斯那易受伤害的脚踵。一阵剧痛直从脚跟涌上心头，阿喀琉斯像一座被毁了基础的高塔一样栽倒在地。他躺在那里环视四周，用尖厉可怖的声音喊道："是谁从远处朝我射出卑鄙的一箭？有胆量跟我面对面地进行较量！胆小鬼总是从暗处偷袭勇士！好好听着，即使他是一个对我恼火的神祇！我想出来了，这是阿波罗干的。我的母亲忒提斯曾对我说过，我会在斯开亚城门前死于阿波罗的神箭之下——她说的话应验了！"

英雄呻吟不止，他从致命的伤口中拔出箭镞，看到黑血不断涌出，他愤恨地把它抛得远远的。阿波罗把箭镞拾了起来，隐身在浓云中返回奥林帕斯山。他从迷雾中现身并重

新混在众神之中。希腊人的朋友赫拉发现了他，极为愠怒地责备他说："福玻斯，你干了一件坏事！你毕竟参加过珀琉斯的婚礼，像其他神祇一样，享受美酒佳肴并高声吟唱，为珀琉斯的后代祝福。可你却袒护特洛亚人，并最终杀死了他唯一的儿子！你这样做是出于嫉妒。你这愚蠢的家伙，今后你还有何脸面去见涅柔斯的女儿？"

阿波罗一声不响，离开众神坐到一旁，垂下头去。深色的血液此刻依然在阿喀琉斯强壮的四肢中沸腾着，他渴求战斗，没有一个特洛亚人敢靠近这个受伤的人。他从地上一跃，再一次站了起来，挥舞起长矛，冲向敌人中间，击中了他的老对手赫克托耳的朋友俄律塔翁，矛尖直刺入俄律塔翁大脑。随后，他的矛又刺中了希波诺斯的眼睛，穿透了阿尔卡托俄斯的面颊，还杀死了许多逃跑的人。但随后，阿喀琉斯的四肢变冷了，他不得不停下来，拄枪而立。特洛亚人纷纷逃命，阿喀琉斯雷鸣般的吼声在那些逃跑的人的身后响起："逃命吧！即便在我死后，你们也逃不开我的长矛，我的复仇之神将惩罚你们！"特洛亚人惊慌失措，抱头鼠窜，因为他们还认为他依然没有受伤。但阿喀琉斯的四肢变僵了，栽倒在一群死者之中，大地发出轰鸣，他的铠甲铿锵作响。

帕里斯首先发现了阿喀琉斯的死。他大声欢呼，提醒特洛亚人去抢尸体，于是一大群原本唯恐避之不及的士兵集聚到死者四周。但英雄埃阿斯守护住尸体，用长矛把那些靠近的敌人挑得远远的，每当有一个人来同他战斗时，就必定受到他致命的一击。到最后，埃阿斯已不限于去保护尸体了，而是冲向特洛亚人，在他们中间大开杀戒。吕喀亚人格劳科斯也倒了下来，死于强大的埃阿斯的长矛之下；高贵的特洛亚英雄埃涅阿斯也受了伤。与埃阿斯一同作战的有俄底修斯和其他希腊人，但特洛亚人的抵抗却越来越顽强。俄底修斯感到右膝受了重伤，鲜血已从闪亮的铠甲中不断涌出；帕里斯这时突然竟敢将长枪刺向埃阿斯。但埃阿斯一发现便抬起一块巨石掷向他，击中了帕里斯的头盔，使他躺倒在地，箭镞从箭袋中撒落，撒得遍地都是。帕里斯呼吸微弱，气息奄奄，朋友们仅来得及把他抬到战车上，用赫克托耳的战马把他拉回城里。埃阿斯把特洛亚人都赶回城里，这时他跨过遍地横陈的尸体、血泊和散落的铠甲，直向赫勒斯蓬托斯奔去。

在这期间，诸王把阿喀琉斯的尸体从战场上抬回舰船，围在他的四周，陷入无尽的悲痛之中。奔跑而来的埃阿斯号啕大哭，他为失去一个忠实的表兄弟而悲恸。年迈的福尼克斯紧紧抱住魁梧的阿喀琉斯那高大的身躯，老泪纵横，伤心至极。他想起了死去英雄的父亲珀琉斯把孩子放到他怀里，让他抚养和教育的那一天——现在父亲和教育者都活着，可孩子却死了！阿伽门农和墨涅拉俄斯兄弟和所有希腊人也都为他哭泣。哭声不绝，直冲上天际，并从舰船那儿发出回响。

白发苍苍的涅斯托耳最终使悲泣停了下来，他提醒众人把英雄的尸体洗净，放到灵床上，然后进行礼葬。于是人们用温水洗净阿喀琉斯的身体，给他穿上他母亲忒提斯在他出征时送给他的华丽服装。当他就这样躺在帐篷里时，雅典娜从奥林帕斯山向她的宠儿投下同情的目光，并在他的头上洒下了几滴芳香的神水，避免死者腐烂和变形。所有希腊人都为躺在灵床上的英雄显得如此栩栩如生和威严庄重而感到惊奇，他仿佛只是在恬静的睡眠之中，不久便会重新醒来似的。

希腊为他们的伟大英雄发出的巨大悲声也深入到海底他母亲忒提斯以及涅柔斯的其他几个女儿那里了。剧烈的痛苦使她们五内俱裂，她们放声大哭，连赫勒斯蓬托斯大海都发出回响。就在当夜，她们一同穿越向两旁分开来的海水，来到希腊人舰船所在的海岸，所有的海怪也与她们一同哭泣。她们悲哀地走到尸体跟前，忒提斯用双臂抱起她的儿子，吻他的嘴，哭得连大地都被她的泪水湿透了。希腊人纷纷退下，直到女神们重又飘去时，他们才又朝尸体靠拢过来。

天一破晓，希腊人从伊得山上运下无数的木头，把它们高高地堆了起来，把许多被杀死的人的铠甲、祭祀用的牲畜以及黄金和贵金属都放在火葬堆上。希腊英雄们剪下他们的头发，死者喜欢的女奴布里塞伊斯也献上了自己的卷发，作为给她的主人的最后礼物。随之他们朝堆起的木材浇上油，放上盛装蜂蜜和美酒的大碗，把尸体置放在木架的上面。然后他们全副武装，或骑在马上，或徒步绕着火葬堆环行。火点燃了，烈焰熊熊而起，战士们迸发出一片哭声。风神埃俄罗斯按照宙斯的命令送来他的疾风，直吹进垒起的噼啪作响的木材中间，这使火葬堆连同尸体在短短几个小时之内就变成了灰烬。最后，火焰被人们用酒浇灭。英雄的遗骸像一个巨人的骨骸一样，躺在那里，与所有那些同他一起烧掉的截然分离开来。他的战友叹息着把遗骸集拢起来，放进一个宽大的、镶着金银的匣子里，将其安置在海滨一个最庄严的地方，与他的朋友帕特洛克罗斯的遗骸并排葬在一起，并筑起一座高高的坟墓。

帕里斯之死

菲罗克忒忒斯是被众神选中的人，他要去杀死制造这场灾难的帕里斯，并且要毁灭特洛亚城。在这场战斗中，菲罗克忒忒斯和帕里斯激烈交战，帕里斯中了菲罗克忒忒斯的毒箭，再也无法战斗。帕里斯为了解除身上的毒，去寻找曾经被自己抛弃的妻子。妻子因憎恨他的绝情拒绝救他。最终，帕里斯在伊得山上死去了。

当希腊人看见载有菲罗克忒忒斯和两位英雄的那艘船驶入赫勒斯蓬托斯海港时，他们成群结队地欢呼着奔向海滨——他们一直在盼望着它的归来。菲罗克忒忒斯伸出瘦弱的双手，他的陪同者把他抬到岸边，让他进入欢迎他的希腊人中间——众人一看到他那样子，都非常感伤。这时，从人群中跳出来一位英雄，他做出许诺：借助众神的帮助，一定要很快把他治好。希腊人听到这位英雄的诺言，都大声欢呼起来。此人正是医生波达利里俄斯，他也是波阿斯的老朋友。就在希腊人洗净菲罗克忒忒斯的身体并为他涂上油膏时，医生很快拿来了必要的药品……随后菲罗克忒忒斯向众神祈福，于是灼人的痛苦从他的四肢中消失，所有的折磨都在他的灵魂中逝去。希腊人看到他恢复了健康，都非常惊奇。此后菲罗克忒忒斯饱餐畅饮，随后安歇就寝。

翌日，特洛亚人在城外安葬他们的死者，这时他们看到希腊人又前来挑战了。很快，双方又展开了一场血战。涅俄普托勒摩斯用他父亲的长枪一连杀死了十二个特洛亚人；但勇敢的埃涅阿斯的战友欧律墨涅斯和埃涅阿斯本人冲进了希腊军队之中，将队伍打开了几个缺口，帕里斯杀死了墨涅拉俄斯的朋友——来自斯巴达的得摩勒翁。

菲罗克忒忒斯此刻在特洛亚人中间横冲直闯，像所向无敌的战神本人一样。任何一个敌人从远处看到他时，都必死无疑。他所披挂的那套赫剌克勒斯的漂亮铠甲使特洛亚人恐惧，就像他胸甲上的复仇女神墨杜萨的头颅一样令人生畏。到最后，帕里斯勇敢地举起弓箭，不避危险地向他冲了过来。他很快射出了一箭，但箭却从菲罗克忒忒斯身边掠过，射中了他身边的克勒俄多洛斯的肩膀。克勒俄多洛斯后退了几步，但帕里斯的第二支箭却置他于死地。现在，菲罗克忒忒斯抓起他的弓，并用雷霆般的声音朝帕里斯喊道："你这特洛亚的盗贼，我们灾难的制造者，你得为此付出代价！同我进行较量吧，你的末日到了！只要你死了，你的家和你的城市很快就会毁灭！"说罢，他向帕里斯射出一箭，可惜只擦伤了他的漂亮皮肤。帕里斯也再次张开了弓，可菲罗克忒忒斯的第二支箭却射入他的侧腹。帕里斯无法再坚持战斗了，他像狮子面前的一条狗似的逃跑了，浑身抖个不停。

血腥的战斗又持续了一会儿，这期间医生们为帕里斯医治创伤。夜幕降临了，特洛亚人返回城内，希腊人退回船营。帕里斯痛苦得彻夜难眠，箭镞直透入骨髓，赫剌克勒斯的箭上涂的毒液使伤口溃烂变黑。医生们虽然用了各种方法，但毫不见效。这时帕里斯记起了一个神谕：在他最危急的时刻，只有被他遗弃的妻子俄诺涅才能救他——当帕里斯还是伊得山上的一个牧人时，他曾与她度过了一段美好的时光。当时他就是从妻子口中听到这个预言的。

帕里斯让人把自己抬到伊得山去，他虽然不情愿，但由于为创伤的痛苦所逼，只得如此。到了他妻子的住处，帕里斯扑倒在当年遭他鄙弃的妻子脚下，喊道："尊敬的女人，噢，现在不要在我痛苦的时刻恨我，因为从前我不是自愿地离弃你的，是残酷无情的命运女神把海伦带到我的面前。现在以众神和我们早年的爱情为证，请你同情我；将药敷在我的伤口上，把我从这折磨人的痛苦之中解救出来吧——你曾经预言过，只有你才能救我！"

但他的这番话并没有软化这个被他遗弃的女人的心肠。"你到你遗弃的并使之悲痛愁苦的女人这儿来做什么？"她责斥道，"你在青春貌美的海伦那里过得多么称心如意、愉悦欢欣呀！走吧，扑倒在她的脚下，看她能不能救助你。不要指望用你的眼泪和你的悲痛使我的灵魂对你有什么同情！"她就这样把他从自己的房子里打发走了，却没有想到她本人的命运与她丈夫是休戚相关的。帕里斯拖着身子，由他的仆人搀扶着，悲哀地穿过草木葱茏的伊得山。赫拉从奥林帕斯山上俯视了这一情景，高兴极了。帕里斯还没有到达山麓，就毒发身死，在伊得山上咽下了最后一口气——他的妻子海伦再也看不到他了。

一种意想不到的悔恨攫住了俄诺涅的灵魂，她现在忆起了她与帕里斯在爱情中度过的青春时光。她的心扉敞开了，泪水喷涌而出。终于，她站了起来，匆忙地打开房门，像一阵疾风一样冲了出来。她跃过崖石，穿过山涧和溪流，疾行在深夜里。月亮女神塞勒涅在蓝色的夜空中怜悯地俯视着她。俄诺涅终于到了火葬她丈夫的地方，她丈夫的尸体在木材上燃烧着，四周围着一些山上的牧人，他们向他们的朋友、国王的儿子表示最后的敬意。当俄诺涅看到丈夫的尸体时，剧烈的痛苦使她变得不知所措。她用衣服蒙住自己美丽的面孔，一下子跃上火葬堆；四周的人还没来得及救她，她与丈夫的尸体就已被大火吞噬了，众人只能为之悲叹。

木马计

希腊人和特洛亚人的这场战争持续有十年之久，希腊人攻城夺门久久无法获胜。此时有一道神谕指出他们战斗无法取胜的原因是特洛亚城内的雅典娜女神像。于是俄底修斯和狄俄墨得斯采取木马计，成功地将女神像运出特洛亚城。

希腊人攻城夺门之战久久无法获胜，从各个方向登城的尝试也都归于失败。这时一个神谕告诉他们：特洛亚的命运取决于存放在特洛亚城内神庙里的一尊雅典娜女神像。俄底修斯和狄俄墨得斯立即决定前去盗取。两位英雄化装成可怜的乞丐进入敌人的城市，并在寂静的夜里偷偷潜入存放神像的神庙。天刚破晓，这两个大胆的人就已经带着他们的战利品回到了军营。可即便如此，对特洛亚城的进攻仍被守城的人击退。预言家卡尔卡斯于是召集了一次英雄大会，他对众人说道："你们别再花费力气去进行战斗了，用这种方法是不会成功的。你们最好是想出一个计策，这样才能使你们达到目的。听我说，我昨天看到一个迹象：一只老鹰追逐一只鸽子，鸽子躲进崖石的石缝中逃避捕杀。老鹰长时间恼火地守候在石缝前，可那只小动物就是不出来。这时，这只猛禽藏到近处的草丛中间，小鸽子就愚蠢地钻了出来，老鹰扑向这只可怜的小动物，毫不留情地把它攫住。"

这番话给英雄们留下了很深的印象，可他们虽然殚思竭虑，却依然想不出任何一个能结束这场战争的方法。这时俄底修斯想出来一个计策："朋友们，让我们来造一具巨大的木马，"他喊道，"我们最勇敢的英雄藏到它那空空的肚子里，其余人在这期间则乘船撤到忒涅多斯岛去——此前，把所有留在军营中的东西都烧掉。特洛亚人从城墙上看到这种情形，就会毫无戒备地来到这里。在我们中间，要有一个特洛亚人不认识的勇敢的人，他留在木马外边，走向他们，说自己是一个逃跑者，并告诉他们：希腊人为了返乡，要把他杀死用来祭神，可他逃脱了希腊人这种罪恶的行径。这木马是献给特洛亚人的敌人雅典娜女神的，他不得不藏在木马下面，直到他的敌人动身之后，这才爬了出来。他必须说得真实可信，不断地重复，直到特洛亚人消除对他的怀疑，并把他当作一个值得同情的外乡人带进城里才行。到了那儿，他要想方设法让特洛亚人把这具木马弄进城内。当我们的敌人无忧无虑地进入梦乡时，他要给我们一个约好的暗号，此时我们就从木马腹中出来，燃起火把，向忒涅多斯岛的朋友发出信号，用火和剑把这座城夷为平地。"

当俄底修斯说完，大家都称赞他那奇思妙想的才智，预言家卡尔卡斯尤为赞扬他，并让人们注意听宙斯那从天上传下来的表示赞同的雷声。希腊人催逼明天就开始进行这项工作。随后所有人都相继返回舰船并躺下睡觉。

午夜时分，雅典娜托梦给希腊英雄厄珀俄斯，吩咐这个心灵手巧的人去建造这具硕大无朋的木马，并答应会帮助他尽快完工。

翌日清晨，人们立即动工。在雅典娜的帮助下，木马三天就完成了。全军都为这位艺术家的杰作而惊叹，因为他把这具木马造得惟妙惟肖。厄珀俄斯向上苍举起双手并祷告说："伟大的雅典娜，请保佑你的木马，请保佑我，崇高的女神！"所有希腊人也一同为之祈祷。

这期间，特洛亚人在最近一次战斗之后便畏缩地躲在城墙后面。现在特洛亚人的厄运即将来临，这时在众神之间爆发了纷争。他们分成了两派：一派袒护希腊人，另一派则厌恶他们。他们下临人间，来到斯卡曼德洛斯河旁列成阵式，对峙而立——只是凡人看不见他们。就连海洋诸神也不是站到这一边就是站到那一边。海中的仙女们都站在了希腊人一方，因为她们是阿喀琉斯的亲戚；另外一些海神则站在特洛亚人一方，他们掀起狂涛巨浪，把舰船推向陆地，撞击那具阴险的木马。这期间，在高一级的神祇中间，战斗已经开始：阿瑞斯冲向雅典娜。这成了一场混战的信号，神祇们立刻厮杀起来。黄金铠甲叮当作响，海浪呼啸。大地在众神脚下颤抖，他们的战斗呼喊声汇集在一起，直达冥界，连塔耳塔洛斯的提坦巨人们也为之战栗。刚从一次远途旅行归来的宙斯一看到这种情景，就向正在战斗的众神们抛出一道闪电，使他们恐惧得停止了战斗。若是他们不听从，宙斯就要把他们全部毁灭。众神由于害怕失去永生便都退出战场，撤出了战斗。

　　这期间，希腊军营中的木马已经完工，俄底修斯在英雄大会上站起来发言。"希腊人的领袖们，"他说，"现在是证明谁是真正勇敢和强大的人的时候了，因为在木马腹中面对的是一个黑暗的未来！相信我吧，爬进去，藏身在里面——这比在面对面的战场上战死需要更多的勇气！因此，谁认为自己是最勇敢的，谁就站出来参加这次冒险行动。其余的人可以乘船去忒涅多斯岛！但要有一个无畏的年轻人留在木马附近并按照我所说的去做——谁愿意承担这项任务？"

　　英雄们都犹豫不决。这时，一个名叫西农的勇敢的希腊人站了出来，他说："我请求去做这件必须完成的事情——即使特洛亚人折磨我！即使他们把我活生生地抛进火堆里！我已下定了决心！"人们向他发出欢呼声，涅斯托耳站起来激励希腊人，他说："现在，亲爱的孩子们，鼓起勇气！现在神祇正把这十年艰苦征战的终点交到我们手中，为此，迅速地进入木马腹中去吧！"

　　老人这样喊了起来，并要第一个跨入侧门进到木马的肚子里，但阿喀琉斯的儿子涅俄普托勒摩斯却请求他把这个荣誉让给他这个年轻人，让老人家领导其余的希腊人去忒涅多斯岛去。费了好大力气，他才说服了涅斯托耳，于是这个年轻人全副武装第一个进入那宽大的空洞中去。随他之后是墨涅拉俄斯、狄俄墨得斯、斯忒涅罗斯和俄底修斯，然后是菲

罗克忒忒斯、埃阿斯、伊多墨纽斯、墨里俄涅斯、波达利里俄斯、欧律玛科斯、安提玛科斯、阿革珀诺耳以及其他英雄们，最后进入马腹的是建造者厄珀俄斯本人。随后他把梯子抽了上去，从里面把门关紧，插上门闩。马腹中的其他人都一声不响，在黑夜里他们坐在那儿，等待着胜利或者死亡。

其余的希腊人把他们的帐篷和用具付之一炬，随后由阿伽门农和涅斯托耳率领，乘船前往忒涅多斯岛。在岛前他们抛锚上岸，盼望看到远方发出的火把信号。

特洛亚人不久就发现赫勒斯蓬托斯海岸烟雾冲天，当他们从城墙上仔细朝海滨观察时，发现希腊人的舰船都不见了。他们成群结队、兴高采烈地向岸边奔去，但并没有忘记全副武装，因为他们依然心存恐惧。当他们在原是敌人军营的地方看到木马时，都吃惊地环立在木马周围，因为这是一个硕大无朋的杰作。就在他们争论怎样处置这个奇妙的玩意儿时，特洛亚阿波罗神庙的祭司拉奥孔急速跑进这群好奇的人中间，大老远就喊道："不幸的同胞们，什么样疯狂的念头在捉弄你们呀？难道你们认为希腊人真的乘船而去？希腊人留下这个东西不是一种诡计吗？你们就这样看俄底修斯？在这具木马里若不是隐藏有某种危险，那它就一定是一个作战机器，埋伏在附近的敌人会用它来进攻我们的城市！不管怎么样，不要相信它！"说着，他就从站在他身边的一个人手里夺下一支铁制长矛，深深地刺入马腹之中。长矛在木头中颤个不停，从深处发出回响，那回响像是来自空洞的地窖似的。但是特洛亚人已心智壅塞，变得懵懂迷惘。

就在发生这件事期间，有几个牧人好奇地走近木马进行仔细观察，他们从木马肚子下面拖出来狡狯的西农，要把他当作希腊俘虏交到普里阿摩斯国王那里。这时，一直环立在木马四周的特洛亚人聚集过来，一起看这个新的场面。西农很好地扮演了俄底修斯教他扮演的角色。他祈求着向上苍伸出双臂，啜泣地喊道："痛苦啊，我该信赖的陆地、我该信赖的海洋在哪儿？我这个人被希腊人放逐，并且即将被特洛亚人杀死！"

站在他四周的人被他的哭诉所感动，他们走到他跟前问他是什么人、来自何处。西农终于不害怕了，他说："我是一个希腊人！也许你们听说过欧玻亚的帕拉墨得斯国王吧？由于俄底修斯的促使，希腊人用石头把他打死，因为他要退出攻打你们城市的战争。我是他的一个亲戚，参加了这场战争，在他死后我无依无靠。因为我敢于声言向谋害我表兄的敌人复仇，虚伪的俄底修斯迁恨于我，在整个战争期间一直不停地对我进行迫害。到最后，他同那个骗人的预言家卡尔卡斯商量好，要置我于死地。我的希腊同胞经常做出逃回希腊的决定，可却一再地推迟行期。当他们终于实施计划并在这儿建造这具木马时，他们派欧律皮罗斯去求阿波罗的一个神谕，因为他们在天上看到了一个不祥的征兆。欧律皮罗斯从神庙带回的是一个可悲的回答：'你们在出征时曾将一个处女的鲜血祭献给愤怒的狂风以求得宽恕，现在你们返归时也必须用血来祈求平安——必须牺牲一个希腊人。'当希腊人听到这个神谕时，他们惊得毛骨悚然。这时俄底修斯吵吵嚷嚷地把预言家卡尔卡斯拽进会场，请他说明神的意志。这个骗子沉默了五天时间，虚伪地拒绝挑选任何一个希腊人去死，可到最后他念了我的名字。大家都一致同意，因为每个人都高兴自己能躲过死亡。可怕的日子到了：我被装饰成祭献的牺牲，头上缠起神圣的彩带，神坛和被碾碎的谷粒都准备停当。可这时我扯断绳索逃跑了，并在附近沼泽地里的芦苇荡中躲了起来，直到他们乘船离去。我爬了出来，在他们这具神圣的木马的肚子下面找到个安身之处。我无法回到我的祖国，无法见到我的同胞——我在你们的国家里，你们是要宽宏大量地让我生，还是如我的同乡那样要我死，这都取决于你们。"

特洛亚人听了十分感动。普里阿摩斯好言安慰了这个骗子，叫他忘记可恨的希腊人，说若是他能说清楚这具木马的用途，就答应给他在城里安排个住处。这时西农举手向天，假意祈祷，他说："我敬奉的众神啊，你们为我作证，迄今把我和我的同胞连在一起的纽带已被扯断，如果我现在揭穿他们的秘密，那我绝不是在犯罪！在这场战争中，希腊人把全部希望都寄托在雅典娜的帮助上。但自从狡猾的希腊人从特洛亚城中偷走了她的圣像，一切就都走上了下坡路。女神发怒了，幸运远离了希腊人。这时预言家卡尔卡斯解释说，必须立即乘船返乡，回国去接受神祇新的指示。在雅典娜神像被放回原处之前，他们的这场征战不会有好的结局。这番话打动了希腊人，他们决定逃归，并也确实付诸实施了。可此前他们根据他们预言家的劝告建造了这具巨大的木马，把它留下来作为献给受到侮慢的女神的祭品，以平息她的愤怒。卡尔卡斯让人把木马建得高高的，这样你们特洛亚人就无法通过城门把它运到城里去。他用这样的方法，好使你们得不到雅典娜的庇护。"

西农巧舌如簧，说得那么合情合理，使普里阿摩斯和所有特洛亚人都对这个骗子深信不疑。但雅典娜却关注她那些在木马中的朋友们的命运。自从拉奥孔提出警告之后，他们坐在里面一直忐忑不安，死亡的恐惧总是在眼前飘忽不定。

由于一个可怕的奇迹，英雄们从这种危险中解脱了出来。那个阿波罗神庙中的祭司拉奥孔在海滨向众神祭献一头牝牛时，从忒涅多斯岛方向游过来两条巨大的毒蛇，它们穿过明镜般的海面，向岸上游来。它们的腹部和血红的头从水中昂起，蛇身的其余部分在海水水面下蜿蜒游动，激起的水花噼啪作响。当它们游到岸上时，吞吐着信子，发出咝咝的叫声，并用火一样的眼睛环视四周。还一直围在木马四周的特洛亚人吓得面无血色，纷纷夺路逃跑，但这两条怪物却直奔向岸边的海神神坛——拉奥孔和他的两个年轻的儿子正在那里忙于祭祀。两条毒蛇先是缠住了两个孩子的身体，用毒牙咬他们的细皮嫩肉；两个孩子大声呼救，当父亲抽出宝剑要去救助时，两条毒蛇也将他缠住，在他身上绕了两圈，随即在他的头上昂起蛇头，挺起蛇颈。拉奥孔试图挣脱开蛇的缠绕，但没有用。拉奥孔和他的两个孩子被蛇咬死了，它们蠕动着爬到高高的雅典娜神庙，藏在女神的脚下和盾牌的后面。

特洛亚人把这一可怖的事件看作祭司因为对木马表现出亵渎性怀疑而受到的惩罚。一部分人跑回城市，把城墙拆毁，以便为这个不祥的来客打开一条通路；另一部分人则给木马脚下装上轮子；还有一些人用粗大的绳子拴住木马的脖颈。随后，他们成功地把它拖进他们神圣的城堡。在这种狂热和欢呼中，只有女预言家——特洛亚国王的聪明女儿卡珊德拉保持着清醒，可不幸的是她得不到信任。她从天上和大自然中观察到了不祥的征兆，为预见到的危险所驱使，她披头散发冲出王宫。"可怜的人们，"她喊道，"难道你们没有看到我们正在走向地狱之路吗？难道你们没有看见我们正站在死亡的边缘吗？我看到了城市里充满烈火和鲜血，我看到了死亡从木马的肚子里涌出，而这木马正是被你们欢呼着拽进我们的城堡里来的！即使我说上一千遍，你们也还是不相信我。你们已把自己奉献给复仇女神了，她们正为海伦的罪恶婚姻向你们复仇。"真的，这女预言家得到的只有讥笑和嘲弄，没有人认真对待她的话。

特洛亚城的毁灭

俄底修斯和诸位希腊英雄在木马的掩护下潜入特洛亚城，趁着特洛亚人毫无防备，开始了他们的烧杀抢掠，特洛亚城就在这悄无声息的夜晚毁于一旦。

特洛亚人狂欢到半夜，畅饮豪啖。午夜时，他们终于酣然入睡。假装睡觉的西农从床榻上起身，偷偷地潜出城外，他燃起一支火炬，按照约好的信号朝忒涅多斯岛方向摇晃。随后他爬到木马下面，轻轻地敲打马腹，像俄底修斯吩咐的那样。英雄们听到了声音，但所有的人都屏住呼吸，把头转向俄底修斯。俄底修斯提醒大家走出木马时要小心，尽可能不出声音。他镇静如常，不急不躁，轻轻地拉开门闩，稍稍探出头来，窥视四周，看是否有特洛亚人在守护。随后他挂下了一架梯子，走了出来。其他的英雄随他鱼贯而下，心都紧张得怦怦跳动。他们手执宝剑和长枪冲入城市的街道和房屋，在昏睡和醉酒的特洛亚人中间开始了一场可怕的屠杀；他们将火把掷进房宅，不久房顶上燃起了熊熊的烈火。

在这同时，接到西农火炬信号的希腊舰队从忒涅多斯岛起程，借顺风之力很快就驶进赫勒斯蓬托斯海港，整个希腊军队随即斗志昂扬地穿过一天前为拖进木马而拆出来的缺口，涌入城内。现在这座被占领的城市已是尸横遍地，满目疮痍。半死的人和伤残的人在死尸中间蠕动爬行，还能站立起来乞求活命的人不时被长枪刺进后背倒地死去。狗的哀叫声与受伤的人的呻吟声、哀求的女人和无助的孩子们的哭喊声混成一片。

这场战斗使希腊人也付出了代价，因为尽管大多数敌人手无寸铁，但他们依旧拼命抵抗。一些人掷杯子，另一些人扔桌子，还有一些人从通红的炉火中抓出正在燃烧的木头投向涌进的希腊人。当希腊士兵最终冲进普里阿摩斯国王的宫殿时——有许多特洛亚人已逃进那里并武装了起来——他们中有很多人死于那些进行绝望挣扎的敌人手下。

深夜时，整个城市被蔓延开来的大火和希腊人的火把映得如同白昼，在战斗中再也不用担心分不清敌友了。狄俄墨得斯杀得兴起，像一个疯子，罗克里斯国王的儿子埃阿斯和伊多墨纽斯也同样如此。谁挡住他们的路，谁就必死无疑。涅俄普托勒摩斯寻找普里阿摩斯的儿子，杀死了三个，又杀死了曾敢于同他父亲阿喀琉斯进行较量的阿革诺耳。到最后，他冲到了令人尊敬的普里阿摩斯国王的面前，国王正在露天的宙斯神坛前祈祷。涅俄普托勒摩斯迫不及待地拔出宝剑，普里阿摩斯毫无畏惧地直视着他。"杀死我吧，勇敢的阿喀琉斯的儿子！"他喊道，"在我不得不忍受如此多的灾难，看到我几乎所有的儿子死去之后，我怎么能再活下去？"——"老人家，"涅俄普托勒摩斯回答说，"你提醒我的正是我自己的心催促我做的！"随即他用剑砍下了这位年迈国王的脑袋。希腊军队中那些普通的战士做得更为残忍：他们在国王的儿子赫克托耳的宫里，从赫克托耳的妻子的怀里扯出他的儿子阿斯堤阿那克斯。出于对赫克托耳和他的家族的仇恨，他们把孩子从塔楼的雉堞上摔了下来。孩子的母亲绝望地朝杀人犯喊道："你们为什么不把我也从可怕的高墙上摔死或投入烈火之中？自从阿喀琉斯杀死了我的丈夫之后，我活着只是为了我们的孩子。把我也从这漫长的痛苦中解脱出来吧！"但凶手们并不听她的，而是把她捆了起来，带她离去。

伟大的英雄埃涅阿斯一直毫不气馁地在城墙上进行着战斗。现在他看到城市在燃烧，抵抗已经毫无意义，而自己就像在暴风雨中驾驶一艘船的水手，虽然长时间地搏斗，但最终不得不把它放弃，如今只能跳上一只小艇自己救自己了。他背起白发苍苍的父亲安喀塞斯，牵着儿子阿斯卡尼俄罗的手逃命而去。在他母亲阿佛洛狄忒的庇护下，他的双脚所到之处，火焰为之退让，浓烟为之散去，而希腊人掷向他的投枪、射向他的箭镞纷纷落地。

这期间，墨涅拉俄斯在他那不忠实的妻子海伦的后宫门前发现了得伊福玻斯。在帕里斯死后，海伦就成了得伊福玻斯的妻子。晚宴后，他还一直头昏脑涨。当他发现墨涅拉俄斯逼近时，踉跄地夺路逃命，但墨涅拉俄斯追了上去，用长枪刺中他的脖颈，使他倒地死去。墨涅拉俄斯把尸体踢到一边，开始在宫中搜寻海伦。可海伦因害怕她从前丈夫的愤怒，颤抖地躲藏在房间的一个昏暗角落里，直到很久他才找到她。受狂暴的妒忌驱使，墨涅拉俄斯要用他的宝剑将她杀死；可爱神阿佛洛狄忒却使她此刻更加美丽诱人，撞掉了他手中的利剑，驱散了他胸中的怒火，唤醒了他心中的旧爱。一看到她那超凡的美貌，墨涅拉俄斯无法再度举起他的宝剑；他的力量崩溃了，仅这一瞥就使他忘记了海伦所犯的过失。这时他听到身后的希腊人——他们正在王宫里烧杀抢掠——的叫喊，一种羞愧的情感涌上心头，因为他站在他不忠的女人面前，不像是一个复仇者，而像是一个奴隶。于是他狠狠心又举起宝剑，重新冲向他的妻子——可在心里他并不愿这样做。幸好这时他的兄弟阿伽门农出现了，阿伽门农突然站在他的身后，把手放在他的肩上，并对他喊道："放下剑，亲爱的墨涅拉俄斯兄弟！你不该杀死你合法的妻子，为了她我们忍受了多少痛苦呀！比起可耻地破坏宾客礼仪的帕里斯，海伦的罪过轻多了。帕里斯和他的人民都受到了惩罚，被消灭了。"墨涅拉俄斯听从了他的话，虽然看起来有些迟疑不决，但心里却是十分高兴。

就在人世间发生这件事的时候，隐身在浓云中的众神为特洛亚的陷落而悲痛不已。只有特洛亚人的死敌赫拉、过早丧命的阿喀琉斯的母亲忒提斯高兴得欢呼起来。至于雅典娜，虽然特洛亚的毁灭符合她的意愿，可当她看到普里阿摩斯的女儿、她的祭司、虔诚的卡珊德拉的遭遇时，也不禁流下泪来：卡珊德拉逃进雅典娜神庙，抱着她的神像求救，可俄琉斯的狂暴儿子埃阿斯用粗糙的双手抓住她并扯着她的头发将她拖走。

雅典娜没有救助她的敌人的女儿，可她的面颊却由于羞耻和愤怒而发烧。她的神像发出一种使神庙里的土地发出隆隆响动的声音。她转过去，不再去看这种暴行，心里却决定对这种罪恶进行报复。

烧杀抢掠持续了很长时间。从特洛亚升起的火柱直冲云天，它宣告了这座不幸城市的毁灭。

卷三 俄底修斯的传说

希腊人都从特洛亚返回了他们的家乡，只有拉厄耳忒斯的儿子、伊塔刻的国王俄底修斯还一直在海上漂流，经历了一种罕见的遭际。

忒勒玛科斯及众多求婚人

特洛亚战争后，那些在战场上和归途中幸免于难的希腊英雄先后回到故乡。可是，伊塔刻国王俄底修斯没有回来，命运女神又给他安排了一场奇特的遭遇。因为海神与俄底修斯有宿仇，不愿与他和解，但也不敢毁灭他，只是让他在归途中历经磨难。在俄底修斯流浪的这些年里，许多无赖来向他的妻子求婚并挥霍他的家财。

希腊人都从特洛亚返回了他们的家乡，只有拉厄耳忒斯的儿子、伊塔刻的国王俄底修斯还一直在海上漂流，经历了一种罕见的遭际。在无数险遇之后，他登上了远方一座荒芜的、覆盖着茂密森林的小岛。岛的名字叫俄古癸亚，一个高贵的女仙卡吕普索——她是提坦神阿特拉斯的女儿——把他抓来关在她的山洞里，因为她要他做自己的丈夫。她答应让他永生和永葆青春，但他忠于留在家乡的妻子——贤淑的珀涅罗珀。最终，就连奥林帕斯圣山上的众神也为俄底修斯的命运感到哀伤；只有海洋之神波塞冬对他的愤怒是无法化解的，即便他不敢把俄底修斯毁灭掉，也要在他返乡的路上设置重重的障碍，让他四处漂泊——使他身陷这座荒岛，也是海神的安排。

但上界诸神在会上做出了决定，要俄底修斯摆脱掉卡吕普索女仙的桎梏。根据雅典娜的请求，众神使者赫耳墨斯被派往俄古癸亚，去向这位美丽的仙女宣布宙斯不可抗拒的命令：让俄底修斯返回他的故乡。雅典娜本人在脚上穿上那双黄金神鞋——这样就能穿山越海——她手执威力强大的长枪，飞速地从奥林帕斯山崖冲下，不久就来到了位于希腊西海岸的伊塔刻岛的俄底修斯的宫殿。她化身为塔福斯国王、勇敢的门忒斯，手执长枪。

俄底修斯的家里呈现出一幅可悲的景象。伊卡里俄斯的女儿、美丽的珀涅罗珀和她年轻的儿子忒勒玛科斯在这座宫殿里早就不是主人了。在得到特洛亚陷落和其他英雄早已返乡的消息之后很久很久，只有俄底修斯没有回来，于是关于他确切死亡的传闻逐渐散布开来。这样没过多久，就有上百个本岛的和四周岛屿的求婚者借口向年轻的寡妇求婚，住到珀涅罗珀家里，挥霍俄底修斯的家产，纵情享乐，无耻至极。这些坏家伙已经在这里待了三年之久了。

当雅典娜化身为门忒斯到来时，她发现这一批求婚人正在宫中恣情嬉戏。俄底修斯的儿子忒勒玛科斯闷闷不乐地坐在他们中间，他在思念他那伟大的父亲。他别无所求，只希望父亲返回家中，把这群求婚人赶走，重新成为主人。当他看到化身为陌生的国王的女神时，他奔向门口，迎了上去，握住她的手，表示欢迎。他俩进入拱形大厅，雅典娜把她的长枪搁置在厅柱旁的枪架上，与俄底修斯的长枪摆放在一起；忒勒玛科斯把他的这位客人领到餐桌前，让他坐在一张脚凳上，一个女仆端来一金罐净水供陌生人洗手之用；随后送上来面包和肉，一个男仆给金杯斟满美酒。不久，那些求婚人相继进来，也开始享用美味佳肴。接着他们要求演唱，于是侍仆给歌者斐弥俄斯递上一把漂亮的竖琴，在这群胡作非为的求婚人的逼迫下，歌者拨动了琴弦，开始唱起愉快的歌。

就在这些人听得入神时，忒勒玛科斯把头靠近他的客人，对化身为门忒斯的女神悄声说："你看到了这些人是怎样在挥霍他人的财富——这是我父亲的家产啊！他的尸骨也许早就腐烂在海滨的大雨之中；或者在海浪中到处飘零！他肯定再也不会回来惩治这帮人了！但请你告诉我，高贵的陌生人：你是谁，在何处生活，你的父母在哪儿？"——"我是门忒斯，安喀阿罗斯的儿子，"雅典娜回答说，"是塔福斯岛的统治者。我乘船来到这里，是为了在忒墨萨用铜来换铁，并想顺便来拜访你的父亲，遗憾的是他没有回来。但他确实还活着，肯定身在某一座荒岛上，被强制羁留在那里——是的，我善于预知未来的思想告诉我，他不久就会返回家中。告诉我，你家里为什么这样一团糟？你是在举行宴会还是在举行婚礼？"

忒勒玛科斯长叹一声，说道："啊，亲爱的朋友，我们家过去非常豪华气派，十分富有，可现在完全变了样。你在这儿看见的这些人都是来向我母亲求婚并挥霍我们的家财的。"怀着愤怒的痛苦，女神回答道："你必须把这群无赖从王宫中赶出去，听从我的劝告，要他们明天就离开这里！告诉你的母亲，如果她心里想再嫁的话，那她就回她自己父亲那里，去那儿安排婚礼、准备嫁妆好了。但你本人去装备你那艘最好的船，带上二十个水手，然后上路去寻找你那失踪很久的父亲：先去皮罗斯岛，上岸去问那位德高望重的老人涅斯托耳；如果你得不到什么消息，那就去斯巴达找英雄墨涅拉俄斯，因为他是最后一个回家的希腊人。如果在那儿你听到你父亲活着的消息，那就等上一年。但如果你得知你父亲已死，那就返回，举行祭礼，为你父亲建立墓碑。如果你看到那些求婚人还一直待在你的家里，那就设法杀死他们，不管是使用计谋还是堂堂正正。"说罢，女神消逝而去，像一只鸟一样飞入云际。忒勒玛科斯对这个陌生人的消失感到颇为震惊。他猜想这是一位神祇，他在思考他的劝告。

这期间，大厅里歌唱仍在继续。歌手在吟唱希腊人那可悲的从特洛亚出发的返乡之行，所有的求婚人都在谛听。这时，忒勒玛科斯踏入大厅并把他们招拢在一起，说道："你们这些求婚人可以继续安心地享乐，但不要这么喧哗！明天我们要举行一次会议，我要坦率地告诉你们，都回自己家去吧！是该用你们自己的家财去养活你们自己的时候了，不要把别人继承下来的财产挥霍一空！"那些求婚人听了年轻人这番斩钉截铁的话，全都目瞪口呆。

翌日清晨，忒勒玛科斯及时从床榻上跃下，穿好衣服，把宝剑扛在肩上。随后他走出自己的房间，吩咐仆人去召集公民大会，并邀请求婚人参加。当所有人都到齐时，这位国王的儿子出现了，他手执长枪——雅典娜赋予他高贵和优雅的形体，这使市民对他感到惊羡万分；甚至连长老们都敬畏地为他让座，让他坐在他父亲俄底修斯的王座上。这时，英雄埃古普提俄斯首先站了起来，他老态龙钟，见多识广。他说道："自俄底修斯离开以来，我们一直没有举行过会议。是谁突然想起把我们召集到一起？是一个年老的人还是一个年轻的人？有什么迫切的事情逼使他这样做？是他听到一支军队逼近的消息，或者有一项造福于国家的建议？既然他这样做了，那他肯定是一个诚实的人。不管他心里想做什么，愿宙斯保佑他！"

忒勒玛科斯听出了这番话中的吉兆，他非常高兴，于是面向年迈的埃古普提俄斯，回答说："尊贵的老人，是我把你们召来的，因为苦恼和忧愁使我不安。首先我失去了我杰出的父亲——你们的统治者；现在我的家正陷入毁灭，我的所有家财被挥霍一空！我的母亲受到那些不受欢迎的求婚者的骚扰。这些人不接受我提出的建议，去我外祖父伊卡里俄斯那里去向他的女儿求婚。他们长年累月、日复一日地待在我的家里，杀牛宰羊，大吃豪饮，穷奢极侈。我怎么能去对抗这么多人？你们这些求婚人，你们要知道你们是错的！难道你们在其他人面前、在邻人面前不感到害怕吗？难道你们最终不为众神的复仇而心惊胆战吗？我的父亲什么时候得罪过你们？我本人什么时候冒犯过你们？可你们加于我的这种毫无道理的痛苦却是如此令人揪心！"

忒勒玛科斯一边说一边流泪，他愤怒地将权杖掷到地面上。求婚人一声不响地坐在四周，没有一个人敢用激烈的言辞对他的这番话做出回答。只有安提诺俄斯站了起来，"你这倔强的毛孩子，"他大声喊道，"你竟敢如此侮辱我们！这一切不是求婚人的过错，错的是你自己的母亲！三年了，很快第四个年头就过去了，可她还一直对我们的愿望加以嘲弄。她对我们所有求婚人都表示好感，可她心里想的却完全是另一个样子。我们看穿了她的诡计，她去自己的房间里开始织布，把求婚人召集在一起说：'你们这些年轻人，你们必须等到我为我丈夫那年迈的父亲拉厄耳忒斯织好葬服用布，才能知道我的决定并举行婚礼，这样在他死去时，就不会有任何一个希腊女人责备我不给一位受人尊敬的老人的尸体穿上隆重的寿衣了！'她用这种虔诚的口气赢得了我们的敬重。她的确也是整天坐在机前织布，可一到夜里点起烛光时，她就把她白天织成的布重新拆散。她就这样让我们白白等了三年，她就这样蒙骗了我们这些高贵的希腊儿子。把你的母亲送到她父亲那儿去吧，但也要求她结婚，不管是她父亲还是她本人挑选出的新郎，反正都一样。但如果她还要长时间地愚弄我们，并用她的织机来蒙骗我们的话，那我们还要挥霍你的家财。在你的母亲挑选出一个丈夫之前，我们是不会离开你家炉灶的。"

忒勒玛科斯对此回答说："安提诺俄斯，我不能强迫我的母亲离开家门，不管我的父亲是活着还是已经死去，她都是生我和养我的母亲。她的父亲伊卡里俄斯和众神都不会赞同这样的做法。不，如果你们还知道什么是对，什么是错，那就离开我的家，去找另一个地方饮酒作乐好了，至少你们不要挥霍我的家产。但如果你们心安理得地认为可以去耗尽一个人的财富的话，那你们就这样做好了！而我要去大声祈求神祇，宙斯会帮助我向你们索取我应得到的赔偿！"

就在忒勒玛科斯说这番话的当儿，宙斯给了他一个征兆。两只山鹰挥动巨大的翅膀从空中飞下，它们咄咄逼人地直视会议，并用利爪抓彼此的头颈；随后它们重新跃起，朝着伊刻塔城疾飞而去。在场的善于从鸟的飞翔预测未来的哈利忒耳塞斯把这个征兆解释为求婚人的毁灭——还活着的俄底修斯就在不远的地方，而求婚人的死亡已经注定了。但求婚人欧律玛科斯却嘲笑这种征兆说："你回家去吧，向你自己的孩子去宣布他们的命运吧，愚蠢的老家伙！你不要来打扰我们。许多鸟都在太阳下翱翔，可不是全都预示着什么！除了说明俄底修斯已死，什么都说明不了！"

忒勒玛科斯要求人民为他准备一艘快速帆船和二十名水手，他要去皮罗斯和斯巴达询问他失踪的父亲的消息。会议在一片嘈杂声中解散了，没做出任何一个决定。每个人回到自己的家里，而求婚人则重新返回俄底修斯的宫中。

忒勒玛科斯和涅斯托耳

雅典娜为忒勒玛科斯预备一艘快船，鼓励他振作起来，要他去皮罗斯和斯巴达打听父亲俄底修斯的消息。忒勒玛科斯到达皮罗斯的时候，受到国王涅斯托耳的友好款待，但遗憾的是涅斯托耳对父亲的消息也知之甚少。

忒勒玛科斯走到海滨。在用海水洗濯双手时，他呼叫一天前化身为人形出现在他家中的那位不知名的神祇。这时，他父亲的朋友雅典娜走近他——在身材和声音上都与门托耳一样——说："忒勒玛科斯，若是你父亲——聪明的俄底修斯的精神在你身上还没有完全丧失的话，那我希望你能把你的决定付诸行动！我是你父亲的老朋友，我要为你弄一艘快船，并亲自陪你同行！"忒勒玛科斯相信这是门托耳本人在对他讲话，于是果断地奔回家中，进入他父亲的贮藏室——那里存放有成堆的黄金和青铜，箱子里有华丽的衣袍，四周是装满芳香油料的罐子和盛装美酒的器皿。他在这儿看到了警惕的女管理人欧律克勒亚，便关上门对她说："快给我装满十二缸好酒，再用皮袋给我装满二十石面粉，然后把它们堆在一起。入夜之前，在母亲回到睡房后，我就来把这一切搬走。等到十二天之后，或者她发现我不见了时，你就告诉她我已经离去，去找我父亲去了！"这个善良的女人啜泣着称赞他，并按他吩咐的去做了。

这期间，雅典娜本人化身为忒勒玛科斯，去为这次远行招募了一些同伴，并从一个富有的市民诺蒙那里借来一艘船。随后她蒙蔽了求婚人的心智，使他们手中的酒杯落地，个个昏昏入睡。最后，她又化身为门托耳，来到忒勒玛科斯身边，鼓励他不要再拖延行程。不久两人来到海边，在那儿找到了同伴，把物品搬到船上，登船入海。当海浪冲击龙骨、海风吹动船帆时，他们向众神祭酒。一整夜，船都在顺风中疾驶。

太阳升起时，他们已抵达涅斯托耳所在的城市皮罗斯。那儿的市民正在向海神祭献九头黑牛。来自伊塔刻的人们登上陆地，忒勒玛科斯在雅典娜的引领下走向人群的中心，涅斯托耳和他的儿子们就坐在那里。他们正在欢宴作乐，仆人们递上佳肴，送上美酒。皮罗斯人看到有陌生人来，便立即迎上前来。涅斯托耳的儿子珀西斯特剌托斯欢迎他们，并在他父亲涅斯托耳和他的兄弟特拉绪墨得斯之间为忒勒玛科斯同他的领路人准备了座位。随后，他给他俩送上最好的肉，在两只金杯里斟上最美的酒，击掌畅饮，并对化了装的雅典娜说："请两位为波塞冬进行酒祭，所有的凡人都需要神祇的保佑！"雅典娜拿起酒杯，祈求海神赐福给涅斯托耳，他的儿子和所有的皮罗斯人都请求海神保佑忒勒玛科斯完成他的心愿。随后，她洒酒于地，并吩咐她年轻的同伴也这样做。

随之，人们开始大吃大喝。酒足饭饱之后，白发苍苍的涅斯托耳友好地问起陌生人由何处来、想做些什么。忒勒玛科斯回答了这两个问题，当说到父亲俄底修斯时，他叹息着说道："我们一直想知道他的命运如何，可毫无结果。我们不知道他是在陆上被敌人杀死了，还是葬身在大海之中了。因此我请求你，若是你清楚的话，那就把他悲惨的死告诉我。不要出于怜悯而对我有所隐瞒，请把一切如实地讲给我听！"

但涅斯托耳对俄底修斯的下落所知甚少——就像询问的忒勒玛科斯所知道的一样少。他建议他去斯巴达找墨涅拉俄斯——由于风暴的肆虐，他最近才从远方归来。墨涅拉俄斯是在归途上耽搁时间最长的希腊英雄，因此，他也许知道俄底修斯在什么地方。

化身为门托耳的雅典娜同意这个建议，并回答说："夜已降临，现在请允许我年轻的朋友在你的宫殿里歇息。我本人去照拂我们的船只，安

排我的同伴去做必要的准备。随后我也在那边过夜。明天我去考科涅斯讨还一笔债务。你同你的儿子备上好马快车，把我的朋友忒勒玛科斯送到斯巴达吧。"

雅典娜说罢，突然变成一只鹰飞向天空。所有人都惊奇地望去。涅斯托耳握住年轻人忒勒玛科斯的手说："我亲爱的孩子，你不要犹豫、不要担心，在你年轻时就已经有神祇保护你了！你这位同伴不会是别的神祇，她是宙斯的女儿雅典娜，在所有的希腊人中间她特别敬重你那勇敢的父亲！"说罢，老人向这位女神进行虔诚的祈祷，并许诺明晨向她祭献一头牛；随后，他与儿子和女婿一起把客人送到皮罗斯的王宫安歇。忒勒玛科斯的床榻被安排在一座大厅里，睡在他旁边的是涅斯托耳的儿子珀西斯特剌托斯。

翌日清晨，人们一大早就备马套车，年轻的客人准备动身前往斯巴达。一个女管家装上面包、酒和其他食品，忒勒玛科斯登车入座，坐在他旁边的是珀西斯特剌托斯。他勒起缰绳，挥动皮鞭，马匹飞驰起来，不久皮罗斯城就被远远地抛在了身后。他们一整天都在疾驶而行，马匹

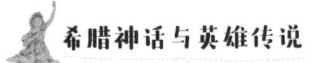

没有得到片刻休息。

当太阳开始落山、道路变得昏暗起来时，他们进入斐赖城，高贵的希腊英雄狄俄克勒斯就住在这里。狄俄克勒斯殷勤地接待了这两位少年英雄，安排他们在自己的宫堡里过夜。翌日清晨，他们继续上路，穿越茂盛的麦田，在晚霞中他们终于抵达山城斯巴达。

求婚人的阴谋

求婚人知道了忒勒玛科斯远行寻找父亲的消息后，十分恼怒，在安提诺俄斯的怂恿下，求婚人开始了他们的阴谋。女主人珀涅罗珀知道儿子远行万分痛苦，祈祷自己的儿子能平安返回。

这期间，伊塔刻岛上的求婚人知道了忒勒玛科斯远出寻父的消息。他们感到吃惊，十分愤怒。安提诺俄斯由于愠怒而悻悻地说道："这个忒勒玛科斯在从事一项伟大的事业。我们从来都不会相信，可他却倔强地离开了！但愿在他加害于我们之前，宙斯就把他毁掉！为此，朋友们，如果你们给我准备一艘快速帆船和二十名水手，我便在伊塔刻和萨墨岛之间的海峡截击他，他的这次觅父之旅就会可悲地完结！"

所有人都热烈欢呼，表示赞同，并答应为他准备他所需要的一切。随后，众求婚人回到王宫寻欢作乐去了。

但是他们的密谋却由于使者墨冬而败露了。墨冬是伺候他们的人，但他心里早就恨透了这些可恶的求婚人。他虽然在宫廷外边，但却站在离他们很近的地方，安提诺俄斯所讲的每一句话他都听得清清楚楚。他跪到王后珀涅罗珀那里，把他所听到的都讲述给他的女主人听。王后一听到这个凶信，十分惊恐，眼里充满了泪水。"墨冬，"她啜泣道，"为什么我的儿子也去远行？难道我们这一家族的名字注定要从世上灭绝吗？"

这时年迈的女管家欧律克勒亚走到她跟前说："就算你杀死我，我也要对你说实话。这一切我都知道。他路上所需要的都是我为他准备的，但我对他立下誓言，在十二天之前或者在你发现他不在之前，我对他远行的事情绝口不谈。现在我劝你去沐浴和梳妆打扮，与你的侍女一道去神庙那里，求雅典娜保佑你的儿子。"

珀涅罗珀听从了女管家的劝告，在做了庄严的祷告之后，忧心忡忡地去睡了。这时，雅典娜派她的姊妹伊佛提墨进入珀涅罗珀的梦中，对她进行安慰，并保证她儿子一定会回来。"放心吧，"她说，"你的儿子有一个令所有男人都羡慕的女领路人——雅典娜本人一直在他身边。她会在他对抗那些求婚人时保护他，也是她派我来到你的梦中的。"随后，伊佛提墨的形象从珀涅罗珀的梦中消失了。她从梦中醒来，充满了喜悦和勇气。她相信梦中梦到的都是真的。

这期间，求婚人顺利地装备好了他们的船只，安提诺俄斯与二十名勇敢的水手登船，扬帆入海。在海峡中间有一座怪石嶙峋、巉岩陡立的小岛，他们直驶向那里，并潜伏起来，加以守候。

瑙西卡

瑙西卡是希腊神话中阿尔喀诺俄斯国王的女儿，长得美丽无比。女神雅典娜托梦给她，让她清晨带婢女到海边洗衣服去。在海边，她发现了被海浪送到岸边的俄底修斯，她给落难的俄底修斯穿上衣服，引他进入父王的宫廷。

俄底修斯在森林中被疲劳和睡眠所征服，在他沉入梦乡时，他的保护者雅典娜正为他操心。她赶到费埃克斯人那里——他们居住在一个名叫斯刻里厄的岛上，那儿的统治者是聪明的国王阿尔喀诺俄斯。女神进入他的宫殿，并在卧室里找到了国王的年轻女儿瑙西卡，她秀美和优雅得像一个女神。瑙西卡正在睡觉，由两个侍寝的女仆在门口守护。她的内室高大，光线充沛。雅典娜轻轻靠近少女的卧榻，走到她的床头。她化身为少女的一个伴友，进入她的梦中说道："喂，你这懒惰的姑娘，你母亲会怎样责备你？你从不关心自己放在衣柜里的那些没有洗涤的漂亮衣服，也许不久你在结婚时就需要它们了。快些，一大早起来，去把它们洗干净；我陪你去，帮你忙，这样你可以快点洗完。你不会老是不结婚的，早就有一些高贵的人向国王的美丽女儿求婚了！"

少女从梦中醒来。她匆忙起床，命令她的奴仆为她备车。随后少女从衣柜里取出那些华丽的衣服装到车上；母亲则为她准备酒、面包和其他用品，当瑙西卡坐到车上时，她又交给她一瓶香膏，供她与侍女们沐浴和涂抹之用。

瑙西卡是一个伶俐的驭手，她亲自握住缰绳，挥起皮鞭策动骡子向河岸驶去。抵达之后，侍女们解开缰绳，放骡子到茂密的草地觅食，并把衣服拿到洗涤的地方。勤劳的侍女们将衣服用脚踩踏、洗净，然后把所有洗好的衣服一件挨一件地铺在海岸旁的细沙滩上。随后她们入河沐浴，涂上香膏之后，就坐在绿色河岸旁愉快地品尝带来的食品，等待阳光把她们的衣服晒干。

早餐之后，少女们在草地上跳舞、玩球。有一次，国王的女儿把球掷向一个女伴，在现场隐去身形的女神雅典娜使球转了方向，落到河水的深处。于是少女们都尖声地叫了起来，这使睡在附近橄榄树下的俄底修斯醒了过来。他仔细地谛听并自言自语道："我这是到了什么人住的地方？我落到野蛮的强盗手里了？可我听到的是快乐的少女们的声音，像是山林和河流中仙女的声音！也许这附近就住着有教养的人！"

他从树上折下一根叶子茂密的树枝，遮住自己赤裸的身体，从树丛中走了出来；在这群温柔的少女中间，他好似一头凶猛的狮子。俄底修斯身上沾满了海水中的污秽物，这使他看上去很是怪异，少女们都以为看到的是一个海怪，纷纷逃走了。只有瑙西卡停住不动，因为雅典娜赋予了她勇气。俄底修斯从远处朝她喊道："不管你是女神还是凡人少女，我祈求能靠近你！如果你是女神，那我认为你是阿耳忒弥斯，宙斯和勒托的女儿——你的身材和美貌如她一般；如果你是一个凡人，那我赞美你的双亲和你的兄弟们！请你对我慈悲些，因为我陷入难以用言语说出的苦难中。我从俄古癸亚岛出发，到昨天已经是第二十天了。我这个落难人遭遇风暴，在海上漂流，最终被掷到这个海岸上。我不认识这是什么地方，也没有人认识我！请可怜可怜我吧！给我一件衣服遮身，向我指点你住的城市，愿众神保佑你心想事成，有一个丈夫、一个家庭，还有安宁和友爱！"

瑙西卡回答说："外乡人，我看你不像是一个坏人或蠢人。既然你求助于我、求助于我的国家，那你就既不会缺少衣物也不会缺少一个祈求者所期待的东西。我也愿意指给你我的城市，告诉你我们人民的名字。居住在这儿的是费埃克斯人，我本人是崇高的国王阿尔喀诺俄斯的女儿。"说完，她就喊叫她的侍女们，她们迟疑不决地听从了她的召唤。

俄底修斯去河岸的一个隐蔽地方洗澡，瑙西卡则把给他穿的衣袍和衣服放到草丛里。英雄洗净身体并涂上香膏之后，穿上国王女儿赠给他的衣服——他穿上它十分得体。他的保护人雅典娜作法，使他变得十分英俊、十分魁梧：美丽的卷发从额头上飘洒下来，头和双肩显得高贵优雅。他从岸边的草丛中走出来，神采奕奕，在少女的身边坐了下来。

瑙西卡惊讶地看着眼前这伟岸的男人，她对她的女伴们说："肯定不是所有的神祇都在加害于他。神祇中的一个必定在保护他，并且把他带到了费埃克斯人的国家来。我们起初看到他时，他显得多么不像个样子——可现在他就是天上的仙人！如果有这样一个人住在我们人民中间，那他就是命运为我挑选的丈夫！来吧，姑娘们，用美酒和佳肴来使他恢复力量！"于是俄底修斯津津有味地饱餐了一顿，长时间的饥渴得到了满足。

随后，侍女们把洗好晒干的衣服放到车上，套上骡子；瑙西卡坐到车上，但她让这个外乡人同她的侍女们一起徒步跟随在车后。当他们到达献给雅典娜的白杨树圣林时，俄底修斯依瑙西卡的愿望留了下来，以免城里的人看到会飞短流长。他虔诚地向他的保护者女神雅典娜祈福。雅典娜也听到了他的祈祷，只是她担心她的叔叔波塞冬就在近旁，因而并没有在这个国家公开现身。

俄底修斯与费埃克斯人

> 瑙西卡带着俄底修斯来到父亲的宫殿，俄底修斯向国王夫妇谈及自己的遭遇，国王夫妇对俄底修斯充满了同情。国王决定给俄底修斯配备船和水手，帮助他返回自己的国家。

瑙西卡已经到了她父亲的宫殿，这时俄底修斯正离开雅典娜圣林，沿着同一条路向城市走去。雅典娜现在也去帮助他，她化身为一个费埃克斯少女，引导俄底修斯去见国王阿尔喀诺俄斯。到了那里，她还给了他下述忠告："在这儿你首先要去见王后，她叫阿瑞忒，是她丈夫的侄女。前国王瑙西托俄斯是波塞冬和珀里玻亚的儿子，珀里玻亚是巨人族的统治者欧律墨冬的女儿。这对夫妇生有两个儿子，一个是现在的国王阿尔喀诺俄斯，另一个是瑞克塞诺耳；后者活得不长，留下唯一的一个女儿，她就是王后阿瑞忒。阿尔喀诺俄斯尊敬她，世上还没有一个女人能得到这样的尊敬；人民也同样尊敬她，因为她睿智颖慧，知道如何用她的聪明去化解男人间的纷争。如果你能得到她的欢心，那接下来就一切顺利了。"

女神说罢就离去了。随后俄底修斯进入宫殿，走进国王的大厅。费埃克斯的贵族在举行宴会，他们正准备向赫尔墨斯神祭酒。被雅典娜用浓雾笼罩的俄底修斯穿过人群，径直走到国王夫妇的面前。这时，随着雅典娜的示意，雾霭立即散去。俄底修斯匍匐在王后阿瑞忒的面前，抱起她的双膝，祈求地喊道："噢，阿瑞忒，瑞克塞诺耳的高贵女儿，我跪在你和你夫君面前祈求！愿众神保佑你们健康长寿，你们肯定能帮我——一个漂泊者——返回故乡，我已经远离我的故国流浪多年了！"英雄说罢就在烈焰熊熊的火炉旁的灰堆上坐了下来。

所有的费埃克斯人看到这意料不到的场面都惊呆了，一声不响。最终，客人中最年长且阅历丰富的老英雄厄刻纽斯打破了沉默，他面向国王说道："阿尔喀诺俄斯，真的，在世上任何一个地方，让一个外乡人坐在灰堆上都是不合适的。在座的朋友们肯定和我一样，都是这样想的并等待你的命令。让这位外乡人靠近我们，坐到一把舒服的椅子上，将他从尘土中扶起来！传令官应该重新调酒，让我们向宙斯、客人权利的保护者也献上一杯佳酿。女仆，为新来的客人送上酒食！"

仁慈的国王听到这番话十分欢喜。他本人握住英雄的手，将他引到自己身边的一把椅子上坐了下来，这是他宠爱的儿子拉俄达玛斯让出的位置。随之，其他的一切也都按照厄刻纽斯的吩咐做了，俄底修斯在众英雄中间受到尊敬，与他们共同进餐。向宙斯祭献之后，宴会散席，国王邀请所有客人参加第二天那场更为盛大的酒宴。他没有问及这个外乡人的姓名和家世，但却许诺尽地主之谊，盛情款待并保证送他返归故乡。

客人们都离开了大厅，只剩下国王夫妇和这个外乡人。这时王后观察俄底修斯身上穿的做工精美的披风、衣裤，她认出了这是她的手工，于是说道："首先我必须问你，外乡人，你从何处来，你是谁，是谁给你的衣服？你不是说过，你是在海上漂流，被风暴冲到这儿来的吗？"俄底修斯如实地做了回答，讲述了自己被卡吕普索留在俄古癸亚岛上的遭遇以及他最后一次悲惨的航行，最后也谈到了他与瑙西卡的相遇。

"我女儿这样做是对的，"阿尔喀诺俄斯微笑着说道，"若是神的意愿使你这样一个男人做我女儿的丈夫，那该多好！如果你留在我们这里的话，我愿意给你房屋和财产！可我不想强迫任何一个人留在我这里，明天你还可以随意走动，我会帮助你。我给你船和水手，这样你就可以动身，随你到任何地方去。"

俄底修斯听了这个许诺，表示衷心感谢；他告别了国王夫妇，在一张软榻上安歇，以缓解辛劳和疲惫。

翌日清晨，阿尔喀诺俄斯很早就在市集广场上召开了一次民众大会。他的客人俄底修斯陪同他前往，两人并排坐在雕刻精美的石头上。随着时间一分一秒过去，市民越来越多，大家都向广场涌来。所有人都惊奇地望着拉厄耳忒斯的儿子俄底修斯；他的保护者雅典娜使他变得高大魁梧，显出一种超凡脱俗的威严。国王在隆重的讲话中向他的子民介绍了这位外乡人，并鼓励他们为他准备一艘船和五十二名费埃克斯年轻人。同时，他邀请民众中在场的领袖参加他宫中的一场宴会，这是他专为这个外乡人举办的。

民众会议散会后，那些接到命令的年轻人去装备船只。他们拿来桅杆和船帆，在皮制桨环上挂上船桨，扯起船帆。随后他们进入王宫，这儿的庭院挤满了邀来的客人，有年老的也有年轻的。仆人宰了十二只羊、八头猪和两头牛用来待客，空气中充溢着佳肴的香味。

宴席过后，人们谛听歌者得摩多科斯演唱的歌曲，之后国王下令，为表示对外乡人的尊敬，要举行一场竞赛。"这样一来，我们的客人，"他说，"回到家乡也能向他的同胞讲述我们费埃克斯人在拳击、角斗、跳跃和赛跑上是如何胜过其他所有凡人的！"于是宴会结束了，费埃克斯人听从国王的号召，都奔向市集广场。

在那儿有一群贵族青年站了出来，其中也有国王的三个儿子：拉俄达玛斯、哈利俄斯和克吕托纽斯。这三个人首先在一条沙道上赛跑。随着一声信号，他们飞速冲出，身边扬起一片尘土……克吕托纽斯第一个到达终点。随后是角斗，在这项竞赛中年轻的英雄欧律阿罗斯取得了胜利。在随后的跳跃比赛中，费埃克斯人安菲阿罗斯成了优胜者。铁饼投掷上，厄拉忒柔斯获得冠军。在最后的拳击比赛中，国王的儿子拉俄达玛斯赢得了第一。

现在拉俄达玛斯在人群中站了起来，他说："朋友们，我们也想知道这位外乡人是不是懂得我们的比赛。他的身材、大腿和脚看起来不会太差，他的双臂有力，他的颈部强壮，他的体格魁梧。虽然他受到灾难和痛苦的折磨，可他不该缺少青年人的活力！"——"你说得对，"欧律阿罗斯说道，"王子，你去要求他参加比赛吧！"于是拉俄达玛斯用友好和客气的言辞向俄底修斯提出了要求。

可俄底修斯回答说："年轻人，你们向我提出这种要求是为了伤害我吗？忧愁在折磨我，我没有心情去参加比赛！我经历了也忍受了足够的苦难，现在我除了想回到我的家乡，别无所求！"欧律阿罗斯不快地回答说："外乡人，你真的不像是一个懂得竞赛的人。你可能是一个很好的船长，同时是一个商人，但你不像是一个英雄。"

俄底修斯听到这话紧皱眉头，他说："这可不是优美的言辞，我的朋友——看来你是一个很鲁莽的孩子，众神并没有把英俊与优雅、能言善辩与聪颖都赋予同一个人啊。我在竞赛上不是一个新手，当我还信赖我的青春和我的双臂的时候，我同最强大的对手进行过较量。现在战争和风暴使我变得衰弱不堪。可既然你向我进行挑战，我也想试一试！"

说罢这话，俄底修斯从座位上站了起来，他握起一只铁饼，这铁饼比费埃克斯的青年人习惯用的那种更大、更厚、更重；俄底修斯用力一投，铁饼呼啸着在空中飞行，远远落到标线以外的地方。而化身为一个费埃克斯人的雅典娜早就在俄底修斯掷落铁饼的地方做了标记，她说道："就连瞎子也看得出来，你掷得比所有人都远得多！在这项比赛中肯定没有人能胜过你！"这使俄底修斯感到高兴，他轻松地说道："你们年轻人，如果你们能，那就投投看，超过我好了！你们曾那样严重地侮辱了我，来吧，与我比赛，随你们比赛什么好了，我决不畏缩！我愿意与任何人比赛，只是不与拉俄达玛斯竞争——谁愿意与一个款待自己的人比呢？

"我特别擅长的是射箭，如果有许多同伴与我一起向敌人射箭，那第一个射中目标的一定是我。在投掷长矛上我也擅长，我可以投掷得如同别人射箭一样远。只是在赛跑上也许你们中间有人能胜过我，因为狂暴的大海已耗去了我太多力量，再加上我在船上整天整天地吃不到食物。"

年轻人听了这番话都一声不响，只有国王接起话头说道："噢，外乡人，你已向我们显示出了你的能力，以后不会再有人因为你的强大而非难你了。当你返家后与你的妻儿坐在一起时，请也想到我们的刚强健壮。作为拳击手和角力者，我们也许并不出色，但在赛跑上我们却是胜人一筹；我们也擅长航海；在美食、弹琴和跳舞方面，我们也是能手；在我们这里，你可以找到最美的首饰、最舒适的沐浴和最柔软的床榻！动起来吧，舞蹈家，驾船能手，竞争者，歌唱家！在外乡人面前展示一下，使他回家后能谈论起你们的本事——把得摩多科斯的竖琴也带到这儿来！"

一个侍者立即去把得摩多科斯找来了。被挑选出的九个维持秩序的人平整出一块跳舞用的场地，并圈好看台。一个艺人拿着一把竖琴走到中间，那些花季少年开始跳起舞来。俄底修斯本人感到非常惊奇，他还从没有看到过如此敏捷和优美的舞蹈。这同时，歌手在唱一支吟咏众神生活的动听歌曲。俄底修斯惊羡地转向国王说道："真的，阿尔喀诺伊斯，你应为自己拥有世上最出色的舞蹈家而自豪。在这种艺术上没有人能与你们相提并论。"阿尔喀诺伊斯为获得这样的评论而感到得意。"你们听到了没有，"他对他的子民喊道，"这个外乡人是怎样赞美你们的？他是一个非常通情达理的人，他值得我们给他一些可观的礼物。开始吧！国家的十二位王子和我本人，一共十三人，每人给他一件披风和一套衣服，再加上一磅最好的黄金。我们把这些赠给他，这成为一笔财富，他会怀着一颗快乐的心与我们告别。但欧律阿罗斯应当用友好的言辞求得他的谅解。"所有的费埃克斯人都欢呼着表示赞同。

一个使者去收集这些礼品。欧律阿罗斯拿起他那把银柄宝剑，和象牙剑鞘一同递给客人，说道："前辈，我们用侮辱的言语冒犯了你，就让它随风而去吧！愿众神保佑你返乡之行一路顺风！祝你健康快乐！"——"愿你也一样，"俄底修斯说，"但愿你永不懊悔送给我这个礼物！"说罢这话，他将这把宝剑背到了肩上。

当使者把礼品收集上来并把它们都摆放在国王面前时，太阳已经西沉。这些礼品被装在一个箱子里，运到俄底修斯在王宫里的住处。国王和他的全体随从来这里看他，又给了他另外一些礼品。除此之外，还有一只精美的金杯。国王命人在为俄底修斯预备洗澡水时，王后本人把箱子里的全部珍贵礼品指点给他看。"你要仔细盖上盖子，把箱子关好。这样，即使你在返乡途中睡觉，也不会有人把它们偷走！"她这样说道。

俄底修斯小心地盖好盖子，并用一种多重的绳结把箱子捆好。随后他洗了一个热水澡，并准备回到业已入席的贵族那里一同宴饮。这时，在大厅的入口处，妩媚的瑙西卡站在那里。自打俄底修斯进城以来，她就再也没有见到他，现在她要在这位高贵客人临行时再一次向他致意。她向高贵的英雄投去钦羡的目光，温柔地挽留他。但最终她说道："尊贵的客人，祝你幸福！请在你父辈的家园里也想念我，因为我救过你的命啊！"

俄底修斯感动地回答说："高贵的瑙西卡，如果宙斯使我得以返归故里，我将每天为你——我的救命恩人，像为一位神祇一样祈祷！"说罢这句话，他重新踏入大厅，在国王身边坐了下来。仆人们还在分割烤肉，从一个大调酒瓶中向杯中斟酒。盲歌手得摩多科斯又被带了上来，坐在大厅中间柱子旁的老位置上。这时，俄底修斯示意使者前来，他从放在他面前的烤肉上切下最好的一块，放到一只盘子上，递给他并说道："使者，把这块肉送给歌手吧！尽管我本人是在漂泊的途中，可我愿意向他表示我的爱心；歌手在整个人群中间受到敬重，因为缪斯女神教会他们歌唱并宠爱他们。"盲歌手感激地接受了这份馈赠。

宴后，俄底修斯又一次转向得摩多科斯，说："亲爱的歌手，我称赞你超过任何凡人！因为阿波罗或缪斯女神教你唱出如此动听的歌曲！你如此生动准确地描述了希腊英雄们的命运，就像你亲眼看到、亲耳听到了这一切似的！现在，请继续为我们唱一唱美丽的木马故事和俄底修斯在这件事上所做的一切吧！"

歌手高兴地听从了，大家都倾听他的歌唱。当俄底修斯听到赞美自己事迹的歌时，他偷偷地流下眼泪，可只有阿尔喀诺俄斯注意到了。阿尔喀诺俄斯让歌手停了下来，并对周围的费埃克斯人说道："最好是让竖琴休息一会儿。朋友们，因为并不是每一个人都喜欢听歌手唱的那些故事。自从我们坐下欢宴、听歌手演唱以来，我们悲戚的客人就一直郁郁不欢，我们无法使他快乐起来。主人应当爱护客人，就像爱护自己的兄弟一样。现在，外乡人，请忠实地告诉我们，你的双亲是谁，你的故乡在何处？我们费埃克斯人要把你送回故里的话，总得知道你的国家和你诞生的城市。"

英雄对这番友好的话做了同样友好的回答："高贵的国王，请不要以为是你们的歌手使我苦恼！不，听到这样的歌唱是一种幸福，他使人听到了神一样的声音，我不知道还有什么是比这更愉快的乐事了。你们——亲爱的、好客的主人们希望我能摆脱痛苦，可我会陷入更深的悲哀之中。我该从何处讲起，到何处结束呢？那请先听我讲讲我的家世和我的祖国吧！"

巨人波吕斐摩斯

俄底修斯向费埃克斯人讲述自己返航途中的遭遇，很多不幸的事情接二连三地发生。在探索库克罗普斯人住处的时候，就遇到了一个大麻烦——巨人波吕斐摩斯。

我是俄底修斯，拉厄耳忒斯的儿子；人们都认识我，我足智多谋的名声在世上广为流传。我住在阳光充沛的伊塔刻岛，岛中央是草木葱茏的涅里同山。在它周围有许多住有居民的小岛：萨墨岛、扎利喀翁岛和查津托斯岛。现在就请听我讲述自己从特洛亚返乡的不幸故事吧！

疾风把我从伊利翁一直吹到基科涅斯人的城市伊斯玛洛斯，我和我的伙伴占领了它。我们把男人都杀光，将女人和战利品均分。按照我的意见，我们本应尽快离开那里，但是我的那些轻率的同伴却沉醉于战利品之中，留下来饮酒作乐。逃走的基科涅斯人联合他们住在陆地上的弟兄来袭击我们，那时我们正在海滨上豪啖畅饮。他们人多势众，我们被打败了。我们每一艘船上死了六个人，其余的人逃之夭夭，侥幸得以活命。

我们继续西进，很高兴逃脱了死亡，但内心里却为死去的伙伴感到悲伤。这时宙斯从北方给我送来了一股飓风。大海和陆地都被笼罩在浓云和黑夜之中。放下桅杆我们继续航行，在我们降下船帆之前，帆杆已经折断，帆布被撕成碎片。我们终于抵达海滨，抛锚下碇，在那儿停了两天两夜，直到重新竖起桅杆、张起新帆，才又启程前进。我们满怀希望，若不是突然刮起的北风把我们又吹回到大海，我们不久就会抵达故乡。

我们在暴风雨中漂泊了九天，在第十天到达了洛托法伊人的海岸。他们是只吃莲子不吃其他食物的人，我们登上海滨，汲取清水。我们派两个朋友去打探消息，一个传令人陪同前行。他们到了洛托法伊人聚集的地方，受到他们友好的款待，这些善良的人从没有过消灭我们的念头。但莲花的果实却有着一种独特的功能，它比蜜还甜，谁若是吃了它，谁就再也不想返乡，而愿永远留在这里。这样我们只好用强力把那些吃了莲子的伙伴带回船上，不管他们怎样哭泣和反抗。我们继续航行，到了最野蛮、最残忍的库克罗普斯人那里。库克罗普斯人根本就不耕种土地，一切都听天由命；实际上，那儿无须农民的耕耘，一切都长得郁郁葱葱。他们也没有法律，不召开民众大会，所有人都住在岩洞中，自由自在地与他们的女人和孩子过活。

在海湾外面，离库克罗普斯人的住所不远的地方，有一座树木茂盛的小岛。岛上有许许多多野山羊，它们无忧无虑地四处觅食，没有人住在岛上。库克罗普斯人不懂得造船，所以他们从不到那里。天一破晓，我们就登上这座小岛，猎杀了许多山羊——我们共有十二艘船，每艘都能分配到九只之多，而我得到了十只。我们整天坐在美丽的海岸旁，愉快地吃着捕来的山羊肉，喝着从基科涅斯人那里抢来的美酒，一直消磨到深夜。

翌日清晨，去探究库克罗普斯人住处的好奇心使我不能自持，于是我与我的同伴登船上路。我们到了那里，看到最外边的海滨上有着一道高高隆起的岩缝，上面覆盖着桂树的叶子，岩缝里面饲养着许多绵羊和山羊。四周由垒起的石头、高大的松树和橡树围成一道围栏。这里住着一个巨人，他孤零零一个人在这偏远的草地上放牧羊群，从不与其他人来往，盘算的也总是些为非作歹的事情。他是一个库克罗普斯人。在打探海滨的情况时，我们看到了他。我挑选了十二个最勇敢的朋友，大家拿起装有美食和佳酿的篮子，以此去引诱这个看来是恣意妄为、无法无天的野人。

我们到达岩缝时，发现他不在——巨人那时正在草地上放牧。虽然如此，我们还是进入洞内，对里面的一切感到惊奇。一些篮子里放有大块的奶酪，羊圈里有许多羊羔，周围摆放着篮子、盛奶桶、水桶和挤奶桶。

终于，巨人回来了。他巨大的肩膀上扛着一大捆干柴，这是他收集来烧晚饭用的。他把柴扔到地上，发出可怕的响声，我们大家惊得一怔，赶紧躲藏到洞穴里最深的角落。随后，我们看到他把母羊赶进洞里，却把公山羊和公绵羊留在外边圈起来的空地上。他用一块巨大的圆石封住洞口，就算有二十二匹马也无法把这块石头移开。他舒适地坐在地上，给绵羊和山羊挨个挤奶，然后在一半的奶中放入凝乳酶，形成奶酪，放进篮子里晾干；把另一半奶倒进一个大容器里，供他每天饮用。这一切做完之后，巨人点起一把火，他看见了在角落里的我们。现在我们也看清了他那巨大的身躯。和所有的库克罗普斯人一样，他也只在额头上长有一只炯炯发亮的眼睛；他的腿像千年的橡树一样粗壮，他的胳臂和双手巨大而有力，足以把岩石当作球来玩耍。

"你们是谁，陌生人？"他用粗犷的声音向我们发问，这声音有如山中的响雷，"你们越过大海来自何处？你们是海盗还是做别的什么的？"他的吼声使我们心惊肉跳，可我还是镇静下来并回答说："不，我们是希腊人，从毁灭了的特洛亚回家，返乡途中我们在海上迷路了。我们来你这里是祈求保护和救助的。亲爱的，请敬畏众神，答应我们的请求吧！宙斯保护祈求保护的人并极恨那些虐待他们的人！"

但这个库克罗普斯人却狞笑起来，他说："你是一个真正的傻瓜，陌生人，你不知道自己是在同谁打交道！你以为我们关心神祇、怕他们报复？对库克罗普斯人来说，那个打雷的宙斯算什么？就算所有的神加在一起又能怎样！我们要比他们强得多！但现在告诉我，你把你们乘坐的船藏到哪儿了，停在哪儿了——在近处还是在远处？"这个库克罗普斯人问这些话时满脸怒气，可我很快就编了套狡猾的谎话。"好人啊，"我回答说，"大地的震撼者波塞冬把我的船抛到离你们海岸不远的峭壁上了，已经成了碎片。我只同我的这十二个伙伴捡了条命！"

这个怪人根本就不回答我，而是伸出他那双巨大的手，抓住我的两个同伴，像摔小狗一样把他俩摔到地上。他们的鲜血喷了出来。随后他把他俩吃掉了。我们只能向宙斯伸出双手祈祷，并为这种罪恶而大声痛哭。

这个怪物填饱了肚子，用羊奶止渴，随后他便躺在洞中睡了过去。这时我在想：要不要冲到他跟前，把剑刺进他的身体？但我很快便想出一个更好的方法，毕竟，如果现在杀死他，谁会帮助我们把那块巨石从洞口移走呢？我们最终都得悲惨地死在洞里。因此我们暂且让他酣睡，在阴沉的恐惧中我们等待清晨。当这个库克罗普斯人在黎明醒来时，他燃起了火，又抓去我的两个同伴，将他们当作早餐吃掉，我们害怕极了。随后他把肥胖的羊群赶出山洞，可却没有忘记用那块巨石重新堵住洞口。我们听到他用刺耳的叫声把羊群赶向山里，留给我们的却是死一样的恐惧，因为每个人都害怕下一个被吃掉的人是自己。

我在继续思考该如何向这个怪物报仇。终于，我想出一个自认为不坏的办法。在羊圈里，有一根这个库克罗普斯人用橄榄树做成的巨大木桩，我们觉得它在长度和厚度上都像是一艘大船的桅杆。我从这根木桩上砍下一截儿，把它修整得光光的，并把上端削得尖尖的，用火烘干使它变硬。随后，我把它小心地藏在粪堆里。我的伙伴们抓阄，看谁与我一道在这个怪物睡着时把这根尖木桩刺入他的眼睛。朋友中四个最勇敢的人抓着了阄——他们也正是我要挑选出来的——加上我，一共五个人。

晚上，这个可怕的牧羊人与他的羊群回到家里。这次他没有把任何一只羊圈到圈里，而是都赶到洞里。像往常一样，他又用巨石堵住洞口，再次从我们中间抓去两个人吃掉。这期间，我已将我酒袋里的酒倒进木桶里。我靠近这个怪物，对他说道："库克罗普斯人，拿去喝吧！用人肉下酒再好不过了。你也应该知道我们的船上有怎样的好酒。我带来这酒正是为了送给你，希望你同情我们这些可怜的人并放我们回家。可你却是一个非常可怕的、残忍的人。将来还会有谁来拜访你？不会了，你对待我们太不公道了。"

这个库克罗普斯人拿起木桶，一句话也不讲，露出饥渴的表情，将酒一饮而尽。我们看出了他对酒的芳香所流露出的狂喜。他喝光了酒，第一次友好地说道："陌生人，再给我些喝的吧！也告诉我你叫什么，这样我马上就送你一件礼物让你高兴。我们库克罗普斯人也有好酒。但你也应该知道在你面前的是谁，听着，我的名字叫波吕斐摩斯。"

波吕斐摩斯既然这样说了，我当然愿意再给他酒喝。我将木桶斟满三次，他三次都喝得光光的。当酒使他变得糊里糊涂时，我狡黠地说道："库克罗普斯人，你要知道我的名字吗？我有一个奇怪的名字——我叫'没有人'，所有人都叫我'没有人'，我的父亲、我的母亲、我的朋友都这样叫我。"这个库克罗普斯人回答说："没有人，那你也能得到我的礼物了——在吃光了你所有的伙伴之后，我最后一个吃你。你对这份礼物满意吗，没有人？"

这个库克罗普斯人的最后一句话已经含糊不清了，随即他向后仰去，躺到地上。他粗壮的脖颈歪向一边，大声地打起呼噜来。我飞快地把尖木桩插进火灰里，当它开始要燃起火苗时，我把它抽了出来，与抓到阄的那四个朋友一起把它深深地插入怪物的眼睛里，我转动尖木桩，就像一个木匠造船时钻洞似的。火焰把波吕斐摩斯的眉毛和睫毛都连根烧焦了，他那变瞎了的眼睛发出刺刺的声音，像烧红的铁浸到水里一样。这个受伤的怪物大声吼了起来，使洞穴里传来狂叫的回声。朋友们和我由于恐惧而发抖，逃到洞穴最深的角落躲了起来。

波吕斐摩斯把尖木桩从眼睛里拔出，鲜血淌了下来。他把尖木桩抛得远远的，像一个疯子似的东奔西跑。随后他尖声厉叫，呼喊他的同胞——住在山里的库克罗普斯人。这些人从四面八方跑来，围在洞穴四周，想知道他们的兄弟发生了什么事。他从洞里朝外吼道："没有人杀我，没有人杀我，朋友们！没有人骗我！"库克罗普斯人听到后说："既然没有人伤害你，没有人攻击你，那你叫什么？你大概是病了，可我们库克罗普斯人不知道怎样去治病！"他们说罢便各自离去。我打心眼儿里

高兴。

　　这期间，变瞎了的波吕斐摩斯在洞中踉踉跄跄，由于痛苦而叫个不停。他把巨石从洞口移开，随后坐在当中，双手四处摸索——他是想抓住逃跑的人。他把我看得太单纯了，以为我会用这样的方法逃出去。

　　我想出一个新的计划。我们身边有许多长得又大又壮的山羊。我偷偷地用波吕斐摩斯铺床的柳条把每三只羊绑在一起，然后在中间那只羊的肚子下面藏上一个我们的人——他紧紧抓住羊毛，将自己绑在羊身上。我本人选了一只强壮的山羊，它长得比其他的羊更高更大。我双手抓住它的毛，贴在它的肚子下面，抱得紧紧的。我们就这样"悬挂"在山羊肚下，准备逃走。

天一破晓，那些公羊就首先从洞里跳了出来。对于每只奔出去的山羊，它们那饱受折磨的主人都要仔细地摸摸它们的背，以便确认上面是不是坐有想逃跑的人。这个蠢人不会想到羊肚子和我的计策。现在我的这只山羊慢腾腾地走到洞口，因为我太重了。波吕斐摩斯抚摸着它说道："好山羊啊，你怎么落在羊群的后面走得这么慢？你往常从未让其他羊走在你的前面呀。你是为你主人被烧瞎的眼睛而忧愁吗？是啊，如果你能像我一样思想和谈话的话，你一定会告诉我那个罪犯和他的同伙藏在哪个角落里，这样我就能把他的脑袋摔到石墙上，我的心就会因为解除了'没有人'给我带来的痛苦而变得快乐起来！"

波吕斐摩斯说着，也放这只山羊走出洞来。现在我们都到了外面。离开岩缝稍远时，我先是把我的那只羊放开，然后把我的朋友们从羊肚子下面解下来。遗憾的是我们现在只有七个人了。我们相互拥抱，并为死去的同伴悲恸。随后，我们带着掠来的羊群回到船上。直到我们重又坐到舱内，乘风破浪地在海上航行时——此时离海岸已有一段距离了——我才大声朝波吕斐摩斯嘲弄道："听着，库克罗普斯人，在山洞里被你吃掉同伴的那个人可不是个坏人！你的恶行终于遭了报应！宙斯和众神终于对你进行了正当的惩罚！"

这个恶汉听到这番话，气得暴跳如雷。他从山上撕下一整块岩石，朝我们的船抛了过来。他抛得非常有准头，差一点儿砸到我们的船舵。落石掀起狂涛巨浪，汹涌的海水又把我们的船向岸边冲了回去。我们竭尽全力划桨，奋勇前进，以便重新逃离这个怪物。我的朋友们害怕他会再一次投掷岩石，要制止我叫喊，可我还是再次喊道："听着，库克罗普斯人，若是有人问你是谁弄瞎了你的眼睛，你不要再像先前那样回答你的同胞了，你该给出一个更正确的答案！你告诉他们，是特洛亚的毁灭者俄底修斯弄瞎了我的眼睛，他是拉厄耳忒斯的儿子，住在伊塔刻岛上！"

这个库克罗普斯人号叫起来："痛苦啊！那个古老的预言就这样在我身上应验了！从前我们中间有一个名叫忒勒摩斯的预言家，他是欧律摩斯的儿子，在库克罗普斯人住的地方一直活到老。他曾对我预言，我会因为俄底修斯而失明。我一直以为他是一个很魁梧的家伙，如我这般高大强壮，并将与我在争斗中一决高下。现在这个坏蛋来了，这个懦夫，他用酒把我灌醉，烧瞎了我的眼睛！再来呀，俄底修斯！这次我要把你当客人一样款待，要为你向海神祈求安全导航——你要知道，我是波塞冬的儿子，没有别人，只有他才能治疗我的创伤！"随后他向他的父亲祈祷，好让我不能顺利回家。"即使他能返回，"他说道，"那至少也要尽可能地迟些、尽可能地不幸和尽可能地孤独；是在一艘陌生的船上，而不是在自己的船上；即使回到家，让他遭遇的也全部是悲惨痛苦！"他这样祷告道，我相信，那个阴沉的海神一定是听到了。

不久，我们就又回到那座小岛，我们的朋友在那儿等着我们，其余的一些船只都藏在海湾里。我们被热烈的欢呼包围着。到陆地上后，我们把从波吕斐摩斯那里掠来的羊群分给了朋友们。可我的伙伴却先把那只我用来逃命的山羊赠给了我。我立即把它祭献给宙斯，焚烧羊腿，供奉众神之父。但宙斯拒绝这个祭品，不愿宽恕我们。他心意已决，要毁灭我们所有的船和我所有的朋友。

可我们对此一无所知。我们整天待在一起，优哉游哉，吃喝玩乐，直到太阳沉入大海，仿佛我们再没有什么可忧虑的了。随后我们躺在海滨上，伴着浪声，酣然入睡。不久，东方又满是朝霞，我们大家也坐到船上，朝着故乡的方向驶去。

埃俄罗斯的风袋和歌手喀耳刻

俄底修斯来到埃俄罗斯的海岛，埃俄罗斯赠给他一个风袋助他返航。在快到达伊塔刻的时候，他的伙伴私自打开风袋，导致他们被飓风又重新卷回了大海，他们不得不重新扬帆起航。途中又遇到了巨人族的莱斯特律戈涅斯和歌手喀耳刻，在这期间俄底修斯又会遭受怎样的挫折呢？

我们到达了埃俄罗斯居住的海岛，他是众神的好朋友希波忒斯的儿子。埃俄罗斯有六个儿子和六个女儿，他每天都在宫殿里与妻子和儿女们饮酒作乐。这位善良的君主招待我们在他那里住了整整一个月，他饶有兴趣地问起特洛亚的战事、希腊人的兵力和返乡的情况。我把这一切都详详细细地告诉了他，当我最终请他帮我们返乡时，他爽快地答应了。他赠给我们一个由一头九岁野牛的皮制成的风袋，里面装着各式各样的风。宙斯命埃俄罗斯掌管诸风，他有权放它们出来，也有权让它们重新停息下来。他用一根银线结成的闪光绳子把风袋紧紧地系在我们的船上，扎紧袋口，一点儿风也漏不出来。

我们在海上航行了九天九夜。第十天，我们已临近故乡伊塔刻，我们甚至已经能望到海岸边燃起的烽火了。当我在夜里沉睡时，我的同船伙伴开始议论起埃俄罗斯送给我的风袋，他们想知道袋子里装的是什么——大家都相信，那里面装的是黄金和白银，其中一个人最后说道：

"这个俄底修斯无论到哪儿都受到重视和尊敬！他光是从特洛亚就带回多少战利品啊！可我们呢，我们大家只有去冒险和吃苦的份儿，回家时两手空空！现在埃俄罗斯又给了他一袋子白银和黄金！我们看看里面装有多少宝贝，怎么样？"

这个糟糕的建议立即得到了其他伙伴的赞同。风袋被打开了，绳子刚一解开，所有的风瞬间涌出，把我们的船卷回了大海。

呼啸的风暴把我从沉睡中惊醒。当我看到这不幸的景象时，我思虑片刻：要不要干脆从甲板上跳进大海，死了算啦？可我又重新镇静下来，决定坚持下去并忍受可能发生的一切。暴怒的飓风把我抛回到埃俄罗斯的海岛。我让我的伙伴留在船上，自己则带上一个朋友和传令使前去国王的宫殿，此时国王正在与他的妻子和儿女们共进午餐。他们对我的返回很是惊讶。当他们得悉事情的原委时，这位风的主宰者愠怒地从座位上立起身来，朝我喊道："你这该诅咒的人，显然是众神在向你进行报复！对这样的一个人，我既不能收留，也不能护送！离开我的家，被诅咒的人！"骂完后他就把我赶了出来，我们离开了那里，沮丧地继续航行。

终于，我们到了一个海岸，看到一座塔楼林立的城市。我把船停在港口，爬上岩石，向四下瞭望。我没有看到耕种的土地、农夫和牛羊，只看到烟云从一座巨大城市直升向天际。于是我派两个朋友和一个传令使去打探消息。他们在路上遇到了莱斯特律戈涅斯国王安提法忒斯的女儿，她正去阿耳塔刻亚泉汲水。她高大得令他们吃惊。她友好地把她父亲宫殿的位置指给他们，并告诉了他们希望知道的这个国家、这座城市及其统治者的情况。

他们到达了宫殿。令他们目瞪口呆的是，站在他们面前的莱斯特律戈涅斯的王后竟然像一座山峰那样高耸巨大。莱斯特律戈涅斯人是巨人族，他们也是吃人的。女王招呼她的夫君，他抓住一个使者，并命令手下立即用这个使者准备他的晚餐。其余二人吓得夺路逃跑，奔回船上。但国王却召集他的臣民全副武装地追赶，于是成千的莱斯特律戈涅斯巨人冲了过来，朝我们掷来巨石。我们在船上听到的不是垂死者的呼救声，就是被击中的船板的破碎声。只有我自己的那艘船停放在巨石投不到的地方，我带着那些还没受伤的朋友奔回到我的那艘船上，安全地离开了海港。其余的船则连同一大批死者和垂死者一道沉入了大海。

我们挤在这艘唯一得救的船上继续航行，又到了一座名叫埃儿厄的海岛。这儿住着一位半人半神的美女，她是太阳神和俄刻阿诺斯的女儿珀耳塞所生的女儿，名叫喀耳刻。她在岛上有一座美轮美奂的宫殿。我们驶进海岛的一处港湾，下锚停泊。由于过分疲劳和悲伤，我们都躺倒在海岸上。

第三天，我背上宝剑，手执长枪，动身去内地打探情况。终于，我看到了从喀耳刻宫殿升起的烟云。可我没有立即朝那里走去。基于以往的经验，我把我的同伴分成两批，一批由我领导，另一批由欧律罗科斯领导。随后，我们在头盔里拈阄。欧律罗科斯拈到了，他立刻率领二十二个人——他们叹着气只好前去——上路，朝我看到烟云的地方进发。

这批人不久就在海岛上一个幽美的峡谷里发现了女神喀耳刻富丽堂皇的宫殿。当他们在庭院的篱笆墙里和宫殿的大门前看到尖嘴利齿的群狼、鬃发耸立的群狮在逛来逛去时，吓得心惊胆战。他们惶恐地望着这些可怕的野兽，立刻想到逃跑，可野兽们已经围了过来，它们并没有伤害他们，而是缓慢而讨好地靠近过来，摇着长长的尾巴，像狗一样乞求他们施舍点好吃的食物。正如我们后来所知，它们都是被喀耳刻用魔法变成野兽的人。

因为这些野兽都很温和，我的朋友们又恢复了勇气，并接近了宫殿的大门。他们听到宫殿里面传出喀耳刻的歌声。她一定是一位出色的歌手，歌唱得美极了；她在歌唱她的劳作，因为她正在织一件只有女神们才织得出来的华丽衣服。首先向宫里瞥去一眼并感到由衷喜悦的，是英雄波利忒斯。根据他的建议，我的朋友们把喀耳刻喊了出来。她友好地来到大门前，并请这些外乡人入内。只有心思细密、行事小心的欧律罗科斯留在外面，因为他嗅出了某种阴谋诡计的味道。

在宫中，喀耳刻让这些客人坐到高大精美的椅子上。随后有人送上奶酪、麦粉、蜂蜜和烈酒，她用这些做出可口的糕点。但在做糕点的当儿，她偷偷地在面团中掺进了一种药汁，这种药汁人吃了后会丧失思想，忘记自己的祖国。确实如此，他们吃了后立刻就变成全身长毛的猪猡，开始咕咕地叫了起来，全都被这位施展魔法的女人赶进了猪圈。喀耳刻让人抛给它们橡实和野果，而不再是精美的食物。

欧律罗科斯从远处看到了这一切。他飞快地跑回船上，把我们朋友的可怕遭遇告诉给我和留下来的人。听到这令人吃惊的消息后，我很快做出决定，背上宝剑和弓箭，前去宫殿。

半路上，我遇到一个英俊的年轻人，他朝我举起金杖，我认出他是神祇的使者赫耳墨斯。他友好地握住我的手说："可怜人，你又不熟悉这一带的情况，干吗在山里乱跑呢？你的朋友们都被会魔法的喀耳刻关到猪圈里去了，你要去解救他们？你也会变得和他们一样的！好吧！我给你一件东西保护自己——如果你带着这种药草，"说着，他就从地上挖起长有奶白色花朵的黑色草根，"她的法术就不能伤害到你了。她会给你准备一种甜酒，并放入魔汁。我刚才给你的这种草能阻止她把你变成一个畜生。若是她用那长长的魔杖来触你，你就从剑鞘里拔出利剑，冲到她面前，摆出一副要杀她的架势，然后要她许下庄重的誓言，不再加害于你。这样你便可以安全地住在她那儿。当她成为你的好朋友时，她就不会拒绝你的请求，自然也就会把你的朋友还给你了！"

赫尔墨斯说完便离我而去。我本人焦急而忧心地奔向宫殿。喀耳刻听到我的呼叫声，打开了宫门，亲切地让我入内。她把我领到一把华丽的扶手椅上坐下，在我脚下放上一只小足凳，随之立即在一只金碗里为我调酒。喀耳刻等不及我把酒喝完，就用她的魔杖触我，坚信我当场就会变成畜生。她说道："滚到猪圈里，跟你的朋友们到一起去吧！"

但我却抽出宝剑冲向她。她大声叫了起来，倒在地上，抱住我的双膝哀求我说："你是谁，你这强者？为什么我的魔酒不能使你变形？还没有一个凡人能抵挡住我的魔法的力量。莫非你就是赫耳墨斯早先对我预言过的那个足智多谋的俄底修斯？如果你是他的话，那就请你收起宝剑，让我们做朋友吧！"

但我并没有改变咄咄逼人的姿态，回答她说："喀耳刻，你把我的朋友们都变成了你家的猪，你又怎么能要求我对你表示友好呢？难道我不会想到你这样讨好我是为了伤害我吗？如果你立下神圣的誓言，许诺不用任何魔法害我，那我就能成为你的朋友！"这位女神当场就立下誓言，我也便放心了，无忧无虑地过了一夜。

翌日清晨，四个侍女——都是美貌非凡、娴雅高贵的仙女——来整理她们女主人的房间。第一个把华丽的紫色垫子铺到扶手椅上；第二个在扶手椅前摆上银制的桌子，并把金篮子放到上面；第三个在银罐里调酒，并把金杯摆放到桌上；第四个则端来清水，倒入三角鼎上的锅里，又在锅下面点起火来，直到水热——这是为我洗浴准备的。当我洗完澡，涂上香膏、穿好衣服后，我该与喀耳刻一起享用早餐了。但是，尽管面前的桌子上摆满了丰盛的食物，我却动也不动。面对漂亮的女主人，我待在那里一声不响，忧郁愁苦。当她终于开口问我如此闷闷不乐的原因时，我说道："一个人，明明知道自己的朋友们遭到不幸，却依旧大嚼大饮、自得其乐，那他还算是一个正直磊落的人吗？如果你想要我在你这里心情舒畅，那就让我亲眼看到我的朋友！"

喀耳刻没容我多说便离开了房间，手里执着魔杖。她打开猪圈的门，把我的朋友赶了出来——此时的他们成了一群九岁的猪，围在我的身边。喀耳刻在他们身边走动，给每一头猪涂上另一种药汁。没多久，这些猪便都蜕下了毛皮，又变成了人，而且变得比从前更年轻、更英俊了。他们欣喜地奔向我，与我握手。女神这时讨好地对我说："现在，亲爱的英雄，我已照你的话做了，你也该做我喜欢的事了。把你的船拉上岸，把装载的东西运到岸边的岩洞里，让你和你的伙伴都到我这里来吧。"

她甜蜜的言辞使我动心了。我去找我的船和留下来的朋友，他们都以为我已经死了，原本为我悲恸，现在却含着欢喜的泪水扑向我。当我向他们提出建议，建议他们把船拉向岸边并前去女神那里时，他们立即表示同意，只有欧律罗科斯劝阻伙伴们说："难道你们就这样急着去毁灭自己，急着去到这个女巫的宫殿，让她把我们大家变成狮子、狼和猪，被迫去看守她的家？当俄底修斯愚蠢地使我们落到库克罗普斯人的手里时，我们的朋友遭到了怎样的下场，难道你们忘了吗？"听到这种侮辱的话，我真想抽出宝剑把他的脑袋砍下来，尽管他是我的近亲。朋友们注意到我要发作，就抱住我的胳膊，使我镇静下来。

我们大家动身前去宫殿，欧律罗科斯迫于我的威胁也不敢不跟随前往。这期间，喀耳刻让我宫中的那些朋友沐浴，涂抹香膏，穿上华丽的衣服。当我们到达宫殿时，看到他们快活地在一起饮酒作乐。我们受到了热烈的欢迎。喀耳刻叫我们放心，对我们殷勤有加，我们一天比一天快乐，在她这儿就这样整整住了一年。但当这一年结束时，我的这些伙伴提醒我该回家了。我听从他们的劝告，就在当晚请求喀耳刻履行她的诺言——她一开始就答应过送我回家。此时这位女神回答说："你说得对，俄底修斯，我不应当再把你强留在我这儿了。但在回家之前，你还得走一条弯路——你们必须到哈得斯和他的妻子珀耳塞福涅统治的地狱里去，寻找忒拜城的盲预言家忒瑞西阿斯的灵魂，去问你们的未来。他虽然死了，但他的灵魂和他的预言才能由于珀耳塞福涅的宠爱还依然存在着。"

听到她的这番话，我哭了起来，悲恸欲绝。去死人的国度，这使我害怕极了。我问她谁会为我引路，因为还没有一个凡人能在活着的时候乘船进入冥府。"你不必为引路的事操心！"女神回答说，"只把船的桅杆竖起来，挂上帆就行了！北风会把你们吹到那儿的！一抵达大洋河①的岸边，你就在一块低处的河岸登陆，在那儿你能看到橙木、白杨和柳树。那里就是珀耳塞福涅的圣林，也是进入地府的入口。在山岩旁的一个峡谷里——皮里佛革勒河和科库托斯河的黑色激流在这儿直泻而下——你可以找到一道岩缝，穿过它就是通向冥府的路。你在那儿挖一个坑，给那些死去的人献上蜂蜜、牛奶、酒、水和麦粉，并许下诺言：一旦你返回伊塔刻，就会为他们祭献牲畜，除此之外还会为忒瑞西阿斯献上一只黑色的山羊。随后你还要杀死两只黑色的绵羊——一只公的，一只母的；在你的同伴为众神焚烧祭品、向他们祈祷时，你会通过岩缝直望到下面那汇合在一起的河水。这时死者的灵魂将出现在你的面前，空中虚幻的影像将涌向亮处，并要品尝祭品的血。你要用宝剑加以制止——除非你问过忒瑞西阿斯——不允许它们靠近。随后不久，忒瑞西阿斯就会现身，并会为你指点返乡之路。"

这番话使我得到了几分安慰。第二天一早，我召集我的朋友们上路。"遗憾的是，我们的返乡之旅不是一条坦途，"我说，"女神给我们规定了一条非同一般的道路。我们得下到哈得斯那可怕的冥府，并在那儿就我们的归程去询问忒拜城的预言家忒瑞西阿斯！"我的伙伴们一听到这话，悲伤得几乎心裂肠断。他们号啕大哭，揪扯头发，但悲哀于事无补。我命令他们动身，与我一道乘船前往。喀耳刻此时早已在我们前面。她

①大洋河：古希腊神话中环绕大地的河流。

给我们带来两只祭祀用的绵羊，让人捆在船上，还给我备好了大量用来祭献的蜂蜜、酒和麦粉。当我们抵达海岸时，她默默地向我们告别并轻盈地悄然离去。我们把船拽入大海，立起桅杆，扬起船帆，忧心忡忡地坐在船上。喀耳刻送来一阵顺风，我们很快就又置身于大海之中了。

冥　府

俄底修斯和同伴来到冥府，在这里他见到预言家忒瑞西阿斯，并且让忒瑞西阿斯预言自己的归乡之旅是否顺遂，忒瑞西阿斯给了他最忠实的警告。俄底修斯还看见了自己的母亲，还有他死去的朋友以及死去的诸位英雄，这些都使他悲喜万分。

当我们被一股奇妙的轻风吹到大地尽头的大洋河边时，太阳已沉入大海。我们像喀耳刻指点的那样，献上了我们的祭品。鲜血刚从绵羊颈上流出，许多死者的阴魂就从冥府深处朝岩缝涌出，来到我们身边——年轻的和年老的，少女和儿童，还有许多身带伤口、盔甲染血的英雄。他们一群一群地围着祭献用的土坑，发出恐怖的呻吟声，这使我害怕极了。我匆忙提醒同伴按照喀耳刻的吩咐，快些将宰掉的绵羊焚烧，向众神祈祷。我本人则从剑鞘里抽出宝剑，在问过忒瑞西阿斯之前，阻止这些阴魂来舔舐羊血。

现在，忒瑞西阿斯的阴魂出现了，右手挂着一支金杖。他立刻认出了我并说道："拉厄耳忒斯的儿子，是什么使你离开阳界来到这恐怖的地方？快把你的剑收起，这样我就可以喝到祭品的鲜血，也就能预言你的命运了。"

听到这话，我从土坑边离开，并将宝剑吸入鞘中。忒瑞西阿斯喝了黑色的羊血并开始说他的预言："俄底修斯，你希望从我这儿得知自己能顺利地回归祖国，但一个神祇会使你这次返乡之旅变得困难重重，你无法从大地震撼者波塞冬的手中逃脱掉。你弄瞎他的儿子波吕斐摩斯的眼睛，这深深地伤害了他。可尽管如此你还是能返回家中。"

"你们首先在特里那喀亚岛登陆。如果你们在那儿不去伤害太阳神的神牛和神羊的话，那你们就能成功地返回家园。但若是你们伤害了它们，那我预言你的船和你的朋友都将毁灭。即使你本人能够逃脱掉，也只能更晚地、可怜而孤独地返回故里，而且是搭乘陌生人的船。就算回家了，你得到的也是苦恼——那些狂妄的人挥霍了你的家财，并向你的妻子珀涅罗珀求婚。当你把他们——不论是用计谋还是用暴力——制服后，当一种安谧的幸福朝你发出微笑时，你会在你生命的晚年把船桨扛到肩上出海远游，到那些不认识大海、不知船为何物的人那儿去，他们的饭菜里没有食盐。当你在那陌生的地方遇到一个漫游者时，他会告诉你，你肩上扛的是扬谷铲。那就把船桨扔进土里，向波塞冬献上祭品，再返回家里。你的国家繁荣昌盛，而你最终会在远离大海的地方得到善终。"

这就是他的预言。我向这个预言家表示感谢并继续说道："你看，我母亲的阴魂坐在那儿，但她不对我说话，也不看我。告诉我，我该怎么做，她才会认出我是她的儿子？"——"若是你现在允许她喝羊血的话，"他回答说，"那她就会像一个活人一样与你说话，并把真实的情况讲给你听。"说完这句话，预言家的阴魂就消失在冥府的黑暗之中了。

这时我母亲的阴魂朝我走来，并喝了羊血。突然间她认出了我，泪流满面，两眼紧盯着我说："亲爱的儿子，你怎么活着就到了阴间？大洋河和其他一些可怕的河水没有阻止你来吗？自特洛亚陷落以来，你为何还一直漂泊，没有回到故乡伊塔刻？"

我向母亲讲述了自己的遭遇，并问她是怎么死的，因为我离开她前去特洛亚时，她本还健在。我也问起家里的情况，同时心跳得厉害。母亲的阴魂回答道："你的妻子对你坚贞不渝，白天和夜里都为你哭泣；没有别人执掌你的权力，而是你的儿子忒勒玛科斯在管理你的家业。你的父亲拉厄耳忒斯隐居在乡下，不再进城了。他在那儿住的不是宫殿，睡的不是软榻；他就安身在炉灶旁，衣衫褴褛，像其他奴隶一样躺在干草里，度过整个冬天。夏天他睡在露天，躺在干树枝堆上。他这样做，是在为你的遭遇忧愁哀伤。亲爱的儿子，我本人就是为你憔悴而死的，并非是什么疾病夺去了我的性命啊。"

她这样说，更激起了我的思乡之情。当我要拥抱她时，她如一个梦幻一样破灭了。现在其他一些阴魂也来了，许多是著名英雄的妻子。她们喝了羊血，向我讲述了她们的命运。当她们一个接一个消失后，在我眼前出现了一个令我怦然心动的景象：走过来的是阿伽门农的阴魂！这个伟大的魂灵忧郁地步向祭坑，喝了鲜血。这时他望着我，认出了我，并开始哭泣起来。他徒劳地想把他的手伸向我，四肢却瘫软无力，最终他还是回到了远处，并从那里回应了我急切的问候。

"高贵的俄底修斯，"他说，"海神的愤怒没有把我毁掉，城堡中的敌人没有把我制服。我，像被夹在岩石中间的野兽一样，在洗澡时被我的妻子克吕泰涅斯特拉和她的情夫埃癸斯托斯杀死了。我怀着对妻子和孩

子的思念回到家，得到的却是这样的下场。因此，我劝你，俄底修斯，不要完全相信你的妻子，不要因为听了她的甜言蜜语就把任何秘密都告诉她。不过，你的妻子贤淑聪颖、忠贞不渝——你是一个幸福的人！在我们离开希腊时，你那还在襁褓中的婴孩忒勒玛科斯现在已长成年轻人了，他能怀着孩子的爱来热情地接待他的父亲了——我那不忠的妻子在谋害我之前，从没让我看我的儿子一眼。可我依然劝你，要秘密地而不是公开地在伊塔刻登陆，因为没有一个女人是可信赖的！"

说罢这些阴郁的话，这个阴魂就转身消失了。现在阿喀琉斯和他的朋友帕特洛克罗斯、安提罗科斯和大埃阿斯的灵魂来了。阿喀琉斯先喝了鲜血，认出了我，他感到吃惊。我告诉他我为什么会来到这里。但当我赞美他生前像神一样受到尊敬、死后在地狱里也统领着死者时，他却恼怒地回答说："不要对我讲死，俄底修斯！我宁愿在人世做田里的零工，不要财富，没有遗产，也不愿在这儿统治死人。"随后，我向他讲述了他儿子涅俄普托勒摩斯的英雄事迹，当他听到有关他儿子的名声和业绩时，这个崇高的阴魂满意地迈着有力的脚步向深渊走去，随即消失了。

其他一些在此期间喝了鲜血的幽魂也都与我交谈，只有埃阿斯的阴魂站在一旁怒气冲冲。在争夺阿喀琉斯的武器的争斗中，我战胜了他，他因此自杀而死。我温和地对他说："忒拉蒙的儿子，难道你死后仍耿耿于怀、不忘旧恶吗？你因阿喀琉斯的武器而迁怒于我，可众神就是用它制造了不和。你因此而去，对你的死，我们中每一个人都是无辜的——这是宙斯给我们的灾难。因此，高贵的英雄，抑制你的愤怒，走近我，同我说说！"但这个阴魂没有答话，而是返回黑暗之中。

现在，我也看到了久已死去的英雄：死人的裁判官弥诺斯，强大的猎人俄里翁、提提诺斯和坦塔罗斯。我也很高兴认出了忒修斯和他的朋友庇里托俄斯。但当无数的阴魂发出可怕的喧闹声时，我突然感到一阵恐惧袭来，仿佛女妖墨杜萨朝我转过她那蛇发脑袋似的。我急忙与伙伴离开岩缝，重新回到大洋河河岸我们的船只那里。随后我们扬帆继续航行。

船　沉

> 　　俄底修斯逃过了塞壬女仙的蛊惑，然后顺利地穿过了卡律布狄斯旋涡和斯库拉山岩，最后来到了特里那喀亚岛。他和他的伙伴一定不能染指这些牛羊，否则将命丧大海，但是偏偏连着一个月都没有送他们的航船出海的风。饥饿难忍的伙伴们趁俄底修斯不在意宰食了牧牛，招致了赫利俄斯的愤恨，让他们尽数殒命。

　　我们不得不经历的下一个冒险发生在塞壬女仙居住的海岛。这是些唱歌的女仙，谁听到她们的歌声，谁就会被迷住。她们坐在绿色的海滨，向经过此地的旅人唱起迷人的歌曲，谁若被她们吸引过去，谁就必死无疑。因此，在她们的海岸，遍地都是腐尸白骨。

　　当我们抵达极富诱惑性的女仙居住的海岛时，我们的船突然停住了，把我们吹到这儿的轻风突然静息下来，海水像平镜一样闪闪发光。我的伙伴们卸下船帆，将它卷起来放倒在船上，然后坐在桨旁摇桨前进。但我想起了喀耳刻先前说过的话："当你经过塞壬女仙居住的海岛，当她们用歌声威胁你们时，你就用蜡封住朋友们的耳朵，这样他们就听不见了。但你自己，如果想听她们歌唱，就命令你的朋友把你的双手和双脚绑起来，将你捆在桅杆上。你越是祈求你的朋友把你放开，他们就越应该把捆你的绳子绑紧！"

一想及此，我就割下一大块蜡片，用手把它揉软，塞进我同伴的耳朵里。而他们则按照我的吩咐，把我绑在了桅杆上。随后，他们又重新坐在桨旁，放心地划船前行。塞壬女仙们看见我们驶近，个个都打扮成妩媚的少女，来到岸边，用甜蜜而嘹亮的歌喉唱起她们的歌儿：

> 来吧，俄底修斯，你这受人赞颂的人，
> 你是希腊人的骄傲！
> 把船驶向我们，听听我们的歌唱。
> 除非听取我们的甜蜜歌声，
> 还没有一个人在昏暗的船里能从旁划过。
> 每个人都心甘情愿地返回，
> 想知道更多更多，
> 因为我们知道，按照众神的意志，
> 阿开亚人和特洛亚人曾在特洛亚土地上遭遇到的苦难，
> 我们知道，在丰饶的大地上发生的一切事情。

当我听到这歌声时，我的心充满了想更长时间听下去的渴望。我用头向我的朋友们示意，让他们把我放开。但他们听不见，只是更快地摇动船桨。其中两个人——欧律罗科斯和珀里墨得斯走过来，像我事先命令的那样，更有力地勒住绳子，把我捆得更紧了。直到我们顺利地驶了过去，到了听不到塞壬女仙歌声的地方，我的朋友们才从耳朵里取下封蜡，然后把我身上的捆绳解了下来。我由衷地感谢他们的坚定果断。

继续航行没多久，我就发现了远处的水雾和一股汹涌的海浪。这是卡律布狄斯旋涡，它每天会从一块岩石上涌出并退回三次，吞没每一艘落进它当中的船只。我的伙伴由于惊恐，船桨从手中滑落。我本人从座位上站了起来，在船上奔跑，跑到每一个人跟前，鼓动他们的勇气。"亲爱的朋友们，"我说，"我们都已不是无法应对危险的新手。不管遇到什么，都没有我们在库克罗普斯山洞里所遭遇的更危险，可我的智慧帮助你们逃了出来，因此你们大家要听我的。稳稳地坐在你们的桨位上，勇敢地向浪头划去吧！我想，宙斯会帮助我们逃离险境。而你，舵手，要聚精会神地尽你所能掌握好船，穿过狂涛巨浪！靠近岩石，不要驶进旋涡里！"

我就这样在卡律布狄斯旋涡前向我的朋友们发出了警告，这都是喀耳刻事先告诉我的。但她对我讲的怪物斯库拉——在这里我们即将要面对的——我却聪明地闭口不谈。

可我却忘了喀耳刻的另一个劝告：她禁止我武装起来去跟这个怪物进行战斗。我全身束上铠甲，手执两支长矛站在甲板上，准备去迎击即将到来的怪物。尽管我费力地四下查找，却一直没有发现她；我心中充满了对死亡的恐惧，船向着越来越狭隘的洞口驶了进去。

喀耳刻这样向我描述了斯库拉："她是不会死的。光凭勇敢战胜不了她，唯一的办法就是逃离。她住在卡律布狄斯旋涡对面那块永远被浓云笼罩的高高岩石上。这块岩石中间有一个洞，里面一片漆黑，斯库拉就在这里安身。只有当你听到一种可怖的、在海水上空滚动不已的、野狗般的吼叫声，这才意味着她现身了。这个怪物有十二只奇形怪状的脚、六根蛇一样的脖子；每一根脖子上都长着一个可憎的脑袋；口中有三排密密麻麻的牙齿，一咬起来就会把猎物嚼个粉碎。斯库拉的下半身藏在岩洞里，可她的脑袋却会从下面伸出来，扑食海狗、海豚和其他更大的海中动物。至今还没有一条船能完好无损地驶过此地，因为在船长发觉她之前，她已经把人从船上掠走，放入口中，用牙齿嚼成碎片了。"

这个景象在我脑海中出现，我徒劳地四下扫视。这期间，我们的船已经接近了卡律布狄斯山岩，它那巨大的洞口把海水吸进，复又喷出。我们被这场景吓得目瞪口呆，下意识地把船避向左侧。就在这当儿，我们一直没有发现的斯库拉来到了跟前，她的大嘴一下子就从甲板上叼走了六个最勇敢的伙伴。我看到我的朋友们在怪物的牙齿中间，他们的双手和双脚在空中摇晃，他们还从她的大口中呼喊着我的名字求救，可顷刻之间他们就成了碎末。我在漂泊中忍受了那么多的苦难，却还从没有看到过这样一副悲惨的景象！

　　逃离开这个可怕的怪物，我们顺利地穿过了卡律布狄斯旋涡和斯库拉山岩。不久，阳光充沛的海岛特里那喀亚出现在我们面前。大老远我们就听到了太阳神的圣牛的哞哞声和他的绵羊的咩咩声。我立即想起盲预言家忒瑞西阿斯的警告，于是把他和喀耳刻对我的提醒通知给伙伴们：要避免去太阳神赫利俄斯的海岛，因为有最最悲惨的命运在威胁着我们。这种解释使我的伙伴们忧心忡忡，欧律罗科斯则怒气冲冲地说道："俄底修斯，你真是一个残忍的人！难道你真的不许这些精疲力竭的人上岸，在岛上吃些食品、喝些饮料来恢复一下体力？至少得让我在这个好客的海岸上度过这漆黑的一夜吧！"

　　我的硬心肠被说服了，但我对我的朋友们说道："我同意了。但你们必须对我许下一个神圣的誓言——如果你们看到了太阳神的牧群，不许杀他的任何一头牛、任何一只羊。你们只能享用好心的喀耳刻给我们准备的那些食物。"所有的人都心甘情愿地对我立下了誓言。随后我们把船驶入海湾，甜水从那儿流入苦涩的海水之中。大家离船登岸，没等多久，晚餐已经备妥。饭后，我们为丧命于斯库拉之口的朋友们痛哭，但由于极度疲惫，我们含着泪水沉入了梦乡。

清晨时，宙斯送来了一阵可怕的风暴，我们匆忙把船拽入一个山洞，好确保安全。我再次警告大家不要去杀圣牛，因为我们已从这场迅猛的暴风雨中看出来，一行人不得不在这座海岛上停留更长的时间。我们确也真的在这里待了整整一个月，因为经常吹的是南风，偶尔还改吹起东风。这两种风对我们都没有用途，但只要喀耳刻给我们的食品和酒还够用，那就没有什么困难。当我们吃尽了所有的食物，面临饥饿时，我的伙伴们开始捕鱼捉鸟，而我本人则沿着海岸巡视一番，看能否遇到一个神祇或凡人，好给我指出一条摆脱困境的出路。当我远离我的朋友孤身一人时，我在海水里洗净双手，卑恭地跪在地上，向众神祈求救助，但他们却使我酣然入睡。

在我不在的这段时间里，欧律罗科斯在我的伙伴中站了出来，给他们出了一个毁灭性的主意。"朋友们，听我说!"他说道，"对人来说，每一种死都是可怕的，但最最令人恐怖的死是饿死! 动手吧，有什么能阻止我们屠宰赫利俄斯的肥牛，将它祭献给众神，再用剩下来的肉饱餐一顿呢? 当我们顺利地回到伊塔刻时，为了求得太阳神的宽恕，我们可以给他修建一座华丽的神庙，为他献上精美的祭品。但若是他眼下发怒并降下一场风暴，把我们的船击沉，那我宁可一下子被海水淹死，也不愿在一座荒岛上被悲惨地折磨致死。"

我的那些饥饿的朋友听了这番话，都非常高兴。他们立即动手，把在附近吃草的太阳神的牛群赶了过来，他们对众神做了祈祷，之后就把它们宰掉，取出五脏六腑，把内脏和用牛油裹起的牛腰祭献给神祇。他们没有酒可祭，因此把清水喷洒在内脏和牛腿上。剩下的大部分牛肉，则被他们穿在铁叉上烧烤。正在他们大嚼大咽时，我回来了，从老远的地方我就闻到了祭品的香味。我悲哀地向上苍祷告："噢，宙斯父亲和其他神祇，你们使我昏睡，这真是灾难啊! 因为在我睡过去的时候，我的朋友们竟狂妄地犯下了怎样的罪行呀!"

这期间，太阳神已得到报告，得知在他的圣地里发生了此种巨大的罪恶。他愤怒地踏进众神之间，向他们控告了这些凡人犯下的罪行。宙斯本人听到后也从王座上暴跳而起——特别是赫利俄斯威胁说，如果罪犯不受到严惩，他就把太阳车驶到地狱里去，再也不去照耀尘世了。"你继续照耀众神和人类，赫利俄斯！"宙斯对他说，"我很快就会用我的雷霆把这些该诅咒的强盗的船击得粉碎，使它沉入海底。"

我极为不满地责斥我的伙伴。但遗憾的是一切都已太迟，摆在我面前的是被屠宰了的神牛。可怕的怪事证明了他们犯下的罪恶：那些牛皮四处爬行，好像它们是活的一样；铁叉上的那些生肉和熟肉都在哞哞叫，就像牛的叫声一样。可我那些挨饿的伙伴们根本不在乎这些，他们在此前的六天里大嚼大咽。直到第七天，当天气转好时，我们才又回到船上，驶向大海。

陆地早已从我们眼中消失，这时宙斯用一片蓝黑色的乌云笼罩住我们，船下方的大海也变得越来越灰暗。突然，一股咆哮的暴风从西方向我们刮来。

桅杆上的两条缆绳断了，桅杆朝前倒去，把所有部件都甩到了船上。桅杆砸到舵手的脑袋上，击碎了他的额头。他像一个潜水人一样栽入海里，海浪很快便将他的尸体吞没。现在，带着一声响雷的闪电朝船击来，将它击裂。我的朋友们都落入大海，他们像游水的乌鸦一样在破船四周挣扎，随着波浪上下起伏，最后都沉了下去。很快，船上只剩下我一个人，我四下里跑个不停，直到船侧从龙骨上脱离出来。好在我没有失去理智，抓住一根还系在桅杆上的桅索，把它与龙骨捆在一起。随后我坐到上面，把自己交付给狂涛巨浪，任凭它摆布。

终于，风暴停止了咆哮，西风也止息下来。但随之刮起了南风，它使我陷入新的恐惧，因为我有重被刮到斯库拉和卡律布狄斯旋涡去的危险——事情也确实这样发生了。

天刚一亮，我就看见了斯库拉存身的峭壁巉岩和对面可怕的卡律布狄斯旋涡。经过旋涡时，它一下子就吞没了桅杆。我赶忙抓住从悬崖上垂下来的一棵无花果树的树枝，紧攀住它，像是一只蝙蝠悬在空中，在卡律布狄斯旋涡上方荡个不停。直到桅杆和龙骨重又从旋涡中涌出，我才利用这一瞬间跳到上面，坐在狭窄的龙骨上面继续划行。

　　我在海上漂流了九天。在第十天的夜里，仁慈的神祇终于把我带到了卡吕普索居住的俄古癸亚海岛。这个威严的女仙照顾我，护理我。——我为什么要向你们讲述这些呢？昨天我已经对你——高贵的国王——和你的夫人说过这最后一次险遇了！

俄底修斯与费埃克斯人告别

俄底修斯向费埃克斯人讲完了他的冒险故事之后，国王阿尔喀诺俄斯对他很是敬佩，在他离开时为他准备了最华丽的服装和贵重的礼物。俄底修斯在所有费埃克斯人的祝福中离开了王宫。

俄底修斯讲完了他的冒险故事。

那些听得入迷的费埃克斯人还一直沉醉于他的讲述之中，沉默不语。终于，阿尔喀诺俄斯打破了寂静，他说道："祝福你，你是我的王室接待过的最最高贵的客人！你现在来到了我的国家，我希望你在返归故里时不再迷失正路，并能不久回到你父亲的家园，忘记你所不得不忍受的苦难！现在你们也听着，亲爱的朋友们和我的王宫的常客，我已经在一只漂亮的箱子里为我尊贵的客人备好了华丽的服装，此外还有黄金和一些别的礼物，这是我和王子为他准备的。在座的诸位还要准备一只铜三脚鼎和一口大锅。这份巨大的礼物对个人说来当然是贵重的，但全民大会将会对此做出补偿！"

大家听了他的讲话都表示很高兴，客人们散去了。翌日清晨，费埃克斯人把所有的礼品都带到了船上。随后，朋友们一同返回国王的宫殿，在那里共进晚宴。在祭祀完宙斯之后，盛宴开始了。受人尊敬的盲歌手得摩多科斯唱起了动听的歌曲。

可俄底修斯的思绪早已飞走。他常常透过大厅的窗户望向太阳，热切地希望它快些西沉。终于，他对宴会的主人——国王说道："受人称颂的英雄阿尔喀诺俄斯，请奠酒于地，让我动身吧！你已经做了我心中所希冀的一切，礼品也已装到了我的船上，航行已准备停当。我多么想在家中看到我那忠贞的妻子，看到我的孩子、亲戚和朋友们安然无恙！愿众神保佑你一切如意！"

　　所有的费埃克斯人都大声赞同他的祝愿。于是，阿尔喀诺俄斯命令他的使者蓬托诺俄斯再次斟满所有客人的酒杯。现在，每个人都从座位上站了起来，不约而同地为他们客人的顺利返乡向奥林帕斯众神奠酒。俄底修斯立起身来，向王后阿瑞忒举起酒杯说道："再见，高贵的王后！我现在返乡，愿你和你的孩子、你的人民、你尊贵的丈夫共享快乐！"说罢这话，他离开了王宫。俄底修斯刚一回到他的船上，便感到一阵倦意袭来，于是他躺了下来，酣然入睡。

俄底修斯到达伊塔刻

俄底修斯在费埃克斯水手的帮助下回到了自己的故乡。雅典娜向他讲述了那些求婚人的胡作非为和妻子的忠贞不渝，这些让俄底修斯很是痛苦和恼怒，他决定向那些求婚人实施报复。于是雅典娜将俄底修斯变成一个乞丐，帮助他完成报仇计划。

俄底修斯的船快速而平稳地航行着。当启明星在天空中出现，白昼来临时，船向伊塔刻岛驶去，不久就进入安全的港湾——这是敬奉海神福尔库斯之地。嶙峋的两座怪石在这儿从两个方向伸入海中，形成一个安全的海港。港湾的中间长着一棵枝叶茂盛的橄榄树，橄榄树旁边是一个漂亮的山洞，里面朦胧迷茫，女仙们就住在这儿。洞里成排地摆放着石坛石罐，蜜蜂就在里面酿蜜。这儿还有石制纺织机，女仙们用紫线织成华丽的衣服。那些费埃克斯水手在这个山洞附近登陆，把酣睡的俄底修斯抬出船外，放在橄榄树下的山洞前，再把国王阿尔喀诺俄斯和阿瑞忒所赠送的礼品摊放在他身边，没有唤醒俄底修斯便返回船上。

海神波塞冬对费埃克斯人大为恼火，他们竟在雅典娜的帮助下放走了自己的猎物！于是波塞冬请求众神之父宙斯允许他对他们的船进行报复。宙斯答应了他。当这艘船扬帆疾行，临近费埃克斯人的国土斯刻里厄岛时，波塞冬从海浪中现身，用手掌对船一击，随之又在海水中消失。被

击中的船连同船上的一切突然变成了一块岩石，牢牢地立在大海之中。

　　这期间，躺在伊塔刻海滨的俄底修斯从沉睡中醒了过来，但由于在外多年，他已认不出故乡。由于雅典娜给他罩上了一层迷雾，他变成了一个生人。在那些求婚者还没有因为自己的恶行受到惩罚之前，他的妻子和他的同胞都无法认出他来。现在英雄所看到的一切都令他感到陌生：曲折的小路、海湾、高耸入云的山崖、高高的大树。他从地上站了起来，畏葸地环顾四周，击打自己的额头，痛苦地喊道："我这个不幸的人，我又到了一个什么样的陌生地方，置身在什么样的怪物之中？我带着这些礼品跑到哪儿啦？我真不如留在费埃克斯人那里，我在那受到了那么友好的款待！但现在他们也出卖了我，明明答应把我送到伊塔刻，现在却把我丢在这个陌生的地方。宙斯会惩罚他们的！"

　　当俄底修斯忧心忡忡，在海滨为故乡而悲哀得不知所措时，雅典娜女神化身为一个温柔可爱的年轻牧羊人来到他的身边——他的打扮像一位王子，身穿精美的服装，脚蹬一双漂亮的靴子，手执长矛。

　　俄底修斯很高兴能遇到一个人，他和蔼地问他这是什么地方，自己是在大陆还是海岛。"如果你首先问及此地的名字,"女神回答说,"那你一定是从远方来的。我保证,无论哪儿的人都认识这个地方。尽管这儿山多岭峻,不能像在阿尔戈斯那样饲养马群,但这里的人们却也未曾因此而贫穷——葡萄和粮食长得茂盛,牛羊成群,此处还有森林和泉水。它也因它的居民而名扬遐迩,即便是到遥远的特洛亚问问,那儿也会有人讲起伊塔刻岛的事情!"

俄底修斯一听到自己故乡的名字,心里高兴极了,但是他依然小心翼翼,没把自己的名字立即告诉给这个所谓的牧人。俄底修斯说,自己带着一半家产从远方的海岛克里特来到此地,而将另一半财产留给了在那儿的儿子。自己因为杀死了掠夺他财产的强盗,所以不得不逃离家园。雅典娜听到这话微笑起来,她抚摩他的面颊,突然变成一位妩媚的窈窕少女。"真的,"她对他说道,"若想在计谋上胜过你,那一定得是此中高手,即使他是一个神!你连在自己的国家里也不露真相!现在我们不谈这些了,你确实是凡人中最聪明的人,正如我是众神中最睿智的一样。但你可没有认出我来,没有想到你身处所有的险境时我一直都在你的身边,并使费埃克斯人对你优待有加。如今我来,是为了帮助你把这些礼物隐藏起来,同时告诉你你在自己的王宫里将要经受怎样的考验,并给你一些忠告。"

俄底修斯惊讶地仰望着女神,回答她说:"当你以各种形象显身时,遇到你的凡人有谁能认出你呢,高贵的宙斯女儿!特洛亚毁灭之后,我一直没能看到你的真形。但现在,看在你父亲的份儿上请告诉我,我已身在可爱的故乡——这是真的吗,还是你在用假象来安慰我的心灵?"——"用你自己的眼睛来看嘛!"雅典娜回答说,"难道你认不出那福耳库斯海湾,认不出那儿的那棵橄榄树、你曾经献上祭品的女仙洞,还有那阴暗的树林茂密的高山?"

雅典娜一边说着,一边把他眼前的迷雾驱散,故乡的景象清晰地展现在他的面前。俄底修斯欢快地扑倒在地,他亲吻大地,并向女仙祈祷。随后,女神帮助他把带来的礼品搬进岩洞放好,之后用一块巨石把洞口封上。现在，女神和俄底修斯坐在橄榄树下讨论如何去结果那些求婚人，雅典娜详细地向自己所保护的英雄讲述了他们在他家中的胡作非为，讲述了他妻子的忠贞。"痛苦啊，"俄底修斯听了这一切后喊了起来，"仁慈的女神，若是你不把这些事情告诉我，我会像阿伽门农在密刻奈一样惨死在自己家中。但如果你保证帮助我，就算有三百个敌人我也毫不畏惧。"

女神回答说："放心吧，我的朋友，我是永远不会使你失望的。我首先要做的是使你在这个岛上不被人认出来——让你强壮身体上的肌肉萎缩；使你头上的金发消失；要你衣着褴褛，每一个人见到你都感到你可憎；我要使你炯炯有神的眼睛变得呆滞，不仅是那些求婚人，就连你的妻子和儿子也都感到丑陋不堪。你先去找那个牧猪人吧——他是你最最忠实的仆人，有着一颗对你忠贞不移的心——你能在科刺克斯崖石旁的阿瑞图萨山泉找到他。你坐在他的身旁，询问家中发生的所有事情。这期间，我去斯巴达把你亲爱的儿子忒勒玛科斯召回，他正在那儿向墨涅拉俄斯打听你的消息。"

女神说着，用神杖轻轻地触了俄底修斯一下，俄底修斯的四肢一下子就委顿下来，他变成了个鹑衣百结的肮脏乞丐。雅典娜递给他一根棍子和一个挂在肩上的破烂口袋，然后就消失了。

俄底修斯与牧猪人在一起

俄底修斯被雅典娜变成乞丐的模样来到牧猪人欧迈俄斯这里，欧迈俄斯热情地款待了他。欧迈俄斯是他以前的仆人，自从主人走后，欧迈俄斯就一直小心翼翼地看管主人的家产，等候着主人的归来。俄底修斯为有这样忠实的仆人而暗自开心。

俄底修斯就以这样的打扮穿过草木葱茏的高山，前往他的女保护神指给他的地方，找到了牧猪人欧迈俄斯。欧迈俄斯在这儿用石头为他的猪群修建了一个猪场，此刻他正在切割漂亮的牛皮，打算为自己做一双鞋底，并没有注意到俄底修斯的到来。但狗却发现了他，吠叫着朝他扑了过去，若不是牧猪人及时叫住它们，并用石头把它们驱散，狗一定会把俄底修斯咬伤。欧迈俄斯转向他的主人，把他看成是一个乞丐，说道："噢！老人家，差点儿让狗把你撕成碎片！那样的话你可就真的给我添了麻烦。我现在的苦恼已经够多的了！我帮不了我那可怜的、身在远方的主人的忙，这使我忧心忡忡、愁肠百结呀。我坐在这儿，为另外一些人把猪养肥，供他们吃喝享乐，而我的主人却飘零在异乡，苦难中也许连一片面包都吃不上。可怜的人，到茅屋里来吧，吃点儿喝点儿。饱了就告诉我你来自何处、受到何种折磨，因为你看起来是这样可怜！"

两个人走进茅屋。牧猪人在地上铺上叶子和树枝，摊上他自己的褥子——这是一张乱蓬蓬的大野羊皮，然后叫他躺下。俄底修斯对他的热情招待表示感激，对此欧迈俄斯回答说："老人家，人们不能怠慢客人，哪怕他是一个一无所有的人。我的招待自然是微不足道的，若是我的主人在家，那我会做得更好。他会给我房屋、财产和女人，我对陌生人的款待自然就会是另一个样子了！可他死了。愿海伦那一家人遭到恶报，她使多少勇敢的人命丧异乡！"

随后牧猪人走到猪圈，捉了两只猪崽，杀了用来招待他的客人。他切下肉，放到铁叉上，把烤好的肉递给客人。他把罐子里的酒斟到一只木碗中，把碗放在陌生人面前，说："吃吧，陌生人，这是我们最好的饭食了！喏，新杀的猪崽肉，因为肥猪都让求婚人吃掉了，这些无法无天的家伙！他们的胆子比最无耻的海盗还要大，一点儿也不怕神的惩罚！也许他们听说了我的主人死亡的消息，便向他的妻子求婚，可他们完全不像其他人那样，而是从不回家，心安理得地去挥霍他人的家产。他们日日夜夜宰猪，不是一只就是两只，不，是很多只！而酒呢，总是一桶接着一桶。啊，我的主人很富有，有其他二十个人的财产加起来那么多！他在乡下有十二个牛群，还有同样多的绵羊群、猪群和山羊群。仅在这个地方他就有十一个山羊群，都由勇敢的牧人看管。他们每天都得给求婚人送去挑选出来的雄山羊；而我是管理猪群的头头，也必须每天挑出最好的公猪，送给这些贪得无厌的馋鬼！"

牧猪人说这番话时，俄底修斯急匆匆地吃肉、喝酒，一句话也没说。其实他心里在想自己该如何向那些求婚人复仇。当他吃饱喝足时——牧猪人又一次为他斟满酒杯——他举杯向欧迈俄斯表示感激说："亲爱的朋友，把你主人的事情向我讲得更详细些吧！我根本不可能认识他，也不可能在什么地方遇到过他，因为我是一个浪迹天涯、四海为家的人！"但是牧猪人完全不相信他的话，说道："你以为，一个要我们讲述自己主人事情的四处游荡的人，能轻易得到我们的信任吗？一些流浪者来到我的女主人和她的儿子面前，用他们编出来的关于我们那可怜主人的童话，使他俩感动得泪流满面。于是他们给他们衣物，热情招待，可这些流浪者都是来骗吃骗喝的——这种事情已经发生很多次了。啊，我再也遇不到那么仁慈的主人了，他是那么可亲可爱——一想到我的主人俄底修斯，我就觉得自己根本不是在想东家，而是在想我的一位兄长。"

"我亲爱的人，"俄底修斯回答他说，"你那颗狐疑不定的心是那么肯定他不会回来？好吧，我向你起誓：俄底修斯会回来的。当他回来，我就要我的酬劳，还有披风、衣服。尽管我现在破衣烂衫，可我不想编出一套谎话来骗取这些东西。我恨死那些说谎的人了。听着，以宙斯、以这张好客的饭桌、以俄底修斯的牧群为证，我发誓：当这个月过去时，俄底修斯一定会回到他的家里，并惩罚那些胆敢欺侮他妻和儿的求婚人。"——"噢，老人家，"欧迈俄斯回答说，"俄底修斯要是真能回家，我不会为你的这个消息少付报酬的。不要胡编了，好好地喝你的酒，谈点别的——你的起誓就算了！对俄底修斯我再也不抱希望了，只是他的儿子忒勒玛科斯现在叫我担心。我希望在他身上重新看到他父亲的精神，但一个神祇或是凡人把他的思想弄乱了：他去了皮罗斯，打听他父亲的消息，可这期间那些求婚者却在半道上埋伏，准备消灭掉古老的阿耳喀西俄斯家族这最后一棵苗苗。老人家，现在轮到你告诉我你来自哪个地方了——你是谁？为什么来到伊塔刻？"

于是这个有创作才能的俄底修斯向牧猪人讲了一个长长的故事：自己来自克瑞忒岛，是一个有钱人的家道中落的儿子，经历过各种各样的冒险。自己也参加了特洛亚战争，在那儿认识了俄底修斯。在返乡的路上，风暴把他卷到忒斯普洛托斯海岸。从那儿的国王嘴里，他又听到了一些关于俄底修斯的消息。据说俄底修斯曾在国王那里做客，可在自己到达之前，俄底修斯就已离开，到多多那去求宙斯的神谕了。

他把编的这套谎话说完后，牧猪人十分感动地说："不幸的陌生人，你如此详细地描述了你在海上漂泊的经历，令我十分激动。但是有一点我不相信你，这就是你讲的关于俄底修斯的事情。你不必白费力气用这样的谎话来讨好我，反正你会受到很好的招待的。"

"好心的牧人，"俄底修斯回答说，"我建议同你打个赌。如果俄底修

斯真的回来了，那你就给我一件披风和衣服，送我到想要去的杜里支亚去；如果你的主人没有回来，那就让奴隶们把我从悬崖上扔进大海。这样其他人就都不敢撒谎了。"——"我这样做岂不是该受诅咒！"牧猪人打断他的话说，"我把我的客人带进茅屋，加以招待，然后再把他杀死——怎么能这样做！那样的话，我一生再也无法向宙斯祈祷了！该是吃晚饭的时候了，让我们快活些吧。"

当奴隶们带着猪群从草场放牧归来时，牧猪人命令他们宰杀一头五岁的肥猪来款待他的客人。一部分猪肉被祭献给仙女们和神祇赫耳墨斯；另一部分被他递给那些去放牧的奴隶；最好的里脊部分则被他分给了他的客人，尽管这位客人在他眼里只是一个乞丐。这使俄底修斯深受感动，他感激地喊道："好心的欧迈俄斯，愿宙斯爱你！我这个人穷苦，可你对我却是如此尊敬。"牧猪人友好地与他共同进餐，这时外面乌云遮住了月亮，西风呼啸，不久大雨倾盆。

俄底修斯衣衫褴褛，感到发冷。欧迈俄斯在离炉火不远的地方为他的客人支起一张床，用绵羊皮和小羊皮把床铺好。在俄底修斯躺下之后，又给他盖上一件大袍子，这是他本人在严冬时穿的。

俄底修斯躺在那里，暖暖的，奴隶们睡在他旁边。欧迈俄斯不在茅屋里过夜，而是手执武器走到外边的猪圈。他背上扛着宝剑，身穿一件厚厚的衣袍。他把一张羊皮铺在下面，手里拿着一支锋利的长矛，用来防御强盗和野狗。他躺了下来，守护着猪栏，抵抗着凛冽的北风。当牧猪人离开茅屋时，俄底修斯还没有睡着，他关心地望着他的身影，心里庆幸自己有这样一个忠心耿耿的仆人——欧迈俄斯虽然认为主人早已死去，却仍小心翼翼地看管主人的家产。怀着这样的情感，俄底修斯安谧地入睡了。

忒勒玛科斯离开斯巴达

雅典娜帮俄底修斯做好复仇计划之后，便来到斯巴达寻找忒勒玛科斯。在墨涅拉俄斯的宫殿里，她找到了正在四处寻找父亲的忒勒玛科斯，并将他离开王宫后发生的一切告诉了他，让他回到王宫帮助自己的母亲，并且叮嘱他要注意那些求婚人设置的伏击。

这期间，女神雅典娜前往斯巴达，在墨涅拉俄斯的王宫的床榻上找到了两个年轻人——来自皮罗斯的涅斯托耳的儿子珀西斯特剌托斯和来自伊塔刻的忒勒玛科斯。珀西斯特剌托斯很快就入睡了，忒勒玛科斯却彻夜难眠，他为父亲的命运忧心忡忡。这时，宙斯的女儿雅典娜出现在他的床前，说道："忒勒玛科斯，你不该远离你的家乡在外流浪，让那些胡作非为的人在你的宫殿里瓜分你的家产。快请求墨涅拉俄斯送你回家，否则你的母亲就要成为求婚人的战利品了。她的父亲和兄弟们正在催逼她，要她选欧律玛科斯做她的丈夫，因为他献上的礼品要比其他人的多，而且还有丰富的新郎聘礼。若是她选中了这个人，那你将看到自己的情况会变得多糟！因此，快点儿回家吧，在最坏的情况下，把你的家产交给你忠实的女仆，直到众神赐予你一位高贵的妻子为止。"

"但还有一点要记住——一些勇敢的求婚人正埋伏在伊塔刻和萨墨岛之间的海峡，他们准备在你重返家园之前在那里杀死你。因此你只能在夜里避道而行，有位神祇会为你送上一股顺风。抵达伊塔刻的海岸后，你要立即派你的伙伴进城，而你本人首先要做的是前去找那个看管猪群的忠实的欧迈俄斯！在他那儿你待到第二天清晨，并将你从皮罗斯顺利返乡的消息告知你的母亲珀涅罗珀！"

朝霞刚一泛起，墨涅拉俄斯就从床榻上起来了，比他儿子起得还早。当忒勒玛科斯从远处看到国王穿过大厅走来时，他迅即穿上衣服，披上披风朝他走去，并请求国王允许他返家。墨涅拉俄斯亲切地回答他说："亲爱的客人，如果你思念家乡，我当然不会留你再待下去。可总得等我把给你的礼物放到车上，让女仆们为你准备好一桌盛宴吧。"——"高贵的墨涅拉俄斯，"忒勒玛科斯回答说，"我之所以急于返乡，是为了防止在打听父亲消息期间遭人暗算，因为我的家产已被人挥霍，我的敌人正伺机杀害我。"

墨涅拉俄斯一听到这话，火速叫人准备饭菜，并与海伦和儿子墨伽彭忒斯一道去储宝室。在这儿，他本人挑选出一只金杯，让他的儿子拿出一只华美的银罐，而海伦则从自己缝制的衣服中找出一件最美、最大的。他们带着这些礼物返回到客人身边。墨涅拉俄斯把杯子递给忒勒玛科斯，他儿子把银罐放到忒勒玛科斯跟前，而海伦则手捧衣服走向忒勒玛科斯并说道："亲爱的孩子，收下这件礼物吧，这是出自海伦之手的纪念。在新婚的那一天，将它穿到你那年轻的新娘身上；此前，则把它放在你母亲的内室里。祝你愉快地返回你父亲的宫殿。"

忒勒玛科斯怀着深深的谢意收下了这些礼品。当他和他的伙伴登上车时，墨涅拉俄斯又一次走到车前，他右手擎起酒杯向神祇祭酒，祝忒勒玛科斯一路顺风，与他握手道别，并请他们代他向老朋友涅斯托耳问候。正当忒勒玛科斯表达他的谢忱时，一只鹰正好在车前掠过，爪中抓着一只温顺的白鹅，一大群男人和女人在后面叫喊着，紧追不舍。所有人都为这一征兆欢欣雀跃，海伦说："朋友们，听我的预言！如同这只鹰抓走我们家养肥的这只鹅一样，俄底修斯在长期漂泊和受难之后，必将作为复仇者返回家园，去杀死那些养得脑满肠肥的求婚人！"——"愿这是宙斯的旨意，"忒勒玛科斯回答说，"高贵的王后，那我要常年在家里为你祈福，像为一个女神那样。"随后，两个客人策马驱车，第二天他们就顺利地抵达皮罗斯城。忒勒玛科斯在这儿依依不舍地与他的朋友告别，并未前去涅斯托耳的宫殿，而是乘船向故乡进发。

在城内和在王宫

忒勒玛科斯在到达伊塔刻海滨的时候，雅典娜就安排他和自己的父亲见面，并让他配合自己的父亲，惩罚那些求婚人。忒勒玛科斯见完父亲就来到城市港口，一个仆人向求婚者告知了这一消息，求婚人很是震惊。于是这些求婚人开始谋划下一个刺杀计划……

这期间，把忒勒玛科斯及其伙伴带到伊塔刻的那艘船已经抵达城市的港口，他们派出一个使者去见王后珀涅罗珀，告诉她她的儿子已经返家的消息。与此同时，牧猪人也从乡间带来了同样的信息。使者在所有女仆面前对珀涅罗珀大声说道："王后，你的儿子已经回来了。"但欧迈俄斯却在没人在场时秘密向她转达了她儿子所说的话，并且让她派人到他的祖父拉厄耳忒斯那里，也把这一喜讯告诉他。牧猪人说完之后，就又偷偷地原路返回，照看他的猪群去了。

求婚人从不忠的女仆那里得知使者带来了忒勒玛科斯返家的消息。他们愠怒地聚在一起，坐在宫门前的凳子上。欧律玛科斯说道："没想到这个孩子竟能如此顽强地完成这次绕行。咱们赶快派一艘快速帆船去通知埋伏在海峡的朋友吧，告诉他们不要白白地在那里等了，叫他们回来。"可当另一个求婚人安菲诺摩斯转身向海港望去时，他看到，他们朋友们乘的那艘船业已抵达海港了。

"不必去给他们传递消息了，"他叫道，"他们已到了这里。也许有神祇告诉他们忒勒玛科斯已经回到了家里；也许是因为忒勒玛科斯逃掉了，他们没能追上他。"求婚人们站了起来，奔向海岸。随后他们与从船上下来的人一起来到广场——在这个广场上他们只许自己人集会，其他人一律不许入内。安提诺俄斯是去埋伏的那群人中的头头，他站了出来说道："朋友们，他从我们手中溜掉了，这不怨我们！我们每天都派人去海岸高处巡视。即便是太阳落山时，我们也从不留在陆地上，而是不断地在海峡巡逻，想去捉住忒勒玛科斯并悄悄地把他杀死。但一定是有神祇帮助了他，因为没有一艘船在我们面前出现过！我们要在城里把他结果掉，因为这个孩子太聪明了，慢慢他就会长大，胜过我们。"

在他讲完话之后，求婚人们长时间都沉默不语。最终，尼索斯的儿子安菲诺摩斯站了起来，他是求婚人中最高贵、最明智的人，他那机智的言辞甚至曾引起王后珀涅罗珀的注意。他在会上发表了他的意见。"朋友们，"他说道，"我不同意秘密地去杀害忒勒玛科斯！去谋害一个古老王族的最后一个后裔，这有些令人憎恶。我们最好事前问问众神：若是宙斯有同意的表示，那我本人就去杀死他；若是众神反对我们这样做，那我奉劝你们放弃这个念头。"

求婚人们都赞成他的这番话，他们推迟了计划，返回宫殿。这次，依然是王后的秘密拥戴者、使者墨冬把在会议上听到的都告诉给了她。珀涅罗珀听到争执，与女仆们一道匆忙地来到大厅中的求婚人那里。她连面纱都没有披上，用激烈的、令人动容的言辞对这个恶毒计划的倡议人说道："安提诺俄斯，你这个无耻的教唆犯，伊塔刻人错误地尊你为你的伙伴中最明事达理的人，可你从来都不是这样。你蔑视那些连宙斯都同情的不幸者的声音，竟然胆大到想去杀害我的儿子。"

代替安提诺俄斯答话的是欧律玛科斯，他说："高贵的珀涅罗珀，你不必为你儿子的性命担心。只要我活着，就不会有人敢去动你的儿子。在我小的时候，俄底修斯曾多次把我抱在他的膝上摇动，并往我嘴里放进好吃的东西！因此，他的儿子也是所有人中我最喜欢的人。他不必担心会死，至少他是不会被求婚人杀死的。但如果神要他死，那任何人也无法逃避！"这个伪善者说话时的表情十分和蔼，但他心里所想的不是别的，正是死亡。

珀涅罗珀又回到后宫，扑倒在床上，为她的丈夫恸哭不止，直到精疲力竭，睡了过去。

俄底修斯来到城里

忒勒玛科斯先回到母亲的身边，讲述了他在外面遇到的一切。紧接着，俄底修斯和欧迈俄斯也来到城里，一路上化成乞丐的俄底修斯受到人们的谩骂和指责。当他们来到宫殿门口时，俄底修斯看到了昔日自己最宠爱的猎狗，现在也已经被人遗弃。

在同一天晚上，牧猪人回到他的茅屋，这会儿俄底修斯和他的儿子忒勒玛科斯正在忙着用一头宰了的猪准备晚餐。俄底修斯由于被雅典娜的神杖所触动，又变成了一个衣衫褴褛的乞丐，这样欧迈俄斯就认不出他来了。"你从伊塔刻带来什么消息了？"忒勒玛科斯问道，"那些求婚人还一直埋伏在那儿等我吗，还是他们已撤了回来？"欧迈俄斯向他报告说自己看到了两艘船，忒勒玛科斯满意地笑着，朝他的父亲示意，却没有让牧猪人注意到。他们共同进餐，然后躺下安歇。

一清早，忒勒玛科斯便动身进城。但在出发前他对欧迈俄斯说："老人家，我现在得进城去见我的母亲。随后你与这个可怜的外乡人一道前去，好让他能沿街乞讨。我无法把整个世界的重负都担起来，我自己的苦恼已经够多的了。"俄底修斯打心眼儿里对儿子这种掩饰内心的本领感到惊喜，于是他也说道："亲爱的年轻人，我自己不打算再在这儿待下去了，一个乞丐在城市会比在乡下活得更好。你走吧，等我在炉边暖暖

身子，等天气变得暖和些，你的仆人就可以陪我进城了。"

忒勒玛科斯匆忙赶往城里。当他到达宫殿时，天还很早，那些求婚人还没有露面。他把长枪倚放在门柱上，跨过石制门槛进入大厅。女管家欧律克勒亚正忙于用精美的毛皮去铺垫椅子。看到少主人，她饱含欢喜的泪水跑向他，欢迎他归来。其他女仆也围了过来，吻他的双手，吻他的双肩。这时，忒勒玛科斯的母亲珀涅罗珀从房间里走了出来，她妖娆得像女神阿耳忒弥斯，美丽得像爱神阿佛洛狄忒。她哭着把儿子揽于怀抱，吻他的脸和眼睛。"自从你偷偷前去皮罗斯打听你亲爱的父亲的消息，"她啜泣着喊道，"我就没指望能再见到你！快告诉我，亲爱的孩子，你带回来什么消息了？"

"啊，母亲，"忒勒玛科斯回答说，他不得不极力控制住自己的真实情感，"我自己刚刚从死亡中逃脱出来，不要再提起父亲的事情令我苦恼。你现在去洗浴，穿上洁净的衣服，与你的女仆一道去祭祀众神吧，愿他们保佑我们去报仇雪恨。我本人则要去市集，把一个外乡人领进家里——他在路上陪伴我，此刻正在等我去叫他。"珀涅罗珀听从了他的建议，忒勒玛科斯于是奔向市集。他手执长枪，有猛犬跟在后面。雅典娜使他变得雍容华贵，这令所有的市民惊羡不已，就连那些求婚人也立即集聚在一起围了上来，对他大加奉承，心里却怀着鬼胎。可忒勒玛科斯并没有在他们中间停留多久。他坐到他父亲的老朋友门托耳、安提福斯和哈利忒耳塞斯身边，把一些可以讲的事情讲给他们听。随后他向四处漫游的预言家忒俄克吕摩诺斯——这位预言家此时暂住在他的朋友珀剌俄斯那里——表示欢迎，并带他入宫。在这儿，两人洗了个舒服的晨浴，并与珀涅罗珀在大厅里共进早餐。这时珀涅罗珀忧郁地对儿子说道："忒勒玛科斯，我最好是回到内室，在那儿孤独地以泪洗面，像我一向所做的那样。因为你不愿意告诉我你所听到的关于你父亲的消息。"

"亲爱的母亲，"忒勒玛科斯回答说，"我愿意把我听到的一切都告诉你，但愿能使你得到宽慰！涅斯托耳老人在皮罗斯热情地接待了我，可是关于父亲的事他根本没有什么可告诉我的，于是他把我同他的儿子送到了斯巴达。我在那儿受到了伟大的英雄墨涅拉俄斯的殷勤款待，也看到了女王海伦——就是为了她，特洛亚人和希腊人遭受了那么多的磨难。在那儿我终于得到了一些关于父亲的消息，这是海神普洛托斯在埃及告诉墨涅拉俄斯的；他说，他看见我父亲在俄古癸亚岛上陷入困境——仙女卡吕普索强行把他留在她的洞穴里，父亲没有船和水手，无法返回家乡。"

预言家忒俄克吕摩诺斯为女王的戚容而感动，他打断了这位年轻主人的话，说道："女王，他知道的不是全部，请听我的预言：俄底修斯已经回到他的家乡了，现在就在某一个地方；或者他在秘密地等待时机，要把那些求婚人斩尽杀绝。这是真的，征兆已经告诉了我这一切。"——"高贵的客人，愿你的话得到应验，"珀涅罗珀长叹了一声，回答说，"那时我会感谢你的。"在这三个人谈话的时候，求婚人像通常一样在宫前掷铁饼、投长矛；等到了吃午饭的时候，他们返回宫内进餐。

这当儿，牧猪人欧迈俄斯和他的客人已经走在前往城市的路上了。装作是乞丐的俄底修斯肩上背了个破口袋；牧猪人递给他一根棍子，把院子交给奴隶们和狗看管。他俩到达城市水井那里，在那儿遇见了牧羊人墨兰透斯的两个奴隶，他们正赶着肥嫩的山羊进城，供求婚人食用。他们一看到牧猪人和一个乞丐在一起，就大声骂了起来："真的，这就叫一个废物领着另一个废物——物以类聚嘛。你这该死的牧猪人，要把这个饿死鬼乞丐领到哪儿去？挨家乞讨面包皮去吗？不如把他交给我去看管围栏，打扫羊圈，给羊羔喂草，这样他还能吃些羊奶酪和肉，长得胖一点儿呢！可是他什么都没学过，什么也不会，只知道填满他的肚皮。"那个人说着，恶狠狠地往乞丐的屁股上踢了一脚。俄底修斯动也不动地站在那里，心里却恨不得用棍子砸向他的脑袋，让他再也站不起来；但他控制住了自己，忍受住了这种辱骂。墨兰透斯大声呵斥着，继续走去。他到了求婚人那里，坐在他们中间——恰巧是坐在欧律玛科斯的对面，因为他受到求婚人的信赖，求婚人常让他与他们一起进餐。现在俄底修斯和牧猪人也来到了宫前。久别之后重新看到自己的王宫，俄底修斯不禁怦然心动，他抓住牧猪人的手说道："真的，欧迈俄斯，这一定是俄底修斯的家了！这是怎样的一座宫殿、怎样的一些房间啊！围墙和雉堞修得多么坚实，两扇大门又是多么牢固啊！真的，这样的宫堡是坚不可摧的！我也注意到了，好多人正在里面吃喝玩乐，香味扑面而来；歌手的琴声漾出厅外，他在用他的歌儿为他们佐餐！"

他们彼此商量并决定：牧猪人先进去，到厅里为外乡人察看一下情况。正在他俩商量的当儿，门旁的一条老看家狗抬起了头，竖起了耳朵。它叫阿耳戈斯，俄底修斯在去特洛亚之前还喂养过它。它原是一只最好的猎狗，可现在它老了，受到蔑视，卧在门前的一座粪堆上，身上长满了寄生虫。当它看到俄底修斯时，尽管主人化了装，它仍然认出了他。它垂下耳朵，摇晃起尾巴，但由于软弱无力已无法走到主人跟前。俄底修斯注意到了，他偷偷拭掉眼中的泪水。随后，他掩饰住自己的痛苦，对牧猪人说道："躺在粪堆上的那条狗看样子曾是条好狗，现在还能看到它昔日的风采！"——"当然咯，"欧迈俄斯回答说，"它曾是我那不幸的主人最宠爱的猎狗。你真应当在山谷中看到它，在茂密的丛林中它追踪猎物那才叫厉害呢！可现在，自从它的主人走了之后，它便趴在这里，受人蔑视，那些女仆从来就不给它必需的食物！"

说罢这番话，牧猪人就进了王宫。而这条狗，在二十年后终于再次见到了它的主人，于是它垂下头去——它死了。

俄底修斯来到大厅

化成乞丐的俄底修斯来到大厅，那些无赖的求婚者正在载歌载舞，开怀畅饮。俄底修斯故意向他们乞讨面包，有些人对他流露出怜悯之情，有些人则对他充满厌恶，安提诺俄斯甚至用凳子砸向这个可怜的乞丐，求婚者的一切罪行都让俄底修斯恼怒不已。

忒勒玛科斯第一次发现牧猪人在大厅里，他把他喊到自己身边。欧迈俄斯小心地环视四周，拖了一把空椅子坐下——这原是给分肉者在餐前坐的。他依照主人的示意坐到了他的餐桌旁，使者立即给他端上来肉和面包。不久，化装成乞丐的俄底修斯拄着棍子跟跄地走了进来，在门内坐在了木门槛上。忒勒玛科斯一看到他，就从自己面前的篮子里拿出一个面包和一大把肉递给牧猪人，并说道："我的朋友，你把这些食物给那个外乡人。"俄底修斯满怀感激地收了下来，做了祷告，把它们放在脚前的口袋里并吃了起来。

整个进餐期间，歌手斐弥俄斯一直在用他的歌声娱乐宾客；现在他沉默下来，人们听到的只是客人们的狂呼乱叫。在这瞬间，雅典娜隐去了身形，来到俄底修斯跟前，唤他向求婚人乞讨面包——虽然她要他们全都死去，但死法上却要各有不同。俄底修斯听从女神的吩咐，向每一个人乞讨，伸出他的手来，好像他早就是一个老叫花子似的。

有些人流露出怜悯之情，给了他一些食物，却也禁不住发问这个人是从哪儿来的。这时牧羊人墨兰透斯告诉他们："此前我看见过这个人，是牧猪人把他带来的！"安提诺俄斯怒气冲冲地朝着牧猪人骂了起来："你这个下流胚，告诉我们，为什么把这个人带进城里来？我们这儿游手好闲的人难道还少吗？你还要把这样一个好吃懒做的人带进大厅里来！"——"冷酷的人，"欧迈俄斯泰然地回答说，"我们竞相把预言家、医生、建筑师以及娱乐我们的歌手召入大人物的宫廷，却从没有人去请乞丐。他是自己来的，但我们不能因此把他赶出去！只要珀涅罗珀和忒勒玛科斯还住在这里，那对这个人就绝不能这样做。"

但忒勒玛科斯叫他不要说话："欧迈俄斯，不要去理睬他，你知道这个人有种恶劣的侮辱别人的习惯。而你，安提诺俄斯，我要告诉你，你不是我的监护人，你没有权利要我把这个外乡人从这里赶出去。最好是给他食物，不必吝惜我的家产！但当然啰，你是宁愿自己吃独食也不愿与别人分享的！"——"你们看这个倔强的孩子是怎样辱骂我的，"安提诺俄斯叫了起来，"如果每个求婚人都给这个乞丐一份食物，那他三个月内都用不着去乞讨了！"说罢他抓起一只脚凳——这时俄底修斯正路过他的身边，向他乞讨一份食物——暴怒地喊道："是哪个魔鬼把你这不要脸的寄生虫带到了我们这里来！离开我的饭桌！"当俄底修斯嘟囔着退回去时，安提诺俄斯把脚凳向他砸去，击中了他右肩紧贴着颊部的地方。

俄底修斯岿然不动，像一块崖石，他沉默地摇了摇头，心里在想着用什么方法去报复。随后他返回门槛，把装满食物的口袋放到地上，坐了下来，向求婚人抱怨安提诺俄斯对他的伤害。但安提诺俄斯却冲到了他的面前，说："住嘴！吃你的吧，你这个外乡人！不然抓住你，扯起你的脚和手把你扔到门外去，叫你断胳膊少腿！"

珀涅罗珀在自己的内室透过敞开的窗户听到了大厅里发生的一切。她也听到了那个乞丐所受到的不公平对待，对他产生了怜悯之情。她悄悄地让人把牧猪人叫到身边，并吩咐他把那个乞丐带来。"也许，"她补充说，"他知道些我丈夫的消息，甚至还亲眼见过他，因为看样子这个人在各地都流浪过。"——"是的,"欧迈俄斯说道, "要是求婚人静下来并要听的话,他会讲许多的。他已经在我那儿住了三天了,他讲的那些令我着迷,就像一个歌手唱的歌一样。他来自克瑞忒,他说他的父亲与你丈夫的父亲相识。他也知道俄底修斯目前正生活在忒斯普洛托斯人那里,不久就会带大批财富返回家园。"——"快去,"珀涅罗珀激动地说, "把那个外乡人喊来,让他讲给我听!这些傲慢无礼的求婚人!我们就缺少一个像俄底修斯一样的男人。若是他回来的话,那他和忒勒玛科斯很快就会向这群人复仇的!"

欧迈俄斯向乞丐传达了珀涅罗珀的要求,但乞丐却回答说:"我非常高兴能把自己知道的关于俄底修斯的事情讲给王后听,但这些求婚人的行为令我担心。特别是现在,那儿的那个向我掷脚凳的恶人,那么残忍地伤害了我,可不管是忒勒玛科斯还是别的人都没有为我说话,因此珀涅罗珀应该等到日落之后——她该把我让到她的火炉旁坐下,我会把一切讲给她听。"

尽管珀涅罗珀对这个外乡人非常好奇,但她理解他提出的理由,于是决定耐心等待。

俄底修斯和乞丐伊洛斯

一个臭名昭著的乞丐伊洛斯得知变成乞丐的俄底修斯跑到王宫里去乞讨，很是嫉妒。伊洛斯便来到王宫，要和俄底修斯进行比赛，谁失败了就从大厅滚出去。俄底修斯答应了这个挑战，他只是轻轻地打了伊洛斯一下，伊洛斯的骨头还是被他打碎了，他的胜利激起了求婚人的尊敬。

求婚人还一直聚在一起没有散去。这时，一个臭名昭著的乞丐从城里进了大厅。这是一个大肚汉，个头大，却没有力气。他的家里人都叫他阿耳奈俄斯，可城里的年轻人给他起了个绰号，叫他伊洛斯——伊洛斯原是一个使者的名字，而这个乞丐经常传送些消息，于是大家就这样叫他。是嫉妒心把他带到了这里，因为他听说自己有了一个对手，当下便赶来，要把俄底修斯从这里赶走。"老家伙，离开门那儿，"他一走进来就喊道，"难道你没有看到所有人都在使眼色叫我扯着你的腿把你拽出去吗？自动走开，别逼我！"俄底修斯阴沉地望了他一眼，说道："门槛足够容下我们俩。你看起来跟我一样穷，只是嫉妒我分得了你的那一份。不要惹我发火、向我挑衅！"这话使伊洛斯更加恼火，他吼了起来。"你饶什么舌，馋鬼！"他说，"你像多嘴的老太婆一样在唠叨些什么？我左右开弓几巴掌，就能打碎你的下巴、你的嘴，打掉你的牙齿，让它们像从猪嘴里吐出来的一样。你有兴趣与一个像我这样年轻力壮的人进行较量吗?"

求婚人听见两个乞丐争斗,都大声笑了起来,安提诺俄斯说道:"朋友们,你们看到那些放在煤火上炙烤的、填满血和肥油的山羊肠肚了吗?让我们把它们当作是两位高贵的战士的奖品吧!谁是胜利者,谁就拿去,能拿多少就拿多少,并且除了这个胜利者,将来任何其他乞丐都不许进入这个大厅!"

所有的求婚人都赞同他的这番讲话,俄底修斯这期间装作胆小怕事的样子,像一个被苦难折磨得软弱无力的老人。他事先要求求婚人做出许诺,不要在战斗中偏袒伊洛斯。当他们对他做出保证后,俄底修斯便束起衣服,卷起袖子。这时他露出粗壮有力的大腿和胳膊、宽阔雄伟的双肩和强壮的胸脯——雅典娜偷偷地把他变得威武刚健了。求婚人看得目瞪口呆,伊洛斯也开始胆怯了,他的膝盖在发抖。安提诺俄斯等待的这场战斗原本不是这个样子,他变得愠怒起来,说道:"伊洛斯,你这个丢人现眼的家伙,你在这个衰弱

无力的老人面前竟然浑身发颤，你真不如不来到这个世上！我告诉你，如果你被打败了，那我就用船把你送到厄庇洛斯的国王厄刻托斯那里，他是令所有人都感到可怕的人，他会把你的鼻子和耳朵割下来，把你喂狗！"

俄底修斯想了片刻：是把这可怜的家伙一下子就打死，还是轻轻地惩罚他，以免引起求婚人的怀疑呢？他觉得后一种做法更明智些。因此，当伊洛斯用拳击中他的右肩时，他只轻轻地朝他耳后打了一下。可即使这样，俄底修斯还是打碎了他的骨头，鲜血从伊洛斯口中喷出，他牙齿抖个不停，踉跄地栽倒在地。在求婚人的哄堂大笑和鼓掌声中，俄底修斯把他从门口拖走，倚放在墙上，递给他一根棍子，嘲弄地说道："你待在这儿看着狗和猪，别让它们进来！"随后他返回大厅，重新坐在门槛上。

他的胜利激起了求婚人的尊敬。他们都面带微笑走到他跟前，同他握手并说道："外乡人，愿宙斯和众神保佑你心想事成，你使一个讨厌的家伙安静下来，他该到厄刻托斯国王那里去了！"俄底修斯把这个祝愿当作是一个吉兆。安提诺俄斯本人把一大堆山羊肠肚放到他的面前。安菲诺摩斯则带来了两个面包，他斟满酒杯，在掌声中向胜利者举杯祝赞，并说道："为你的幸福，陌生的老人，愿你未来无忧无虑！"

俄底修斯严肃地直视着他的眼睛，回答说："安菲诺摩斯，我看你是一个通达事理的年轻人，我知道你有一位卓越的父亲。记住我的话！在这个世上，除了人，再没有什么是更虚幻、更变化无常的了。只要众神宠爱他，他认为未来就会一帆风顺；然而一旦灾难降临，他便没有勇气去承受。这是我本人的经验之谈，年轻时我仗恃年富力强，在幸福的日子里也做了些不该做的事情。为此，我提醒每一个人不要狂妄傲慢、作奸犯科。求婚人现在如此肆无忌惮，冒犯别人的妻子，这是不明智的；这个人也许不久就会返回家园。安菲诺摩斯，在你没有遇见他之前，愿一个好心的神祇带你离开这里！"

俄底修斯说着，接过酒杯一饮而尽，并把杯子递还给年轻人。这个求婚人垂下头来沉思，忧心忡忡地走出大厅，仿佛预感到将有什么坏事要发生似的。可即使如此，他也没有摆脱掉雅典娜给他定下的厄运。

珀涅罗珀来到求婚人面前

珀涅罗珀看到两个乞丐在大厅决斗，看到外乡人受到不公平的待遇，很是激动，指责了忒勒玛科斯和求婚人，并且向求婚人表明了自己对丈夫俄底修斯的忠贞，但是为了忒勒玛科斯顺利继承王位，为了王宫的安宁，珀涅罗珀接受了求婚人的礼品。

现在雅典娜激起了珀涅罗珀的热情，珀涅罗珀出现在求婚人的面前，使他们中的每一个人都充满了相思之苦，并在她的丈夫——她当然对俄底修斯的在场还一无所知——和儿子忒勒玛科斯面前，以高雅的举止显示其端庄和忠贞。

雅典娜先使俄底修斯的妻子安静地睡了一会儿，赋予她一种超凡脱俗的美。她在她脸上涂上了阿佛洛狄忒在与美惠女神跳完舞时经常用的香膏；她让她变得更加高大、更加丰满；她使她的皮肤像象牙一般闪闪发亮。随后，女神又消失了。

当珀涅罗珀的两个女仆走进房间时，她从沉睡中醒了过来，她揉着惺忪的双眼说道："咳，我睡得多么香甜啊。真愿众神使我就这样香甜地死去，使我不必再为我的丈夫而忧伤，不必再忍受家中的苦恼！"说完这句话，她从椅子上立起身，并从内室走到求婚人那里。她静静地站在拱形大厅的门口，面上罩着轻纱，妩媚艳丽，绰约多姿。求婚人一看到她，心儿都怦怦跳个不停，每个人都渴望娶她为妻。但王后却转身朝着她的儿子说："忒勒玛科斯，我简直不认识你了，真的。你还是个孩子时，要比现在更通情达理。如今你怎能让这样的事情在大厅里发生，居然能让一个在我们家里寻求安宁的可怜外乡人受到如此的侮辱！这使我们在众人面前丢脸啊！"

"好心的母亲，你的激动是对的，"忒勒玛科斯回答说，"我也认识到什么是对的，但是坐在我四周的这些对我怀有敌意的人却都在捉弄我，没有一个支持我。这个外乡人与伊洛斯决斗的结果倒是完全出乎求婚人所料。他们刚才全都耷拉下了脑袋，像坐在外边的那个可怜虫一样！"

忒勒玛科斯说这番话时声音很轻，免得被求婚人听见。这时欧律玛科斯被王后的天姿国色弄得神魂颠倒，他大声喊道："伊卡里俄斯的女儿，但愿全希腊的阿开亚人都能见到你！真的，那样明天就会有更多的求婚人来到这里，因为你的美貌、你的智慧无人能及！"——"啊，欧律玛科斯，"珀涅罗珀回答说，"自从我的丈夫与希腊人去了特洛亚，我的美貌就凋谢了。如果他能回来保护我，我就会重新焕发出青春；但现在我感到悲哀。当俄底修斯离开这儿的海岸，最后一次握住我的手时，他说道：'亲爱的妻子，希腊人不可能全都平安归来。特洛亚人勇猛善战，他们都是出色的长枪投掷手、弓箭射手和战车驭手。我也不知道自己是能够返回还是会死在异乡。你好好管理家园，照料双亲。当儿子长大而我却不再回来时，你可以结婚，离开这个家。'这是他说的话，而现在都变成真的了。悲哀啊，可怕的婚礼临近了，面对这一天我是多么痛苦啊！这儿的这些求婚人有着一种与通常的求婚人完全不同的习俗。其他人若是想娶一个名门贵族的女儿，他们会自己带来牛羊，并给未婚妻送来礼品，而不是毫无补偿地去挥霍别人的家产！"

俄底修斯听了这番聪明的话，内心十分高兴。安提诺俄斯代表求婚人做了这样的回答："高贵的王后，我们中每个人都愿向你献上珍贵的礼品，请你不要加以拒绝。但在你从我们中间选出新郎之前，我们不会返回自己的家乡。"所有的求婚人一致赞同他的讲话。

　　仆人被打发去取礼品。安提诺俄斯送上的是一身绚丽多彩的衣服，上面钉着十二个金别针和精致的金钩。欧律玛科斯呈上的则是一条漂亮的黄金项链。欧律达玛斯赠送的是一副上面镶满宝石的耳环。其他的求婚人每人也都献上了一份特殊的礼物。女仆们把这些礼品如数收下，珀涅罗珀与她们重又返回后宫。

俄底修斯再次受到讥笑

> 暮色降临，求婚人依旧在大厅中恣意享乐。女仆墨兰托对乞丐俄底修斯肆意谩骂，那些求婚人也拿乞丐俄底修斯打趣，言语中充满厌弃，欧律玛科斯更是恶意打骂乞丐俄底修斯。

　　求婚人又歌又舞、恣意享乐，直至暮色降临。女仆在大厅里点上三盏灯用来照明，并搬来些木柴。在她们升起炉火时，俄底修斯走到她们跟前说："你们这些俄底修斯的女仆，听我说，你们最好是坐到尊敬的王后身边去转动纺锤，去梳理毛线。大厅的炉火让我来照料好了！就算是求婚人一直待到明晨，我也不会疲倦。"

　　女仆们彼此相视，大笑了起来。终于，一个年轻漂亮的女仆墨兰托——她由珀涅罗珀抚养长大，珀涅罗珀将其视同己出，但现在墨兰托却与求婚人欧律玛科斯生活在一起，成了他可耻的搭档——放肆地骂道："你这个可怜的乞丐，你是一个真正的傻瓜！你为什么不去灶房或另找一个地方睡觉？这儿的人都比你高贵，难道你要破坏我们的规矩？你是在说醉话，还是说你就是一个蠢材？你要注意，会有人站出来，左右开弓打碎你的脑袋，把你从王宫里扔出去。"

　　"你这条母狗，"俄底修斯阴沉地回答说，"我要把你说的这些无耻的话告诉给忒勒玛科斯，他会把你揍扁的。"女仆们都相信他不是说着玩的，于是全都两膝发抖逃出大厅。现在，俄底修斯一边坐在炉火旁扇火，一边盘算着如何复仇。

雅典娜这时唆使那些狂妄的求婚人去嘲弄俄底修斯，欧律玛科斯对他的同伙说的一番话引起了哄堂大笑："真的，这个人是某位神祇派到这个大厅来的一盏活生生的灯啊——瞧他那光秃秃的脑袋，像不像一只火把在闪闪发亮？"他转向俄底修斯，说道："听我说，你这家伙，有没有兴趣给我当奴隶，在我的庄园里给我清除杂草、照看树木？我会管你吃喝的。但我看出来了，你宁可当乞丐用乞讨来填饱肚子，也不愿意出力流汗。"

"欧律玛科斯，"俄底修斯用坚定的声音回答说，"我愿现在就是春天，那样的话咱们俩就可以在草地上进行一场割草比赛，两个人手执镰刀，直干到深夜，这样就显出谁能坚持得更久了！狂妄的人，你自以为高大和有力量，这是因为你只同少数人较量过。若是俄底修斯返回家里，那么很快你就会发现，这么大的大厅都不够你逃跑用的了！"

欧律玛科斯听罢勃然大怒。"可怜的家伙，"他吼了起来，"你马上就会为自己说的浑话付出代价了！"说完这句话，他就把一只脚凳掷向俄底修斯；但俄底修斯扑倒在安菲诺摩斯膝边，脚凳飞了过去，击中了斟酒侍者的右手。于是酒壶滚到地上，叮当作响，侍者本人惊叫一声倒地。

求婚人喧哗起来，骂这个外乡人扰了他们的兴致。这时，忒勒玛科斯客气而果断地要求客人们去安歇。安菲诺摩斯在人群中立起身来，说道："亲爱的朋友们，你们不要违背你们刚才听到的话。不论是你们还是仆人，将来都不要用话或用行动去伤害这个外乡人。让我们再次斟满酒杯去祭祀神祇，然后各自回家。但这个外乡人最好是留在这里，由忒勒玛科斯加以保护，他在他的灶火旁已经找到了安身之处。"

听从安菲诺摩斯的劝告，求婚人不久都离开了大厅。

俄底修斯试探妻子和女仆

　　当求婚人散去以后，女仆墨兰托又嘲弄起俄底修斯来，珀涅罗珀听到了俄底修斯和女仆的对话，斥责了傲慢的女仆。珀涅罗珀向这个外乡人讲述了自己对丈夫的思念，向他打探丈夫的消息。随后珀涅罗珀招来欧律克勒亚为这位外乡人洗脚，欧律克勒亚是俄底修斯的老女仆，在给他洗脚的时候认出了外乡人就是俄底修斯。

　　现在大厅里只剩下俄底修斯和他的儿子。"快，咱们现在把武器藏起来！"俄底修斯说。他们把头盔、盾牌和长枪都搬到了小屋里去，雅典娜举着金灯走在他们前面，四下里一片光明。"这真是一个奇迹，"忒勒玛科斯轻轻地对父亲说，"宫廷的墙壁在怎样发亮呀！每一根房椽、每一根横梁、每一根柱子都是那么清晰，一切都像火一样在闪耀！真的，一定有一位神祇与我们在一起——一位住在天上的神！"——"小声些，儿子，"俄底修斯回答说，"不要问。这是神祇的习惯。你现在去睡吧，我还得留在这儿，去试探你的母亲和那些女仆。"

　　忒勒玛科斯离开了，此时珀涅罗珀从她的房间走了出来，她像阿耳忒弥斯和阿佛洛狄忒一样美丽。她把镶着白银和象牙的椅子移到火炉旁，铺上羊皮，坐了下去。随即来了一群女仆，移走桌上的面包和酒杯，扇旺炉火，点起宫灯。这时墨兰托又一次嘲弄起俄底修斯来。"外乡人，"

她说，"你要整夜留在这儿，在宫殿里四下窥视吗？若不想火棒飞到你的头上，那就马上离开这里去找你的伙伴去吧！"

俄底修斯阴沉地看着她，说："你为什么对我这样苛刻，因为我是衣衫褴褛的乞丐？难道这不是所有流浪人的共同命运吗？我也曾幸福过，华屋锦食，对那些流浪的外乡人，不管其外表如何，都给予周济；我也有过很多的男女仆人。但这一切都被宙斯夺走了。记住，你这个女人，如果女王对你发起火来，你也会落得这样的下场。"

珀涅罗珀听了乞丐说的这番话，责斥傲慢的女仆道："不知羞耻的女人，我知道你心术不正，晓得你要做什么。你会用你的脑袋付出代价的！难道你没有听我说过，我尊敬这个外乡人，并要在我自己的家里问他关于我丈夫的事情吗？可你依旧胆敢去嘲笑他！"墨兰托吓得脸色煞白。女管家这时给乞丐拿来一把椅子，随后珀涅罗珀开始谈话。

"外乡人，"她说，"首先告诉我你的名字和你的家世。"——"王后，"俄底修斯回答说，"你是一个端庄贤淑的女人，你的夫君的名声显赫，你的人民和你的国土享有很好的声望。你什么都可以问，只是不要问我的家世和故乡。我忍受了太多太多的痛苦，不愿再去回想这一切。我若是去讲述它们，必定会绝望地恸哭起来，你的女仆们甚至你本人便会理所当然地责备我。"珀涅罗珀随即说道："外乡人，你看到了，自从我亲爱的丈夫离开我之后，我的日子也十分痛苦。你数一数，有那么多向我求婚的人，他们在逼迫我，三年来我一直通过一个计谋来逃避他们，可现在这个计谋我无法再继续下去了。"随后，她谈到自己怎样用织衣来欺骗他们，以及女仆如何发现了这个骗局。"我无法再继续逃避结婚了，"她最后说道，"我的双亲在催促我，我的儿子对他的财产被挥霍感到愤怒。你看，我的处境就是这样。你不必向我隐瞒你的身世了，毕竟你不是从橡树里长出来的，也不是从石头里蹦出来的！"

"如果你要求我这样，"俄底修斯回答说，"那我愿意告诉你。"随后他开始发挥他的想象力，讲述那个关于克瑞忒的故事。他讲的是那样可信，使珀涅罗珀流出泪水，对此俄底修斯从内心深处感到愧疚、同情。可即便如此，他的眼睛动也不动，铁石心肠一般，其实是在竭力忍住眼泪。王后哭了好久，随后她开始说道："外乡人，现在我得试试你，看你说的是否是真话。你说过，你曾在自己家里招待过我的丈夫。那你告诉我，他穿的是什么样的衣服，他是什么长相，他的随从是什么样的人？"——"在这么长的离别之后，你还这样要求，我感到有些困难，"俄底修斯回答说，"因为这位英雄在我们克瑞忒那里上岸，已经是二十年前的事了。但就我所能记起的，他的衣服是双层的，紫色，长长的羊毛，还有一只金别针。别针上面绣着一头幼鹿，它在一只猎狗的前爪中挣扎。在紫色披风里面是精致的雪白的紧身衣。他有一个跟随他的传令官，叫欧律巴忒斯，那人驼背，有一张褐色的脸，卷发，他因聪明而受到俄底修斯的敬重。"

王后又开始哭了起来，因为这一切都与她丈夫的穿戴打扮相吻合。俄底修斯用一个新的故事来安慰她，可这故事里也混杂着某些真实的东西。他讲述了自己在特里那喀亚岛的登陆以及在费埃克斯这个地方的逗留。

听上去，这个乞丐对忒斯普洛托斯国王的所有情况都非常熟悉，他还说自己亲眼看见这位国王交给俄底修斯一大批珍宝。"俄底修斯肯定会回来的。"乞丐这样结束了他的讲述。

但他的话仍不能使珀涅罗珀完全相信，她垂下头来说道："我感到他不会回来了。"她吩咐女仆给外乡人洗脚，为他准备舒服的床榻。但俄底修斯拒绝那些可憎的女仆伺候他，并要留在草垫上过夜。"王后，如果你有一个忠实的老女仆，"他说，"她像我一样在生活中忍受了这么多的不幸，那就让她为我洗脚吧。"

"好吧，欧律克勒亚，"珀涅罗珀召唤她的老女仆，"你曾经把俄底修斯抚养长大，你来给这个人洗洗脚吧，他的年岁和你的主人一样大。"——"啊，"她朝乞丐瞥了一眼，"也许现在俄底修斯的脚和手也是这个样子，身处不幸中的人总是未老先衰！"老女仆在说这话时哭了起来。当她准备给外乡人洗脚并从近处观察他时，她说道："有许多外乡人拜访过我们，但像你这样在声音、身材和脚上与俄底修斯如此相似的人，我还从来没有见过！"——"是啊，看到过我们俩的人都这样说。"俄底修斯无动于衷地回答说，随即他坐到炉火旁，给水罐装满水。

当她开始给他洗脚时，俄底修斯小心地躲在阴影里，因为他年轻时右膝上有一块挺大的伤疤，那是他在一次狩猎时被野猪的牙咬伤的。现在他怕被老女仆认出来，便把双脚避开灯光。但他白费心思了，老女仆的手掌一摸到这个部位，她便认出了这块伤疤。由于喜悦和惊讶，她的手一松，俄底修斯的脚落入脚盆里，铜盆发出响声，水花飞溅出来。老女仆呼吸急促，声音哽咽，眼睛里充满泪水。终于，她抓住他的下颚说："俄底修斯，我的孩子，真的是你，"她叫了起来，"我用我的双手感觉到了！"俄底修斯用右手捂住她的嘴，用左手把她拉到身边，轻声说："老妈妈，你要毁灭我吗？你讲的是实情，但不要让宫里的任何一个人知道！如果你说出来的话，那等待你的是与那些坏女仆一样的命运。"——"不必威吓我！"老女仆悄悄地回答，这时他已放开了她，"难道你不知道我的心如铁石一样？你只管提防宫中的其他女仆好了，我要把那些背叛你的女仆的名字都告诉你。"——"你不需要这样做，"俄底修斯说，"我已经知道她们了，你只要保持沉默就行了！"

在他洗好了脚并涂上香膏之后，珀涅罗珀又与他说了一会儿话。"我一直摇摆不定，"她说，"好心的外乡人，我是应该留下来与我的儿子在一起，怀着我丈夫还活着的念头等待，还是应该与求婚人中最高贵的并且献上最宝贵的聘礼的人结为夫妇？忒勒玛科斯还是个孩子时，他的年幼不允许我结婚；但孩子已经长大了，他希望我离开这个家，因为不这样的话，他继承的财产就会被挥霍一空。现在你给我解一个梦吧，因为你看起来很聪明。我家里有二十只鹅，我总是很喜欢看它们吞食麦粒。于是我做了一个梦：一只鹰从山那边飞来，咬断了我的这些鹅的脖子。它们都死了，横七竖八地躺在宫里，而那只鹰则飞走了。我大声哭泣起来，继续做着梦。我觉得好像来了一些邻家妇女，在我苦恼的时候她们来安慰我。那只鹰突然又飞转回来，落在阳台上，并开始用人的声音说起话来。'放心吧，伊卡里俄斯的女儿，'它说，'这是真的，不是梦。求婚人都是鹅；我曾是一只鹰，现在我是俄底修斯。我返回来，是为了杀死所有的求婚人。'这只鹰这样说着，而我醒了。我立即去看我的那些鹅，可它们都安静地在槽边吃食。"——"王后，"伪装成乞丐的俄底修斯回答说，"肯定会是这样，就像俄底修斯在梦里对你说的。他会回来的，没有一个求婚人能活命。"

但珀涅罗珀却叹了一口气，她说："梦都是些泡影，明天就是我离开俄底修斯家的可怕日子了。我要召集求婚人进行竞赛。我的丈夫从前经常将十二把斧头一个接一个地竖立起来，随后他搭弓射箭，一箭就能穿过十二把斧头上的洞孔。他们之中，谁能用俄底修斯的弓显示出这样的本事，我就跟谁。"——"高贵的王后，那就这样做吧，"俄底修斯果断地说，"明天就布置这场比赛，因为在那些人拉开俄底修斯的弓、射穿十二把斧头上的洞孔之前，俄底修斯就会回来。"

宫殿中的夜晚和清晨

夜晚，俄底修斯听到王后的哭泣声，充满了内疚，生怕自己克制不住和王后相认。早上，忒勒玛科斯命令女仆为新月准备庆宴，这时牧人菲罗提俄斯来到大厅，他看到化成乞丐的俄底修斯很是尊敬，毫无怠慢之处，并且相信俄底修斯会回到这个地方。

王后向外乡人道了声"晚安"就离开了，俄底修斯进入前厅，女管家欧律克勒亚在那里为他准备了床榻。一张完整的野牛皮上铺着绵羊褥子，他躺在上面，盖了件披风。俄底修斯在床上辗转反侧，不能成寐。那些站在求婚人一边的可恶女仆经过他身边时对他的嘲笑和讥讽，使他义愤填膺。

这期间，珀涅罗珀刚入睡不久就醒了，她坐在床上大声恸哭起来。她泪流满面，向女神阿耳忒弥斯祷告。"宙斯的神圣女儿呀，"她喊道，"我宁愿你用箭立刻将我射死，或者用一阵狂风把我卷到大洋河遥远的岸边，也不愿对我的丈夫俄底修斯不忠，与一个恶人结为夫妻！即便整个白天哭泣，夜里得到安静，这种痛苦与我所受的痛苦相比也是可以忍受的——一个恶魔甚至在我睡眠时也要用撕心裂肺的幻梦来折磨我！现在我还觉得我的丈夫就站在我的身边，威武雄壮，完全像出征时那样。我的心充满了快乐，因为我敢肯定这是真的呀！"

珀涅罗珀呜咽不已，俄底修斯听到了她哭泣的声音。他真怕自己过早与她相认，于是匆忙地离开宫殿，在露天中他祈求宙斯赐给他一个吉兆，好让自己能顺利实施计划。这时，天空中出现一道巨大的亮光，一声巨大的响雷随即令大地震颤。

大厅中慢慢地喧闹起来。女仆们来来往往生起了炉火。忒勒玛科斯穿上衣服，踏入女仆的房屋，生气地朝女管家喊道："你们给客人送去饭菜、准备床铺了吗？母亲看起来心神恍惚、糊里糊涂，她对那些恶劣的求婚人毕恭毕敬，而对一个出色的人却淡然漠视！"——"你这样说我的女主人是不公平的，"欧律克勒亚回答说，"这个外乡人喝了那么长时间，喝了那么多的酒。他的饭菜足够了，不再需要我们上菜了。我们给他准备了上好的床榻，可他拒绝了。差一些的床铺已经让他感到心满意足了。"

忒勒玛科斯由他的狗陪同，奔向市集的会议。女管家命令女仆为新月节准备庆宴。一些人把紫色毛毯铺到华丽的椅子上，另一些人则用海绵擦洗桌子，还有一些人洗涮酒罐、酒杯，还去井里汲水。求婚人的仆人也来了，他们在前厅劈柴。牧猪人送来几头肥猪，并向他的那位老客人致以亲切的问候。墨兰透斯和他的两个助手赶来了挑选出的山羊，奴隶们则把这些山羊捆绑起来。墨兰透斯在路过俄底修斯身边时嘲弄道："老要饭的，你还待在这儿，不从门这儿离开？看来在你尝到我的拳头之前，我们彼此是不会分手的！"俄底修斯对他的辱骂没做回答，只是摇了摇头。

现在，一个正直的人踏入宫殿，他是牧牛人菲罗提俄斯，他用船给求婚人带来了一头牛和几只肥山羊。经过牧猪人身边时，他说道："欧迈俄斯，前不久来到这儿的那个外乡人是谁？他在身材上太像我们的国王俄底修斯了。灾难也会使一个国王变成乞丐的！"随后他走近化装成乞丐的俄底修斯，握住他的手说："陌生的老人家，你看起来是如此不幸，愿你至少在将来会生活得幸福！一看到你，我就感到惊讶，眼泪夺眶而出，因为我会想到俄底修斯。若是他活着，那他现在也是衣衫褴褛，在各地漂泊！还是孩子时，他就让我为他看管牛群。现在倒是六畜兴旺，可我却得将它们送来供别人享受！若不是我还一直希望有一天俄底修斯会回来把这群无赖赶走，我早就因为气恼而离开这个地方了。"——"牧牛人，"俄底修斯回答说，"看来你不是一个坏人。宙斯作证，我向你发誓，俄底修斯今天就会回来。你将亲眼看见他如何消灭那些求婚人！"

宴　会

> 求婚人陆续地来到了大厅，他们计划好了怎样去谋杀忒勒玛科斯。在这里，他们对俄底修斯依旧出言不逊，对忒勒玛科斯也是充满恶意，求婚人的这些举动彻底惹怒了忒勒玛科斯，他一直等待着父亲发出动手的信号。

　　求婚人也陆续进入宫殿，他们已经在自己的集会上商讨好了如何去谋杀忒勒玛科斯。家畜被屠宰、烧烤并分到每个人的面前。仆人们在酒罐里调制美酒，牧猪人传递酒杯，菲罗提俄斯则分配篮子里的面包，墨兰透斯斟酒。宴会开始了。

　　忒勒玛科斯有意让俄底修斯坐在大厅门槛旁边的一把破椅子上，他面前摆放着一张破破烂烂的桌子。他让人给他送上烤肉，斟满他的酒杯并说道："你在这儿安静地享用吧，我不许任何人来打扰你！"安提诺俄斯本人也警告他的朋友们不要去妨碍这个外乡人，因为他看得出来，这个人受到宙斯的保护。但雅典娜却促使求婚人去对他进行嘲笑。

　　在他们中间有一个很坏的人，叫克忒西波斯，是从萨墨岛来的。"求婚人，你们听着，"他讥笑着说，"这个外乡人虽然早就得到了他的那一份，可如果忒勒玛科斯怠慢了一位如此高贵的客人，那也是不对的！因此，我还要给他一份特殊的礼物，他可以用这份礼物来酬谢那位给他洗净身上污垢的女管家！"随即他从食篮里拣出一只牛蹄，把它掷向乞丐。

俄底修斯忍住怒火，躲了开来，这只牛蹄砸到了墙上。

现在忒勒玛科斯站了起来，喊道："克忒西波斯，算你幸运，没有砸到这个外乡人。若是真的发生了这样的事，我就用长枪刺穿你的身体，你的父亲为你准备的就不是一场婚礼而是葬礼了！在我的家里，我不允许任何人再有这种失礼的行为。我宁可被你们杀死，也不许你们侮辱这个外乡人；我宁可死去，也不愿目睹这一类恶行！"所有的人听到这严厉的话，都一声不吭。最终，达玛斯托耳的儿子阿革拉俄斯站了出来说道："忒勒玛科斯说得对！但是他和他的母亲得把话说清楚了。只要还存有俄底修斯回来的希望，拒绝我们这些求婚人就是可以理解的。但现在毫不怀疑，俄底修斯再也不会回来了。忒勒玛科斯，你应当到你母亲那里，要求她从我们这些求婚人中间挑选一个最高贵的、聘礼也最珍贵的人做她的丈夫，这样你本人将来就能完整地享受你父亲的遗产了。"

忒勒玛科斯从他的位置上站了起来，说道："宙斯做证，我也不愿意这样拖下去，我早就对我的母亲说过，让她从你们这些求婚人中选择一个。但我决不会强迫她离开这个家。"忒勒玛科斯的这番话竟使求婚人放肆地笑了起来，因为雅典娜已使他们的精神变得混乱，他们的脸由于狞笑而变得丑陋不堪。可这种放纵却突然转换为一种深深的伤感，他们的眼睛里都充满了泪水。

预言家忒俄克吕摩诺斯察觉到了这一切。"你们这群可怜人怎么啦？"他说，"你们的脑袋怎么变得糊里糊涂？你们的嘴巴在叫喊着悲哀！我看到所有的墙上都涂抹着鲜血，大厅里和前厅中熙来攘往的都是地狱里的鬼魂，连天空中的太阳都消失了！"但求婚人又重新陷入先前的狂欢之中，开始纵情大笑。终于欧律玛科斯对其他人说道："不久前来到我们中间的这个外乡预言家是个真正的傻瓜。仆人们，快点儿，若是他在大厅里除了黑夜别无所见的话，就把他赶到大街上去。"——"我不需要你的仆人，欧律玛科斯，"忒俄克吕摩诺斯愤怒地回答道，他站了起来，"我的眼睛、我的耳朵、我的脚都很健康，我的理智也十分正常。我自己走，因为神明已经向我预言了灾难，这灾难就要降临于你们，你们中没有一个人能逃脱得掉。"他说完就匆忙地离开了宫殿，去他的主人珀剌俄斯那里，并在那里受到了热情的款待。

但求婚人仍然在继续嘲弄忒勒玛科斯。"忒勒玛科斯，"其中一个说道，"在这个世界上，除了你，没有一个人收留过这样一些恶劣的客人——一个饿怕了的乞丐和一个说预言的傻瓜！真的，你应当带着他俩去周游希腊，到市场上去供人参观赚钱！"忒勒玛科斯沉默不语，并瞥了一眼父亲，因为他在等待父亲发出动手的信号。

射箭比赛

珀涅罗珀拿着俄底修斯的弓和箭来到大厅，她要求求婚人把弓拉满，并射穿一字排开的十二把斧头上的洞孔。这样，她才会做他的妻子。于是便展开了一场别开生面的射箭比赛。

现在珀涅罗珀出场的时刻到了。她拿起一把镶有象牙的漂亮铜钥匙，在女仆们的陪同下前去远处的一座库房，那儿保存有俄底修斯国王各式各样的珍贵物品，都是用青铜、黄金和铁制成的。那儿也有他的弓和装满箭镞的箭袋，这是拉刻代蒙的一个朋友送给他的礼物。珀涅罗珀打开门，拉开了门闩。她进入库房，巡视了一下放满衣服和物件的箱子。她找到了俄底修斯的弓和箭袋，把它们放进一只盒子里。随后她前去大厅，到求婚人那里，身后跟着两个女仆。她请求婚人安静，然后开始说道："好吧，你们这些求婚人，谁能轻易把这张弓拉满，并射穿一字排开的十二把斧头上的洞孔，我就跟他走，做他的妻子。"

随后，她命令牧猪人把弓和箭摆在求婚人面前。欧迈俄斯哭着把武器从盒子里取出来，摆放在那些竞争者跟前。牧牛人也哭了起来，这使安提诺俄斯大为恼火。"愚蠢的乡下人，"他训斥道，"难道你们要用自己的眼泪使我们的女王心里更加难过？用饭堵住你们的嘴巴或者到门外哭去！而我们这些求婚人要进行艰难的比赛，因为拉满这张弓并不容易。在我们中间，还没有一个人能像俄底修斯那样有力——我记得很清楚，虽然我那时还是一个小孩子，还几乎不会说话！"

现在忒勒玛科斯站了起来并说道："这是怎么啦，宙斯使我失去了理智！我的母亲声言准备离开这个家并跟一个求婚人远走他乡，而我竟然还在微笑！好吧，你们这些求婚人，你们在进行一场争夺全希腊最美的女人的竞赛。你们自己知道这一点，无须我来向你们赞美我的母亲。因此，毫不迟疑地弯弓射箭吧！可我本人也有兴趣在这场竞赛中试试身手；若是我战胜了你们，我的母亲就不会离开这个家！"他说着就甩掉紫色披风，从肩上卸下宝剑，在大厅的地面上划出一道沟，把斧头挨个插入地里，然后用脚把周围的土踏实。所有人都对他的力量和准确性大加赞叹。随后他自己拿起弓来，站在门槛上。他试了三次想把弓拉开，但三次都失败了——他的力量不够。于是他第四次张弓，若不是他父亲示意他放弃，这次他肯定可以成功。"神祇，"他喊道，"我若不是一个弱者，那我就是太年轻了，无法抵抗一个对我进行侮辱的人！你们其他人去试吧，你们比我更有力量！"随后他把弓箭放在门旁，重新坐到椅子上。

现在安提诺俄斯面带胜利的表情站了起来，他说："朋友们，现在让我们由左到右，循着传递酒杯的顺序，轮流开弓吧。"第一个站起来的是勒伊得斯，他是唯一一个对求婚人的胡作非为感到不满的人，他恨这一群人。他踏上门槛，试图把弓拉开，但是失败了。"换一个人试试吧，"他喊道，两只手无力地垂了下来，"我不行！也许没有一个能行。"说罢，他就把弓箭放在了门旁。但安提诺俄斯责备道："你说这话真令人不快，勒伊得斯。你拉不开，别人也拉不开？墨兰透斯。"他转身对牧羊人说："点盆火，放在椅子前面，到房里去取一大块猪油，我们要烘烘这变得干硬的弓，给它涂上油膏，那就好用多了！"牧羊人按照他的吩咐做了，但还是无济于事，求婚人一个接着一个试图拉开弓，但都失败了。最后只剩下两个最勇敢的人了：安提诺俄斯和欧律玛科斯。

复 仇

俄底修斯在欧律科玛斯和安提诺俄斯要完成最后的比赛时，拿起自己的弓和箭射死了安提诺俄斯。大厅里乱成一团，这个外乡人的举动让求婚人都吓得面色煞白。俄底修斯和儿子在牧猪人和牧牛人的帮助下，开始了复仇计划，求婚人全部死于他的箭下。

俄底修斯撕下身上的破衣服，跳到高高的门槛上，手执弓和装满箭镞的箭袋。他把箭镞倒在脚下，朝着求婚人喊道："第一轮比赛已经结束，求婚人！现在是第二轮了！这次我给自己选一个还没有任何一个射手射中过的目标——我想我是不会射不中的。"说罢，他就把弓对准了安提诺俄斯。俄底修斯一箭射中他的咽喉，箭尖从其颈部穿过。安提诺俄斯鼻中喷出一股鲜血，身子朝旁边栽倒，脚撞翻了摆满饭菜的桌子。

求婚人一发现安提诺俄斯倒下，就都从座位上跳了起来。他们去大厅墙壁那里搜寻武器，但墙上面既看不到长枪也看不到盾牌。他们大声叫骂道："你这该死的外乡人，为什么要射人？你射杀了我们最高贵的同伴。但这是你最后的一箭，很快鹰就会把你撕碎。"他们还以为俄底修斯是误射的，更没有想到这将是他们共同的命运。俄底修斯从高处用雷鸣般的声音喊道："你们这群狗，你们以为我永远不会从特洛亚回来了？于是你们就挥霍我的家产、诱骗我的仆人，在我还活着时向我的妻子求婚，全然不怕得罪神祇和人心！现在你们灭亡的时候到了！"

求婚人一听，都吓得面色煞白，战栗不止。每个人都一声不响地环顾四周，看如何逃命。只有欧律玛科斯镇静下来，他说道："如果你真的是伊塔刻人俄底修斯，那你责备我们是对的，因为在你的宫殿里和在你的国家，我们做了许多不得体的事情。但这所有的过失你都已用弓箭清算了，因为安提诺俄斯是罪魁祸首，他从没有认真地向你的妻子求婚，事实上他自己想要成为伊塔刻的国王，并要偷偷地杀害你的儿子。现在他已得到了惩罚。你应当宽恕你的同胞，和解为贵！我们每个人给你二十头牛作为挥霍你的财产的补偿，还有青铜和黄金，随你要多少！"——"不，欧律玛科斯，"俄底修斯阴沉地回答说，"即使你们把全部家财都给我，甚至更多些——不把你们全部结果掉，不用你们命来为你们的恶行赎罪，我是不会罢手的。来吧，随你们怎样，是战斗还是逃跑，总之我是一个也不会放过的！"

求婚人心惊胆战。欧律玛科斯又一次说话了，但这次是对他的朋友："亲爱的伙伴们，这个人的双手没有人能阻挡得住。拔出宝剑，用桌子来抵御他的弓箭吧！然后我们冲上去，把他逼下门槛，同时散到城市里去召集我们的朋友。"说罢，他从剑鞘里抽出宝剑，大吼一声冲上前去。但俄底修斯的箭已射穿了他的肝脏，宝剑从他的手中滑落；他同桌子一同栽倒，饭菜和杯盘滚落满地——他额头触地，躺在那儿死了。

这时，安菲诺摩斯手执宝剑冲向俄底修斯，试图打开一条通路。但忒勒玛斯科的长矛刺中了他的后背，直透过前胸，使他扑倒在地。随后，忒勒玛科斯从求婚人中一跃而出，与他父亲并立在门槛上。他带来了一面盾牌、两支长矛和一顶铁制头盔。随后他奔出门外，跑进武器库，为他自己和朋友们找到四面盾牌、八支长矛和四顶上面带有马毛饰物的头盔。他和两个忠实的牧人全都武装了起来。他们给俄底修斯带来了第四副装备，四个人并排站在一起。

只要手上还有箭镞，俄底修斯每发必定射杀一个求婚人。射完之后，他把弓倚在门旁，迅速拿起四层厚的盾牌，戴上头盔，握起两支粗壮的长矛。这个大厅还有一个可供人进入走廊的侧门，它的出口很窄，只容得下一个人通过。俄底修斯把这个小入口交由欧迈俄斯去把守，可欧迈俄斯正在武装自己，那个地点没人看守。求婚人中的阿革拉俄斯发现了这个情况。"怎么样，"他喊道，"我们不如从侧门逃跑，进入城里去鼓动人民，那么这个人不久就完蛋了！"

"那不行，"站在附近的牧羊人墨兰透斯——他是与求婚人站在一起的——说道："小门和通道太窄了，只容得下一个人通过，他们只要有一个人守在那里，咱们就谁也出不去。最好是让我一个人偷偷地溜出去，我会给你们弄来足够多的武器。"说罢他就溜了出去，返回时带来了十二面盾牌和同样多的头盔、长枪。俄底修斯突然发现他的敌人身披铠甲、手中挥动着长枪，吃了一惊，对儿子说道："这一定是不忠的女仆或那个坏透了的牧羊人干的。"

意外的是，有一个人成了第五位战士：这便是化身为门托耳的雅典娜。俄底修斯认出了女神，高兴极了。当求婚人发觉有一个新来的敌手时，阿革拉俄斯愤怒地叫了起来："门托耳，我告诉你，不要受俄底修斯的欺骗来反对我们求婚人，否则我们不但杀死他们父子，而且也要杀死你和你的全家。"雅典娜听到这话怒火中烧，她对俄底修斯说："朋友，我觉得你的勇气还不如你十年前在特洛亚城所表现的。那座城市由于你的计谋而陷落；可现在，在自己的国家里，在保卫你自己的宫殿和财产时，面对求婚人你却怎么犹豫起来了？"她说这话是为了鼓起他的勇气，她并不想为他去进行战斗。突然间，她飞鸟般地飞走了，像一只燕子一样落在屋顶的房椽上。

"门托耳又走了，这个吹牛皮的家伙，"阿革拉俄斯朝他的朋友们喊道，"又只剩下四个人了。我们人多势众，进行战斗！不要把你们的长枪一下子都投出去——第一批六支，把所有的长枪都给我瞄准俄底修斯！他若完了，其他人就容易多了！"但雅典娜却使他们的投枪落了空：一支击到门柱上，一支击中大门，其他的都钉到了墙上。

现在，俄底修斯朝他的朋友们喊道："瞄准，投！"四个人都掷出了投枪，全部命中：俄底修斯击中了得摩普托勒摩斯，忒勒玛科斯击中的是欧律阿得斯，牧猪人击中的是厄拉托斯，牧牛人击中的是庇珊得洛斯。剩下的求婚人纷纷逃到大厅的角落里。但不久，他们又走了出来，从尸体上拔出长枪。他们又投出了九支长枪，但大多数都没投中目标，只有安菲墨冬的长枪擦伤了忒勒玛科斯的手腕，克忒西波斯的长枪透过盾牌刺破了牧猪人的肩膀。

俄底修斯击中了欧律达玛斯。现在，他用长枪刺杀了达玛斯托耳的儿子阿革拉俄斯，忒勒玛科斯的长矛则刺穿了勒俄克里托斯的肚子。这期间，雅典娜挥动她的神盾，从屋顶上下来，追得求婚人胆战心惊，他们在大厅里四下逃窜。俄底修斯和他的朋友们从门槛上跳下来，在大厅里追来逐去，所到之处，头颅碎裂，尸骨横陈，血流遍地。

求婚人勒伊俄得斯扑倒在俄底修斯脚下，抱着他的双膝，叫喊道："饶恕我吧！我从没有在你的家中做过坏事，我劝过他们，可他们不听我的！我成了他们的牺牲品，我什么也没做，难道我也犯了死罪？"——"如果你

是他们的牺牲品，"俄底修斯阴鸷地回答说，"那你至少要为他们祈祷呀！"说着，他拿起阿革拉俄斯掉在地上的宝剑，当勒伊俄得斯还在喋喋不休地求饶时，砍掉了他的脑袋，偌大的头颅滚落在尘土之中。

歌手斐弥俄斯站在侧门附近，手中还拿着竖琴。对死的畏惧在逼使他放弃：是穿过小门逃到庭院里去，还是跪下来求俄底修斯饶命？终于，他决定选择后者，把竖琴放到地上，跪倒在俄底修斯脚下。"请你饶了我吧，"他喊道，抱住他的双膝，"如果你杀死歌手的话，那你会后悔的，歌手用他的歌使众神和人得到快乐。我是神祇的徒弟，我要像赞颂神祇那样来赞颂你！你的儿子可以为我做证，我不是自愿来到这里的，是他们逼我来为他们歌唱的！"

俄底修斯举起了宝剑，但他迟疑不定。这时，忒勒玛科斯跳了过来，他喊道："住手，父亲，不要伤害他！他是无罪的！也应当让使者墨冬活命——我还是孩子时，他就细心照料我，并希望我们幸福平安。"墨冬正裹着一张新牛皮藏在一把椅子下面，他听到忒勒玛科斯为他求情，就钻了出来，跪在他的脚下哀求。这使面色阴沉的俄底修斯笑了起来，他说："你们俩放心吧，忒勒玛科斯的求情保护了你们。出去吧，告诉人们，善有善报，恶有恶报。"两个人奔出大厅，在前院坐了下来，还在因对死亡的恐惧而颤抖个不停。

惩罚女仆

俄底修斯在复仇之后，开始惩罚那些不忠的女仆。他让她们把那些求婚人的尸体搬走，打扫大厅，然后将她们全部杀死。整顿好宫殿之后，俄底修斯还不忘对那些忠心的女仆予以感谢。

俄底修斯环视四周，看到没有一个敌人活着了。他们都四下里躺在那儿，像被渔夫从网里扔出来的鱼一样。这时，他让儿子把女管家喊来。他一看到她走来就朝她喊道："高兴吧，老妈妈，但不要欢笑！凡人不该为被杀的人欢呼！是众神的惩罚落到这些人的头上，而不是我。但现在，把宫里那些不忠于我的女人的名字告诉我。"——"宫中有五十个女仆，"欧律克勒亚回答说，"她们中有十二个对你变心了，既不听我的，也不服从珀涅罗珀，因为母亲并没有把管理女仆的权力交给儿子。但先让我去唤醒我那正在睡梦中的主人吧，国王，让我去向她报喜讯。"

"先不要去叫醒她，"俄底修斯说道，"先去把那十二个不忠的女仆叫过来。"

欧律克勒亚听从吩咐，不久这些女仆便战战兢兢地出现在了他的面前。这时，俄底修斯把他的儿子和两个忠诚的牧人喊到身边，并说道："吩咐这些女人动手把尸首都搬出去，然后让她们用海绵拭洗桌椅，把整个大厅打扫干净。她们做完了之后，就把她们带到厨房和宫墙之间的空地上，用剑把她们全都杀死。"

这些女人挤在一起哀求着，哭泣着，但俄底修斯赶着她们去搬尸首，去拭洗桌椅，去清扫地面，去运走门前的垃圾。随后，牧人把她们赶出宫殿，领到厨房和宫墙之间……那儿无路可逃，只有等待死亡。那个恶毒的墨兰透斯也得到了惩罚，他被带到前庭砍了脑袋。当武勒玛科斯和牧人把这项工作完成之后，复仇已经结束了，他们返回宫殿俄底修斯那里。

随后，俄底修斯吩咐欧律克勒亚去弄炉火和硫黄来熏烤大厅、房屋和前厅。她在离开之前给她的主人送来了披风和紧身衣。她说："我的孩子，我们大家的主人，你不应当穿这身破烂衣衫站在大厅里，你是高贵的英雄，这与你太不相称了。"但俄底修斯却把衣服放在一边，吩咐老女仆快去做自己的工作。在熏烤大厅和房间的时候，她也喊来了那些忠心的女仆。她们很快拥在尊敬的主人四周，含着欢喜的泪水向他问安，把她们的脸贴在他的手上，并亲吻它们。俄底修斯由于喜悦而流泪，啜泣不止。

俄底修斯和珀涅罗珀

欧律克勒亚将俄底修斯归来的消息告知王后珀涅罗珀，但王后对俄底修斯充满怀疑，不敢轻易相信他。最后，他们互相说出彼此的秘密，王后在确认眼前这位异乡人是自己的丈夫时，与他深情相拥。

欧律克勒亚完成了熏烤工作，她匆忙地来到后宫——现在，终于能向她的女主人通告她的丈夫俄底修斯回家来的喜讯了。她踏入珀涅罗珀的内室，对她说道："亲爱的孩子，快醒来，你该用自己的眼睛看看你期待的事情——俄底修斯回家了！俄底修斯终于回到宫殿来了！他把那些无法无天的求婚人都杀死了，那些人那么厉害地逼迫你，挥霍他的财产，辱骂他的儿子，他把他们全都杀光了！"

珀涅罗珀揉了揉睡意惺忪的双眼，说道："老妈妈，你是一个傻瓜！你为什么用你那骗人的消息来打扰我的清梦？自从俄底修斯走了之后，我还从没有睡过这样一个好觉！"

"孩子，你别发火，"女管家说道，"就是那个外乡人，那个乞丐，那个大家都嘲笑的乞丐。你的儿子忒勒玛科斯早就知道了，但在向那些求婚人复仇之前，他要保守秘密。"

女王一听到这话就从床上跳起，抱住老女仆，眼泪夺眶而出。她说："老妈妈，如果你说的是真话，如果俄底修斯真的在家里，那告诉我，他怎么能打败那么多的求婚人？"——"我自己既没有看见也没有听见，"欧律克勒亚说道，"因为我们女人都心惊胆战地被关在屋子里。但当你儿子把我喊出去时，我看到你的丈夫站在那儿，四周都是尸体。他虽然满身血污，但你看到他定会欣喜若狂，孩子。现在尸体都被搬到宫殿大门外很远的地方了。整个房子我都用硫黄熏过了，你可以不必害怕到那儿去了。"

"老人，我还一直不敢相信，"珀涅罗珀说道，"一定是一位神祇，是他杀死了那些求婚人。但俄底修斯——不，他在遥远的地方，他不会活着回来了！"——"你这多疑的人，"女管家摇着头说道，"我再告诉你一个确凿的证据。你知道他身上那处被野猪咬伤的疤痕吧？那会儿，当我按照你的吩咐给这个乞丐洗脚时，我就认出了那块伤疤，准备当场就告诉你，但他严厉地制止了我。"——"那让我们到那儿去。"珀涅罗珀说道。她由于恐惧和喜悦而颤抖起来。她们俩一道跨过门槛，进入大厅。珀涅罗珀一言不发地坐在俄底修斯对面，炉火在熊熊燃烧。俄底修斯坐在柱旁，垂下眼睛，等着她说话。但惊愕和怀疑使王后沉默不语。最后，忒勒玛科斯走向母亲，半带微笑半带责备地说道："母亲，你怎能如此无动于衷地坐在这儿？到父亲跟前，去问问，去说说！当一个女人的丈夫历经磨难二十载返回家园时，他的女人该是怎样一种表情！难道你胸中那不是一颗心而是一块石头？"

"啊，亲爱的儿子，"珀涅罗珀回答说，"我不能向他打招呼，我不能问他，我不能直视他的脸！如果真的是他，如果他真的是我的俄底修斯，他回到了自己的家，那我们彼此是会认出来的，因为我们有别人所不知道的秘密。"这时俄底修斯转向他的儿子，面带微笑，说道："让你母亲试探我好了；她蔑视我，因为我穿着这样一身破衣烂衫。让我们看看吧，看我们是如何向她证实的。但现在有另外一些急事要做。你知道，若是有谁哪怕只杀了一个同族的人，那他就要逃离家园，即使只有少数几个要为死者复仇。可我们杀死了伊塔刻和邻近岛屿上一些高贵的年轻人，他们是国家的栋梁，我们该怎么办？"

"父亲，"忒勒玛科斯说，"这你得自己来想办法。毕竟你是世上最最聪明的谋士。"

"那我就告诉你们我自认为是最聪明的做法吧。"俄底修斯说道，"你、牧人和屋里所有的人，首要的是洗一个澡，穿上最华美的衣服。歌手手执竖琴，我们大家跳舞。路过此地的每一个人都会以为节庆还在继续，那样一来求婚人被杀害的传言就不会在城里散播开来，而在短时间里我们就可以到乡下我们的庄园那里去。那时一位神祇就会告诉我们下一步该做什么了。"

不久，宫殿里便响起了一片跳舞声和琴声。民众集聚在马路上，彼此交谈："不必怀疑了！珀涅罗珀又结婚了，宫里在举行婚礼。"直到傍晚，人群才散去。

俄底修斯在洗浴和涂上香膏之后又回到大厅，重新坐在他的王座上，面对着他的妻子。"奇怪的女人，"他说道，"众神给了你一副铁石心肠。没有一个女人会在她丈夫经历二十年苦难返回家园时如此顽固地拒绝相认。欧律克勒亚，我得求你了，给我找个地方安排床铺，因为这儿的这个女人有一颗冷酷的心！"

"不可理喻的男人，"珀涅罗珀说道，"不是骄傲，不是轻视，也不是类似的情感使我对你有所保留。你乘船离开伊塔刻时的样子，我还记得很清楚。好吧，欧律克勒亚，给他在卧室外安排一张床铺，把他的床上用品拿出来，铺上毛皮、毛毯。"

珀涅罗珀这是在试探她的丈夫。但俄底修斯却愠怒地望了她一眼说："这是一句伤人的话，女人。我的床铺没有一个凡人能移得动，即使是他使出年轻人的全部力量也不行。这是我自己做的，它有一个巨大的秘密。在这座宫殿的中心有一棵茂盛的橄榄树，它长得像一根柱子。于是我就把住房建造在这里，里面就是卧室。当房屋用石头砌好时，我就把橄榄树的树冠砍掉，从根部把树干刨平，使它成为床的一条腿，床与树干是一个整体。然后我用黄金、白银和象牙装饰床架，用坚实的牛皮绳做成床绷子。这便是我们的床榻，珀涅罗珀！我不知道这床还在不在，但有谁想动它，就必须把橄榄树从根部砍断。"

女王一听到这个秘密，双膝就颤抖了起来。她哭着从座位上立起身来，奔向她的丈夫，拥抱他，亲吻他。随后她说道："俄底修斯，不要生我的气！我这颗可怜的心经常恐惧不安，我怕有一个狡猾的骗子来蒙蔽我。现在，你说出了除了你和我没有第三个凡人所知道的秘密，我不再怀疑了，我相信了！"当她这样说的时候，俄底修斯的心由于悲痛而震颤起来，他哭着把他忠贞的妻子拥在胸前。

俄底修斯和拉厄耳忒斯

俄底修斯在安排好王宫的防备之后，来到父亲拉厄耳忒斯的农庄，看到父亲失去了昔日的仪表，变得苍老年迈，俄底修斯充满内疚。

翌日清晨，俄底修斯一大早就做好了旅行的准备。"亲爱的妻子，"他对珀涅罗珀说道，"我们现如今已饮够了苦酒，你为我的不在而哭泣，我则由于宙斯和众神而不能返归家园。现在，在我们重新团聚之后，我们的统治、我们的家产重又得到了保障。你照管宫中留下的所有财产；由于求婚人的挥霍而失去的，一部分由他们最后在求婚时所赠送的礼品来加以弥补，一部分由我从异乡带回来的战利品和赠礼来加以补充。现在我要去我那善良而年迈的父亲长期居住的庄园。但我劝告你，要与你的女仆待在后宫里，不要使任何人有机会来与你说话、来问你什么，因为求婚人被杀害的流言已经慢慢在城市里传布开来了！"

俄底修斯说完就背上宝剑，唤起他的儿子和两个牧人，三个人立即按照俄底修斯的命令同样拿起武器，与他一道穿过城市。他们的保护神雅典娜用浓雾遮住他们，这样城市里便没有一个人认得出他们。

没过多久，四个人就来到老人拉厄耳忒斯那美丽的、经营得井井有条的农庄。在庭院的中心是住房，四周是些辅助房屋。耕种土地的奴隶们吃住都在这里。这儿还住着一个西西里女人，她在这座孤零零的庄园里细心地照料着老人拉厄耳忒斯。当俄底修斯一行四人站在住房门前时，他对儿子和牧人说道："你们先进去杀一头肥猪做午餐。我要到田里去，我那善良的父亲一定在那里劳作，我要试试他，看他还能不能认出我来。用不了很久，我便会与他一道返回，然后我们共同欢宴。"俄底修斯把剑和长矛交给他们，他们随即向屋内走去。

俄底修斯则去田里找他的父亲。终于，在一排排美丽的树木中，他见到了正在种一棵小树的父亲。老人看起来像是一个年迈的奴隶，身穿一件粗糙的、脏兮兮的、到处打着补丁的上衣；胫骨上缠着一副牛皮绑腿，这是用来防备荆棘的；手上戴着手套；头上戴着一顶羊皮帽子。老人身着这副可怜的装束，老态龙钟，脸上布满了忧愁的痕迹。俄底修斯目睹此景，悲痛地倚在一棵梨树上，伤心地哭了起来。他真想拥抱他的父亲，亲吻他，立即告诉他自己是他的儿子，现在回到了父辈的土地……可他害怕这意外的惊喜会对老人造成伤害。于是他决定，用温和的责备去加以试探，好先要他有一个思想上的准备。

于是，正当老人弯下身子去给小树苗松土时，他走上前去说道："老人家，看来你对栽种果树很在行呀！葡萄、橄榄树、无花果树、梨树和苹果树都侍弄得好极了；花卉和蔬菜也都得到了细心的照料。但有一点我觉得不好，恕我坦白说，你自己没有得到很好的照顾——怎能穿这样可憎的衣服呢！你的主人做得不对。你的身材魁梧，有着一副高贵的仪表。像你这样一个人，应当沐浴，吃得好，享受一个老人应该得到的东西。告诉我，谁是你的主人，你在为谁侍弄这些果树？难道这个地方真的是刚才我遇到的那个人告诉我的伊塔刻？那个人可不是一个有礼貌的家伙，当我问他我要在这儿拜访的人是不是还活着时，他根本不回答我。在好长时间之前，我在我的家乡曾留宿过一个男人，他来自伊塔刻，并告诉我说他是国王拉厄耳忒斯的一个儿子。我十分热情地招待了这位高贵的朋友，当他离开我时，我送给了他一大批贵重的礼物。"

拉厄耳忒斯一听到这个消息就抬起头来，眼泪夺眶而出。他说："好心的外乡人，你当然是来到了你打听的地方。但住在这里的是些骄横无耻的人，你即便用上全部礼品也无法使他们满足。你要找的那个人不在这儿了。若是你还能在伊塔刻看到他活着，那他一定会用丰厚的礼品来回报你的馈赠！但告诉我，你那不幸的朋友，即我的儿子自拜访你到现在有多久了？你是谁？你从哪儿来？你的船停在哪儿？你的伙伴在哪儿？或者你只是一个旅行者，租别人的船在我们海岸登陆？"

"尊敬的老人，我不向你做任何保留，"俄底修斯回答说，"我叫厄珀里托斯，是阿吕巴斯的阿斐达斯的儿子。一场风暴使我身不由己地从西卡尼亚来到你们的海滨，我的船就下锚在离城市不远的地方。你的儿子俄底修斯离开我的家乡至今已五年有余。他走时心情愉悦，幸运的鸟陪伴着他。我想，作为朋友的我们应该还能经常见面并互赠珍贵的礼物。"

老人眼前一片漆黑，他用双手捧起一把黑土，撒向自己的白发，大声恸哭起来。此时俄底修斯心肝欲裂，他冲向他的父亲，拥抱亲吻他，喊道："我就是他呀，父亲，我就是你问的那个人啊！二十年了，我现在回到了故乡。擦干你的泪水，忘掉痛苦吧，因为我已将所有的求婚人杀死了！"

拉厄耳忒斯惊奇地望着他，终于大声地喊道："如果你真的是俄底修斯，如果你真的是我那回家的儿子，那就给我一个确实的证据吧，好让我能够相信。"——"亲爱的父亲，看看我身上的这块疤痕，"俄底修斯回答说，"这是野猪咬的伤疤。我要指给你看的第二个证据是那些你从前赠给我的果树。那时我还是一个孩子，陪你到花园里去，我们在一排排树中散步，你指给我看各种不同的果树并告诉我它们的名字。你曾送给我十三棵梨树、七棵苹果树、四十棵无花果幼树和五十棵葡萄树。"

老人不再怀疑了，他大声地喊道："宙斯和众神啊，你们永生，否则求婚人不会受到惩罚！但现在，我的儿子，因为你，一种新的恐惧令我不安啊。伊塔刻和附近岛屿上的一些高贵家族，由于你而失去了他们的儿子，这座城市和周围地区都会起来反对你。"——"亲爱的父亲，不必害怕，"俄底修斯说道，"你现在不必为此担心。跟我回你的屋里去，你的孙子忒勒玛科斯，还有牧猪人和牧牛人都在等你，饭菜都已准备好了。"

父子二人一道回到屋里，看到忒勒玛科斯和两个牧人正在忙着切肉斟酒。拉厄耳忒斯在饭前沐浴、涂抹香膏，随后他多年来第一次穿上了自己的华服。就在他穿衣服的当儿，女神雅典娜隐身接近他，使老人变得神采奕奕、仪表堂堂。当他再次出现在他们面前时，他的儿子俄底修斯惊奇地望着他说道："父亲，肯定有一位神祇使你变得如此高大威严！"——"是的，众神做证，"拉厄耳忒斯说，"若是我昨天在大厅里与你在一起并肩战斗，肯定有一些求婚人会倒在我的脚下！"

城中叛乱

求婚人被杀的消息很快传遍伊塔刻城，求婚人的家属都武装聚集起来，想要对俄底修斯进行报复。于是他们就以欧珀忒斯为首领，发动了一场叛乱。

　　这期间，流言在伊塔刻城中传布开来，大家相互转告求婚人所遭到的可怕厄运。现在，死者的亲属从四面八方涌向俄底修斯的宫殿，他们在庭院的一处偏僻角落里发现了堆放的尸体。他们大声地恸哭，威胁着喊叫，将死者搬了出去，在市集广场进行安葬。安提诺俄斯的父亲欧珀忒斯从他们中间站了出来，他是一个强壮有力、享有众望的人，儿子的死令他心如刀绞。他含着眼泪对大家说："朋友们，想想这天大的不幸吧，这是我现在所要控告的男人给伊塔刻和邻近城市带来的！二十年前他把我们那么多勇敢的人拐骗到他的船上。他丧失了他的船，丧失了他的伙伴。最后他独自一人返了回来，杀死了我们这么多高贵的年轻人。来呀，趁这个罪犯还没有逃到皮罗斯忒厄利斯之前，赶上他，抓住他！否则我们会蒙羞受辱，愧对我们的后代子孙。若是我们——他们的先人——不对谋杀我们的儿子和兄弟的凶手进行惩罚的话，我们何以为人！"

　　聚集起来的人听到他的话都激动起来。就在这当儿，歌手斐弥俄斯和使者墨冬从王宫走了出来，踏入市集的人群之中。墨冬发言了，他说：

"伊塔刻人，听我说。俄底修斯所做的，我可以向你们发誓，若没有神的旨意，那他是无法做到的。我本人看到了神，他化身为门托耳，一直站在他的身边，他时而赋予俄底修斯力量，时而在大厅里使求婚人的精神陷入混乱。他们一个个横尸当场，这是神意啊！"

人们听到使者的话，感到非常恐怖。这时，一个白发老人，玛斯托耳的儿子哈利忒耳塞斯站了出来，他是人群中唯一一个有远见卓识的人。他说道："伊塔刻人，听我说，我要向你们说心里话。发生的这一切，罪过在于你们自己。你们为什么要那样放纵自己？你们为什么不听我和门托耳的劝告？当你们的儿子每天都到人家王宫去挥霍人家的财产，并向他的妻子提出不光彩的要求时——好像他永远都不会回来似的——你们为什么不去管教他们？现在在宫里发生的一切，都应归咎于你们。如果你们足够聪明，就不要去与这个人做对，他只是处置了他的敌人；若是你们一意孤行，那么灾难将降临到你们头上。"这番话立即在人群中激起了混乱和争论。一部分人愤怒暴躁地站了起来，另一部分人则认为这话有理。那些情绪激昂的人支持欧珀忒斯的建议。他们武装起来，聚集在城前的平地上，欧珀忒斯成了这群人的首领，他们动身前去为求婚人复仇。

当雅典娜从奥林帕斯山上俯视，发现了这支队伍时，她走到父亲宙斯的面前说："众神之主，告诉我

你智慧的决定。你是要通过战争与不和去惩罚伊塔刻人，还是想使双方的争端和平解决呢?"——"女儿，你怎么还要问什么决定呢?"宙斯回答说，"你不是已按照我的意志做出了决定，并要俄底修斯最终作为一个复仇者返回故乡吗? 这一点你已经实现了，那就继续按你的意愿去做吧。但如果你想要知道我的想法，那就是：俄底修斯在惩罚了求婚人之后，便订立神圣的盟约——他永远是他们的国王。但我们得设法消除那些失去儿子和兄弟的人心中的仇恨，让所有人心中都充满爱，就像从前那样。团结和幸福应当永存。"

宙斯的决定使女神极为高兴。她离开奥林帕斯山，飘临到伊塔刻岛。

俄底修斯的胜利

欧珀忒斯领着叛乱者来到农庄时，雅典娜也化身为门托耳来到了俄底修斯的身边，他们双方进行激烈的战斗，叛乱者以失败告终。宙斯消除了所有人心中的仇恨，雅典娜使俄底修斯和城市周围地区的首领缔结了一个永久的和平盟约。

在拉厄耳忒斯的庄园里，欢宴已经结束。大家围着餐桌坐在那里，这时俄底修斯沉思了片刻，对他的朋友们说："我觉得我们的敌人在城里也不会闲着的，得有一个人去外边打探打探消息。"老管家多里俄斯的一个儿子立即出去侦察。他刚走出去没多远，就看到一大群人朝这儿涌来。他惊恐地奔了回去，向屋里的人喊道："他们来了，俄底修斯，他们来了，就要到跟前了！你们赶快武装起来。"坐在桌旁的人立刻跳了起来，很快就拿起了武器。俄底修斯、他的儿子和两个牧人，还有多里俄斯的六个儿子，最后是多里俄斯和拉厄耳忒斯本人。俄底修斯站在前面，领着这支小队伍冲出了大门。

他们刚到空地上，化身为威武高大的门托耳的一位同盟者就与他们站到了一起，这是庄严神圣的女神雅典娜。俄底修斯立刻就认出了她，心中充满了喜悦和希望。"忒勒玛科斯，"他对儿子说，"现在不要辜负父亲对你的期望。在最勇敢的男子汉战斗中显示出力量，为你的家族争光，这个家族向来以勇气和胆略闻名于世。"——"在与求婚人的战斗之后，

你还怀疑我的勇猛善战吗，父亲？"忒勒玛科斯回答说，"你会看到，我不会辱没我们的家族！"这话使他的父亲和祖父十分高兴。"这是怎样的一天啊，众神，"拉厄耳忒斯喊了起来，"我的心在欢呼！父亲、儿子和孙子并肩进行一场战斗！"

这时雅典娜靠近了老人，悄悄地对他说："阿耳喀西俄斯的儿子哟，我爱你胜过爱你的同伴，向宙斯和宙斯的女儿祈祷吧，然后投出你的长矛。"雅典娜说罢，就把力量注入老人的胸中。他向宙斯和雅典娜祈祷，随即掷出了手中的长矛。他的长矛没有落空，击中敌方首领欧珀忒斯头盔上的面甲，面甲无法挡住有力的长矛，直穿透敌人的面颊，安提诺俄斯的父亲欧珀忒斯栽倒在地，一命呜呼。俄底修斯、忒勒玛科斯和他们的伙伴用剑和长枪愤怒地进行厮杀，若不是雅典娜的声音突然响起，他们一定会把所有的敌人都消灭掉。雅典娜大声呼喊，要他们停止战争："住手，伊塔刻人！住手，停止这场不光彩的战争吧！珍惜你们的鲜血，分离开来！"

那些前来作战的敌人听到这雷鸣般的声音惊恐万分，武器从他们手中滑落到地上。他们背转过身去，像受风暴驱赶一样向城里逃去，只想着能死里逃生。但俄底修斯和他的人听到女神的声音时却不惊惶，他们高高地挥舞起长枪和宝剑，俄底修斯追在前面，发出可怕的叫喊声，好似一只雄鹰冲向它的猎物。而跑在他们最前面的是像一阵疾风的雅典娜，她仍然化身为门托耳。

可宙斯的命令应当执行，和平不应再受干扰。他的闪电击在女神面前的地上，雅典娜在亮光前为之一震。"拉厄耳忒斯的儿子，"她转过身对俄底修斯说道，"现在停止战斗，制止你好斗的心，否则全能的雷霆之神会不喜欢你的！"俄底修斯和他的人心甘情愿地听从了。于是雅典娜带领他们进入城市，来到伊塔刻市集广场，派出了使者召集市民大会。宙斯实现了他的诺言：从所有人的心中消除掉仇恨。化身为门托耳的雅典娜使俄底修斯和城市及周围地区的首领缔结了一个永久的和平盟约，诸位首领与全体民众一起推举俄底修斯为他们的国王和保护者。欢呼的人群陪同他返回宫殿，珀涅罗珀听到胜利与和平的呼声，与她的女仆一道，头戴花冠、衣着华服走出宫殿，迎向俄底修斯。

这对再度团圆的夫妇幸福地生活了多年。很久之后，正如预言家忒瑞西亚斯在冥府对他最后的命运所做的预言那样，耄耋之年的俄底修斯平静地辞世而去，得到善终。